collection

挚情　真知　雅意

名家作品中学生典藏版

STUDENT EDITION

FENG JI CAI **collection**

冯骥才作品

冯骥才，祖籍浙江宁波，1942年生于天津，中国当代作家、画家和文化学者。现任中国文联荣誉委员、中国民协名誉主席、天津大学冯骥才文学艺术研究院院长、国家非物质文化遗产名录专家委员会主任、中国传统村落保护专家委员会主任等职。他是"伤痕文学"代表作家，其"文化反思小说"在当今文坛影响深远。作品题材广泛，形式多样，已出版各种作品集二百余种。代表作《啊！》《雕花烟斗》《高女人和她的矮丈夫》《神鞭》《三寸金莲》《珍珠鸟》《一百个人的十年》《俗世奇人》《单筒望远镜》《艺术家们》等。作品被译成英、法、德、意、日、俄、荷、西、韩、越等十余种文字，在海外出版各种译本五十余种。多次在国内外获奖。他倡导与主持的中国民间文化遗产抢救工程、传统村落保护等文化行为对当代人文中国产生巨大影响。

中学生典藏版 C 冯骥才 著

精神的殿堂

山西出版传媒集团 山西教育出版社

图书在版编目（ＣＩＰ）数据

精神的殿堂／冯骥才著；刘晓露编. —太原：山西教育出版社，2021.5（2022.5重印）

（冯骥才作品中学生典藏版）

ISBN 978-7-5703-1210-8

Ⅰ. ①精… Ⅱ. ①冯… ②刘… Ⅲ. ①散文集-中国-当代 Ⅳ. ①I267

中国版本图书馆 CIP 数据核字（2020）第 171215 号

冯骥才作品中学生典藏版·精神的殿堂

策　　划　刘晓露

责任编辑　白　宁

复　　审　刘晓露

终　　审　郭志强

装帧设计　薛　菲

印装监制　蔡　洁

出版发行　山西出版传媒集团·山西教育出版社

　　　　　（太原市水西门街馒头巷 7 号　电话：0351-4729801　邮编：030002）

印　　装　北京长宁印刷有限公司天津分公司

开　　本　889×1194　1/32

印　　张　9.5

字　　数　210 千字

版　　次　2021 年 5 月第 1 版　2022 年 5 月第 5 次印刷

书　　号　ISBN 978-7-5703-1210-8

定　　价　36.00 元

如发现印装质量问题，影响阅读，请与印刷厂联系调换。电话：010-69258660

源于心中的挚爱

（编者序）

刘晓露

冯骥才先生在《我心中的文学》一文中曾写道:"我写了各种各样的作品,至今不知哪一种属于我自己的。有的偏于哲理,有的侧重抒情,有的伤感,有的戏谑,我竟觉得都是自己——伤感才是我的气质?快乐才是我的化身?我是深思还是即兴的?我怎么忽而古代忽而现代?忽而异国情调忽而乡土风味?我好比瞎子摸象,这一下摸到坚实粗壮的腿,另一下摸到又大又软的耳朵,再一下摸到无比锋利的牙。哪个都像我,哪个又都不是。有人问我风格,我笑着说,这不是我关心的事。我全力要做的,是把自己的一切奉献给读者。风格不仅仅是作品的外貌,它是复杂又和谐的一个整体。"

这是冯骥才先生对于自己作品的描述,精准而生动。作为当代著名作家,他的作品体裁多样,小说、散文、随笔、评论等均有涉猎,并取得骄人的成绩;题材广泛,社会、历史、文化,以及日常生活中的小事小景,林林总总,皆可入文;风格各异,那些呈现在读者眼前的文字，随着内容的不同，时而庄重严谨，时而诙谐幽默，时而细腻清雅……不一而足，但都恰到好处。格外值得一提的是，由于冯骥才先生还是才华斐然的画家、多年来一直在为中国的文化遗产保护而奔走呼吁的学者和活动家，在他的作品中，那份天然的艺术感染力、鲜明强烈的责任感显得尤为突出。因此，笔者在选编冯骥才作品时，内心是欣喜的，因为相信。相信正在展阅此书的中学生朋友们，会从中受益良多——收获的不仅仅是阅读能力、写作水平等语文素养的提升；还有更广阔的视野、更独立的思考、更深沉的情怀，而这，也许是同学们成长中更宝贵的财富。

"冯骥才作品中学生典藏版"共两册，收录冯骥才先生的文章一百一十余篇，为《绿色的手杖》和《精神的殿堂》。

《绿色的手杖》四辑，内容分别为时光说、奇人志、大师像、讲演录。时光说，顾名思义为叙事文章，文字真挚朴实。这里有作者童年时期的有趣经历，有人生旅途中的各种况味，有温馨甜蜜的亲情时刻……那些散落在岁月烟尘中的故事，被时间赋予意义，有了悠长的韵味。奇人志，讲述身怀绝技的俗世奇人，带来的是另一番阅读感受。冯骥才先生用干脆、简练、机灵，具有中国古典文学色彩，如评书般节奏明快又接地气的语言，抖出一个个精彩纷呈的包袱，亮出一个个活灵活现的形象。奇人们性格鲜明，做派特异，有着令人瞠目的本领，无不堪称传奇般的存在。平淡的尘世因他们而增添几许缤纷。大师像，同样是写人物，风格却与奇人志截然不同。内容厚重深沉，文笔庄严优美。梵高、莫扎特、普希金、托尔斯泰、莎士比亚、安徒生……冯骥才先生怀着的虔敬的心情和饱满的情感，细细品析着这些在西方文学艺术史上熠熠生辉的名字。他们坎坷的命运、曲折的经历、杰出的成就，令人不由得百感交集，唏嘘扼腕。讲演录，选入的是冯骥才先生在抢救民间文化遗产过程中的演讲以及专为学生们做的讲座，属实用类文体，在此要特别地为中学生朋友们介绍并推荐。如何开门见山地提出观点，进而进行清晰的阐释，接着条分缕析地陈述事件经过，最后给出中肯的建议和未来的方向，甚至具体的行动步骤……这是一整套的思维训练，是同学们尤需掌握的能力——发现问题、提出问题、解决问题的能力。在今天和未来的学习与工作中，这种能力会愈显重要。而本辑中一篇篇有调查有研究、有立论有实据的文章，无疑是优秀的范文。

《精神的殿堂》五辑，内容分别为景物记、心语斋、文化观、行者吟和域外集。景物记中，大自然中那些动人的影像、奇妙的瞬间、可爱的细节，都来了。四季、天空、夕照、草木、鲜花、飞禽，它们的美丽和独特，被敏感的心捕捉，被勤奋的笔记录。心语斋里，处处是冯骥才先生对日常所见所闻的随感和漫谈。关于故乡、关于灵感、关于时光、关于绘画、关于诗歌，等等，一份体悟一缕思绪一个念头，信笔拈来，那是对生活的在意与用情。文化观，则集中收录了与文化有关的评论类文章。作为一名充满良知的知识分子，关注文化呼唤文化，是冯骥才先生自觉承担的使命。他在这方面投入了极大的精力，进行了广泛而深入的思考，因此得出很多颇具价值的观点。将之述诸笔端之际，冯骥才先生对祖国乃至整个人类文化遗产的拳拳之忱，跃然纸上。行者吟，聚焦的依然是文化，却不再用犀利的笔锋评说和针砭。那奔赴民间、走向山野、来到雪山之巅的身影……出现在舒缓从容的行文中。在这里，冯骥才先生讲述的是文化背后的故事，而故事传递出来的深意，是坚守、传承和浓浓的情意。域外集，为冯骥才先生在域外旅行、考察时的见闻和心得。他默然肃立于巴黎先贤祠前叩问精神的殿堂何在，久久徘徊在希腊的石头间探寻永恒是什么，仰望维也纳博物馆中的大师杰作沉醉于艺术的星空下……世界原本多彩，而这样的文字，展示的正是远方绚丽的风景。那些多元的历史、文化和价值观，等待着匆匆的脚步停下来，等待着开放的心灵去体察和拥抱。

依然是《我心中的文学》，冯骥才先生在谈及作家应当具备的素质时提及："……要对大千世界充满好奇心，要对千形万态事物所独具的细节异常敏感……"诚然如是。综观冯骥才先生的作品，无论风格如何迥别，但每一篇，我们都能从中看到他对世界始终如一的激情与热望，探索与求知；每一行文字，我们都能读出他对人、事、物敏锐的感知和觉察，传神的描摹与刻画。好奇心、敏感力——这是好文章诞生的前提，是好作家必备的素质，而它们的产生，一定是源于心中的挚爱。挚爱人间景致，挚爱万物风情，挚爱历史文化科学艺术，挚爱这千疮百孔又千姿百态的的世界。如果我们每一个人都怀揣满满的爱，那么，手中的妙笔同样会生出花朵，心灵亦会变得轻快而丰盈吧。

这是多么美好的事情。

愿同学们文字铿锵，人生芬芳，与美好同行。

（作者系山西教育出版社文史读物策划室主任）

CONTENTS 目录

景物记

逼来的春天　/ 003

秋天的音乐　/ 008

四季风景　/ 013

巴黎的天空　/ 015

维也纳春天的三个画面　/ 019

亲吻春天的姑娘　/ 023

书房花木深　/ 026

夕照透入书房　/ 029

三千道瀑布　/ 032

黄山绝壁松　/ 037

西晒的小窗　/ 040

空信箱　/ 042

异木　/ 045

麻雀　/ 047

天籁　/ 051

花巷　/ 054

心语斋

灵魂的巢　　/ 059

灵感忽至　　/ 063

日历　/ 067

时光　/ 071

白发　/ 074

水墨文字　　/ 077

摸书　/ 086

遛摊　/ 088

节日风物　　/ 092

诗笺　/ 094

低调　/ 097

底线　/ 100

公德　/ 103

我们的生活为什么没有诗　/ 105

国家荣誉感　　/ 108

文化观

知识分子与文化先觉 / 113

文化怎么自觉 / 116

伪文化之害 / 120

拒绝永恒与点子文化 / 123

谁在全球化中迷失？ / 127

文化可以打造吗？ / 130

城市可以重来吗？ / 133

胡同，城市人文的根须 / 136

仿古街，请三思而后行 / 139

谁掏空了古村落？ / 143

从大水冲了龙王庙说起 / 146

民间审美 / 150

城市要有旧书市场 / 153

我们共同的日子 / 157

大年三十 / 160

福字是最深切的春节符号 / 164

过年和辟邪 / 167

行者吟

谁能万里一身行？　／ 173

细雨探花瑶　／ 177

大雪入绛州　／ 182

羌去何处？　／ 187

高山上的海蒂和她的父亲　／ 192

雪山上的音乐　／ 201

域外集

精神的殿堂　／ 209

皇家的教堂　／ 214

意大利断想　／ 217

古希腊的石头　／ 224

泡在水里的威尼斯　／ 231

奥斯威辛走到诺曼底　／ 237

最好读的历史书　／ 240

沉醉于星空的断想　／ 243

西方的书法家　／ 254

散漫的天性　／ 257

巴黎女郎　／ 260

俄罗斯人　／ 264

音乐之声与音乐之城　／ 267

爱情可以弄假成真　／ 275

泥泞天使　／ 280

足球狂　／ 283

景物记

转天醒来时，屋内竟大亮，谁打开的
窗子？正诧异着，忽见窗前一束艳红艳红
的玫瑰。谁放在那里的？走过去一看，
呀，我怔住了，原来夜间窗外新生的一枝
缀满花朵的红玫瑰，趁我熟睡时，一点点
将窗子顶开，伸进屋来！它沾满露水，喷
溢浓香，光彩照人；它怕吵醒我，竟然悄
无声息地又如此辉煌地进来了！

——《维也纳春天的三个画面》

窗格之影宛如墨画一般，印在窗纸上，美丽又奇异。

——《西晒的小窗》

逼来的春天

那时，大地依然一派毫无松动的严冬景象，土地梆硬，树枝全抽搐着，害病似的打着冷战；雀儿们晒太阳时，羽毛奓开好像绒球，紧挤一起，彼此借着体温。你呢，面颊和耳朵边儿像要冻裂那样的疼痛……然而，你那冻得通红的鼻尖，迎着凛冽的风，却忽然闻到了春天的气味！

春天最先是闻到的。

这是一种什么气味？它令你一阵惊喜，一阵激动，一下子找到了明天也找到了昨天——那充满诱惑的明天和同样季节、同样感觉却流逝难返的昨天。可是，当你用力再去吸吮这空气时，这气味竟又没了！你放眼这死气沉沉冻结的世界，准会怀疑它不过是瞬间的错觉罢了，春天还被远远隔绝在地平线之外吧？

但最先来到人间的春意，总是被雄踞大地的严冬所拒绝、所稀释、所泯灭。正因为这样，每逢这春之将至的日子，人们会格外地兴奋、敏感和好奇。

如果你有这样的机会多好——天天来到这小湖边，你就能亲眼看到冬天究竟怎样褪去，春天怎样到来，大自然究竟怎样完成这一年一度起死回生的最奇妙和最伟大的过渡。

但开始时，每瞧它一眼，都会换来绝望。这小湖干脆就是整整一块巨大无比的冰，牢牢实实，坚不可摧；它一直冻到湖底了吧？鱼儿全死了吧？灰白色的冰面在阳光反射里光芒刺目，小鸟从不敢在这寒气逼人的冰面上站一站。

逢到好天气，一连多天的日晒，冰面某些地方会融化成水，别以为春天就从这里开始。忽然一夜寒飙过去，转日又冻结成冰，恢复了那严酷肃杀的景象。若是风雪交加，冰面再盖上一层厚厚雪被，春天真像天边的情人，愈期待愈迷茫。

然而，一天，湖面一处，一大片冰面竟像沉船那样陷落下去，破碎的冰片斜插水里，好像出了什么事！这除非是用重物砸开的，可什么人、又为什么要这样做呢？但除此之外，并没发现任何异常的细节。那么你从这冰面无缘无故的坍塌中是否隐隐感到了什么……刚刚从裂开的冰洞里露出的湖水，漆黑又明亮，使你想起一双因为爱你而无限深邃又脉脉的眼睛。

这坍塌的冰洞是个奇迹，尽管寒潮来临，水面重新结冰，但在白日阳光的照耀下又很快地融化和洞开。冬的伤口难以愈合。冬的黑子出现了。

冬天与春天的界限是瓦解。

冰的坍塌不是冬的风景，而是隐形的春所创造的第一幅壮丽的图画。

　　跟着，另一处湖面，冰层又坍塌下去。一个、两个、三个……随后湖面中间闪现一条长长的裂痕，不等你确认它的原因和走向，居然又发现几条粗壮的裂痕从斜刺里交叉过来。开始这些裂痕发白，渐渐变黑，这表明裂痕里已经浸进湖水。某一天，你来到湖边，会止不住出声地惊叫起来，巨冰已经裂开！黑黑的湖水像打开两扇沉重的大门，把一分为二的巨冰推向两旁，终于袒露出自己阔大、光滑而迷人的胸膛……

　　这期间，你应该在岸边多待些时候。你就会发现，这漆黑而依旧冰冷的湖水泛起的涟漪，柔软又轻灵，与冬日的寒浪全然两样了。那些仍然覆盖湖面的冰层，不再光芒夺目，它们黯淡、晦涩、粗糙和发脏，表面一块块凹下去。有时，忽然"咔嚓"清脆地一响，跟着某一处，断裂的冰块应声漂移而去……尤其动人的，是那些在冰层下憋闷了长长一冬的大鱼，它们时而激情难耐，猛地蹦出水面，在阳光下银光闪烁打个"挺儿"，"哗啦"落入水中。你会深深感到，春天不是由远方来到眼前，不是由天外来到人间；它原是深藏在万物的生命之中的，它是从生命深处爆发出来的，它是生的欲望、生的能源与生的激情。它永远是死亡的背面。唯此，春天才是不可遏止的。它把酷烈的严冬作为自己的序曲，不管这序曲多么漫长。

　　追逐着凛冽的朔风的尾巴，总是明媚的春光；所有冻凝的冰的核儿，都是一滴春天的露珠。那封闭大地的白雪下边是什么？你挥动大帚，扫去白雪，一准是连天的醉人的绿意……

　　你眼前终于出现这般景象：宽展的湖面上到处浮动着大大小小的

冰块。这些冬的残骸被解脱出来的湖水戏弄着，今儿推到湖这边儿，明日又推到湖那边儿。早来的候鸟常常一群群落在浮冰上，像乘载游船，欣赏着日渐稀薄的冬意。这些浮冰不会马上消失，有时还会给一场春寒冻结在一起，霸道地凌驾湖上，重温昔日威严的梦。然而，春天的湖水既自信又有耐性，有信心才有耐性。它在这浮冰四周，扬起小小的浪头，好似许许多多温和而透明的小舌头，去舔弄着这些渐软渐松渐小的冰块……最后，整个湖中只剩下一块肥皂大小的冰片片了，湖水反而不急于吞没它，而是把它托举在波浪之上，摇摇晃晃，一起一伏，展示着严冬最终的悲哀、无助和无可奈何……终于，它消失了。冬，顿时也消失于天地间。这时你会发现，湖水并不黝黑，而是湛蓝湛蓝的。它和天空一样的颜色。

天空是永远宁静的湖水，湖水是永难平静的天空。

春天一旦跨到地平线这边来，大地便换了一番风景，明朗又朦胧。它日日夜夜散发着一种气息，就像青年人身体散发出的气息。清新、充沛、诱惑而撩人，这是生命本身的气息。大地的肌肤——泥土，松软而柔和；树枝再不抽搐，软软地在空中自由舒展，那纤细的枝梢无风时也颤悠悠地摇动，招呼着一个万物萌芽的季节的到来。小鸟们不必再夆开羽毛，个个变得光溜精灵，在高天上扇动阳光飞翔……湖水因为春潮涨满，仿佛与天更近；静静的云，说不清在天上还是在水里……湖边，湿漉漉的泥滩上，那些东倒西歪的去年的枯苇棵里，一些鲜绿夺目、又尖又硬的苇芽，破土而出，愈看愈多，有的地方竟已簇密成片了。你真惊奇！在这之前，它们竟逃过你细心的留意，一旦发现即已充满咄咄的生气了！难道这是一夜春风、一阵春雨或一日春晒，便齐刷刷钻出地面？来得又何其神速！这分明预示着，大自然囚禁了整整一冬的生命，要重新开始新的一轮竞争了。而它们，这些碧绿的针尖一般的苇芽，不仅叫你看到了崭新的生命，还叫你深刻地感受到生命的锐气、坚韧、迫切，还有生命和春的必然。

秋天的音乐

■■■■■■ 你每次上路出远门千万别忘记带上音乐，只要耳朵里有音乐，你一路上对景物的感受就全然变了。它不再是远远待在那里、无动于衷的样子，在音乐撩拨你心灵的同时，也把窗外的景物调弄得易感而动情。你被种种旋律和音响唤起的丰富的内心情绪，这些景物也全部感应到了，它还随着你的情绪奇妙地进行自我再造。你振作它雄浑，你宁静它温存，你伤感它忧患，也许同时还给你加上一点人生甜蜜的慰藉，这是真正知友心神相融的交谈……河湾、山脚、烟光、云影、一草一木，所有细节都浓浓浸透你随同音乐而流动的情感，甚至它一切都在为你变形，一幅幅不断变换地呈现出你心灵深处的画面。它使你一下子看到了久藏心底那些不具体、不成形、朦胧模糊或被时间湮没了的感受，于是你更深深坠入被感动的旋涡里，享受这画面、音乐和自己灵魂三者融为一体的特殊感受……

秋天十月，我松松垮垮套上一件粗线毛衣，背个大挎包，去往东北最北部的大兴安岭。赶往火车站的路上，忽然发觉只带了录音机，却把音乐磁带忘记在家，恰巧路过一个朋友的住处，他是音乐迷，便跑进去向他借。他给我一盘说是新翻录的，都是"背景音乐"。我问他这是什么曲子，他怔了怔，看我一眼说：

"秋天的音乐。"

他多半随意一说，搪塞我。这曲名，也许是他看到我被秋风吹得松散飘扬的头发，灵机一动得来的。

火车一出山海关，我便戴上耳机听起这秋天的音乐。开端的旋律似乎熟悉，没等我怀疑它是不是真正地描述秋天，下巴发懒地一蹭粗软的毛衣领口，两只手搓一搓，让干燥的凉手背给湿润的热手心舒服地摩擦摩擦，整个身心就进入秋天才有的一种异样温暖甜醉的感受里了。

我把脸颊贴在窗玻璃上，挺凉，带着享受的渴望往车窗外望去，秋天的大自然展开一片辉煌灿烂的景象。阳光像钢琴明亮的音色洒在这收割过的田野上，整个大地像生过婴儿的母亲，幸福地舒展在开阔的晴空下，躺着，丰满而柔韧的躯体！从麦茬里裸露出的浓厚的红褐色是大地母亲健壮的肤色；所有树林都在炎夏的竞争中把自己的精力膨胀到头，此刻自在自如地伸展它优美的枝条；所有金色的叶子都是它的果实，一任秋风翻动，煌煌夸耀着秋天的富有。真正的富有感，是属于创造者的；真正的创造者，才有这种潇洒而悠然的风度……一只鸟儿随着一个轻扬的小提琴旋律腾空飞起，它把我引向无穷纯净的天空。任何情绪一入天空便化作一片博大的安寂。这愈看愈大的天空有如伟大哲人恢宏的头颅，白云是他的思想。有时风云交会，会闪出一道智慧的灵光，响起一句警示世人的哲理。此时，哲人也累了，沉浸在秋天的松弛里。他高远，平和，神秘无限。大大小小、松松散散的云彩是他思想的片断，而片断才是最美的，无论思想还是情感……这千形万状精美的片断伴同空灵的音响，在我眼前流过，还在阳光里洁白耀眼。那乘着小提琴旋律的鸟儿一直钻向云天，愈高愈小，最后变成一个极小的黑点儿，忽然"噗"地扎入一个巨大、蓬松、发亮的云团……

我陡然想起一句话：

"我一扑向你，就感到无限温柔呵。"

我还想起我的一句话：

"我睡在你的梦里。"

那是一个清明的早晨，在实实在在酣睡一夜后醒来时，正好看见枕旁你朦胧的、散发着香气的脸说的。你笑了，就像荷塘里、雨里、雾里悄然张开的一朵淡淡的花。

接下去的温情和弦，带来一片疏淡的田园风景。秋天消解了大地的绿，用它中性的调子，把一切色泽调匀。和谐又高贵，平稳又舒畅，只有收获过了的秋天才能这样静谧安详。几座闪闪发光的麦秸垛，一缕银蓝色半透明的炊烟，这儿一棵那儿一棵怡然自得站在平原上的树，这儿一只那儿一只慢吞吞吃草的杂色的牛。在弦乐的烘托中，我心底渐渐浮起一张又静又美的脸。我曾经用吻，像画家用笔那样勾勒过这张脸：轮廓、眉毛、眼睛、嘴唇……这样的勾画异常奇妙，无形却深刻地记住。你嘴角的小涡、颤动的睫毛、鼓脑门和尖俏下巴上那极小而光洁的平面……近景从眼前疾掠而过，远景跟着我缓缓向前，大地像唱片慢慢旋转，耳朵里不绝地响着这曲人间牧歌。

一株垂死的老树一点点走进这巨大唱片的中间来。它的根像唱针，在大自然深处划出一支忧伤的曲调。心中的光线和风景的光线一同转暗，即使一湾河水强烈的反光，也清冷，也刺目，也凄凉。一切阴影都化为行将垂暮的秋天的愁绪；萧疏的万物失去往日共荣的激情，各自挽着生命的孤单；篱笆后一朵迟开的小葵花，像你告别时在人群中伸出的最后一次招手，跟着被轰隆隆前奔的列车甩到后边……春的萌动、战栗、骚乱，夏的喧闹、蓬勃、繁华，全都销匿而去，无可挽回。不管它曾经怎样辉煌，怎样骄傲，怎样光芒四射，怎样自豪地挥霍自己的精力与才华，毕竟过往不复。人生是一次性的。生命以时间为载体，这就决定人类以死亡为结局的必然悲剧。谁能把昨天和前天追回来，哪怕再经受一次痛苦的诀别也是幸福，还有那做过许多傻事的童年，年轻的母亲和初恋的梦，都与这老了的秋天去之遥远了。一种浓重的忧伤混同音乐漫无边际地散开，渲染着满目风光。我忽然想喊，想叫这列车停住，倒回去！

突然，一条大道纵向冲出去，黄昏中它闪闪发光，如同一支号角嘹亮吹响，声音唤来一大片拔地而起的森林，像一支金灿灿的铜管乐队，奏着庄严的乐曲走进视野。来不及分清这是音乐还是画面变换的缘故，心境陡然一变，刚刚的忧愁一扫而光。当浓林深处一棵棵依然葱绿的幼树晃过，我忽然醒悟，秋天的凋谢全是假象！

它不过在寒飙来临之前把生命掩藏起来，把绿意埋在地下，在冬日的雪被下积蓄与浓缩，等待下一个春天里，再一次加倍地挥洒与铺张！远远的山坡上，坟茔在夕照里像一堆火，神奇又神秘，它那里埋葬的是一具尸体或一个孤魂？既然每个生命都在创造了另一个生命后离去，什么叫作死亡？死亡，不仅仅是一种生命的转换、旋律的变化、画面的更迭吗？那么世间还有什么比死亡更庄严、更神圣、更迷人！为了再生而奉献自己伟大的死亡啊……

秋天的音乐已如圣殿的声音，这壮美崇高的轰响，把我全部身心都裹住、都净化了。我惊奇地感觉自己像玻璃一样透明。

这时，忽见对面坐着两位老人，正在亲密交谈。残阳把他俩的脸晒得好红，条条皱纹都像画上去的那么清楚。人生的秋天！他们把自己的青春年华、所有精力为这世界付出，连同头发里的色素也将耗尽，那满头银丝不是人间最值得珍惜的吗？我瞧着他俩相互凑近、轻轻谈话的样子，不觉生出满心的爱来，真想对他俩说些美好的话。我摘下耳机，未及开口，却听他们正议论关于单位里上级和下级的事，哪个连着哪个，哪个与哪个明争暗斗，哪个可靠和哪个更不可靠，哪个是后患而必须……我惊呆了，以致再不能听下去，赶快重新戴上耳机，打开音乐，再听，再放眼窗外的景物。奇怪！这一次，秋天的音乐，那些感觉，全没了。

"艺术原本是欺骗人生的。"

在我返回家，把这盘录音带送还给我那朋友时，把这话告他。他不知道我为何得到这样的结论，我也不知道他为何对我说："艺术其实是安慰人生的。"

四季风景

大自然的四季在窗外，书房的四季在窗上。

严冬中的窗玻璃上凝结的冰凌，叫我感到书斋的温暖；夏日浇窗的大雨或轰轰作响的狂风，叫我身在书斋有一种安妥与庆幸感。春天的飞絮在无风时也会升得很高，有时来到窗前，温柔地朝屋里张望。我的书斋在六楼，看不到楼群下边变黄变红的秋树，但如果忽然觉得窗外的天空变大变高变远变淡，变得无比辽阔，一准是美好与松弛的秋天来到人间。

我的书斋就靠着这窗子与天地相融。阳光晴好时，连檐下的小鸟飞去飞来，都会有鸟影从屋中忽然掠过。

四季最鲜明的表现，是阳光照射的位置。中国人的建筑太重视坐北朝南了。夏天里毒日头只站在窗台上，无法走进屋来；冬日却把房内暖洋洋地装满，并一直将南墙书架上的所有书脊上的字都照得清清楚楚。如果是烫金的字，就闪闪发亮。这就是我们的北房为什么全都是冬暖夏凉。

　　比四季的阳光更敏感的是一天里的阳光。早晨它从东边进来，投射在我挂在通往连廊门框的一块陶瓷上，这块陶瓷《盆花》是萨尔茨堡一种古老的手艺。陶瓷的釉彩有着微妙的窑变，只有通彻的晨光能将这变幻无穷的釉色全部微妙地呈现出来。黄昏从西边射入，将墙上一尊明代泥彩的悬塑，照得神采奕奕。一天里我最喜欢夕照，它像天边一盏巨灯照来的强光。只要被它照亮，全要染上无比美丽的金红色。但夕照很短暂，如果这时间坐在书房内，会感到它消失过程中的速度感，还有一日时光消失时"最后的辉煌"。

　　写作时，作品里的四时风情与日月晨昏，与现实是完全不会对应的。写作人一旦进入文章的情境，便完全脱离现实，进入自我。书房里已经入夜，文字中可能正是一片赤日夺目的正午。最奇妙的感觉是，你一旦停笔，从文章中波平浪静的湖天走出来，书房外边很大的雪粒正在哗哗打在窗玻璃上。

巴黎的天空

大自然派到巴黎的捣蛋鬼是雨。尤其进入了秋天。如果出门时天晴日朗，为了贪图轻便而不带雨伞，那一准就会叫雨儿捉弄了。巴黎的雨是捉摸不定的。有时一天你能赶上五六次雨。有时街对面一片阳光，街这边却雨儿正紧。有时你像被谁在楼上窗口浇花时不小心将一片水点洒在背上，抬头一看原来是雨，一小块巴掌大小的云带来的最小的、最短暂的、唯巴黎才有的"阵雨"。巴黎很少大雨瓢泼，很少江河倒灌，也很少阴雨连绵。它的雨，更像是一种玩笑，一种调皮，一种心血来潮。

它不过是一阵阵地将花儿浇鲜浇艳，叫树木散出混着雨味的青叶的气息，把大街上跑来跑去的汽车小小地冲洗一下。再逼迫人们把随身携带的各种颜色和各种图案的雨伞圆圆地撑开。城市的景观为之一变。这雨原来又是一种情调。

然而，雨儿停住，收了伞，举首看看云彩走了没有。这时，有悟性的人一定会发现，巴黎一幅最大的图画在天空。

这图画的画面湛蓝湛蓝，白云和乌云是两种基本颜料。画家是风，它信马由缰地在天上涂抹。所以，擅长描绘天空的法国画家欧仁·布丹的一幅画，题目是《10月8日·中午·西北风》。

巴黎的白云和乌云来自大西洋。大海的风从西边把这些云彩携来，随心所欲地布满天空。风的性情瞬间万变，忽刚忽柔，忽缓忽疾，天上的云便是它变幻无穷的图像。大自然的景观一半是静的，一半是动的。宁静的是大地，永动的是天空。

当19世纪后半期，法国画家们的工作从画室搬到田野后，天空便给画家以浩瀚和无穷的想象。在大西洋沿岸那座著名的古城翁弗勒尔，我参观前边所说的那位名叫布丹的画家的美术馆时，看到了他大量的描绘天空的速写。在大自然中，只有天空纯属自然，最富于灵性。于是，大自然的本质被他表现出来了，这便是生命的创造和创造生命。在布丹之前，谁能证明天空是一个巨大的创造力无穷的生命？一个被布丹称作"美丽的、透明的、充满大气"的生命？所以，库尔贝、波德莱尔都对这位画友画天空的才华推崇备至。巴比松画派画家柯罗甚至称他为"天空之王"。

在荷兰的阿姆斯特丹，我去看梵高美术馆，研究他从荷兰到法国前后画风的变化。我发现他最初到巴黎开始他的艺术生涯时期的一幅作品，便是用一大半篇幅去表现动荡而激情的云天。任何艺术家都会首先注意不同的事物。"不同"往往正是事物的本质。那么巴黎奇异的天空自然会吸引住这位敏感的艺术家的心灵。而且这种吸引力一直抵达梵高一生的终结处——巴黎郊外的奥维尔。看看梵高在奥维尔画的最后一批作品，天空被他表现得更富于动感、更深入、更动人，并成为他不安的内心的象征。

可是，我想，为什么我们中国人的绘画从来不画天空，不画光线？即使画云，也是山间的云雾，或是为了陪衬天上的神仙与飞行的龙，从来不画天空上的云。清代末期上海画家吴石仙擅长画雨景，但他不画乌云，他只是用水墨把天空平涂一片深灰色，来表示阴云密布。也许中国文人的山水画，多为书斋内的精神制品——不是自然的风景，而是主观或内心的山水意境。即使是"师造化"的石涛，也只是"搜尽奇峰打草稿"而已。故此，中国的山水多为"季节性"，缺乏"时间性"。不管现代山水画如何发展，至今没有一个中国画家画天上的云彩。难道天空在中国画中永远是一块"空白"？

现在我们回到巴黎中来——

天空莫测的风云，不仅给巴黎带来多变的阴晴，还演变出晦明不已的光线。雨儿忽来忽去，阳光忽明忽灭。在巴黎，面对一座美丽和典雅的建筑举起相机，不时会有乌云飞来，遮暗了景色，拍照不成；可是如果有耐心，等不多时，太阳从云彩的缝隙中一露头，景色反而会加倍地灿烂夺目！

阳光与云彩的配合，常常使这座城市现出奇迹。

我闲时便从居住的那条小街走出来，在塞纳河边走一走，看看丰沛而湍急的河水、行人、船只，以及两岸的风光。尽管那些古老的建筑永远是老样子，但在不同的光线里，画面会时时变得大大不同。一次，由于天上一块巨大的云彩的移动，我看到了一个奇观。先是整条塞纳河被阴影覆盖，然后远处——亚历山大三世桥那边云彩挪开了，阳光射下去，河里的水与桥上镀金的雕像闪耀出夺目的光芒。跟着，随着云彩往我这边移动，阳光一路照射过来。眼看着塞纳河上的一座座桥亮了起来，河水由远到近地亮起来，同时两岸的建筑也一座座放出光彩。这感觉好像天空有一盏巨大无比的灯由西向东移动。当阳光照在我的肩头和手臂上，整条塞纳河已经像一条宽阔的金灿灿的带子了。然后，云彩与阳光越过我的头顶，向东而去。最后乌云堆积在河的东端。从云端射下的一道强烈的光正好投照在巴黎圣母院上。在接近黑色的峥嵘的云天的映衬下，古老的圣母院显得极白，白得异样与圣洁。

不知为什么，在这一瞬，竟然唤起我对圣母院一种极强烈的历史感受。我甚至感觉加西莫多、爱斯梅拉达和克罗德现在就在圣母院里。

可是就在我发痴发呆的时候，眼前的景象忽变，云彩重新遮住太阳。一盏巨灯灭了。圣母院顿时变得一片昏暗，好似蒙上重重的历史的迷雾。忽然，我觉得几个挺凉的水滴落在我的手背上，我抬起头来，一块半圆形的雨云正在我头顶的上空徘徊。

维也纳春天的三个画面

你一听到青春少女这几个字，是不是立刻想到纯洁、美丽、天真和朝气？如果是这样，你就错了！你对青春的印象只是种未做深入体验的大略的概念而已。

青春，它是包含着不同阶段的异常丰富的生命过程。一个女孩子的十四岁、十六岁、十八岁，无论她外在的给人的感觉，还是内在的自我感觉，都绝不相同；就像春天，它的三月、四月和五月是完全不同的三个画面。你能从自己对春天的记忆里找出三个画面吗？

我有这三个画面。它不是来自我的故乡故土，而是在遥远的维也纳三次旅行中的画面定格，它们可绝非一般！在这个用音乐来召唤和描述春天的城市里，春天来得特别充分、特别细致、特别蓬勃，甚至特别震撼。我先说五月，再说三月，最后说四月，它们各有一次叫我的心灵感到过震动，并留下一个永远具有震撼力的画面。

　　五月的维也纳，到处花团锦簇，春意正浓。我到城市远郊的山顶上游玩，当晚被山上热情的朋友留下，住在一间简朴的乡村木屋里，窗子也是厚厚的木板。睡觉前我故意不关严窗子，好闻到外边森林的气味，这样一整夜就像睡在大森林里。转天醒来时，屋内竟大亮，谁打开的窗子？正诧异着，忽见窗前一束艳红艳红的玫瑰。谁放在那里的？走过去一看，呀，我怔住了，原来夜间窗外新生的一枝缀满花朵的红玫瑰，趁我熟睡时，一点点将窗子顶开，伸进屋来！它沾满露水，喷溢浓香，光彩照人；它怕吵醒我，竟然悄无声息地又如此辉煌地进来了！你说，世界上还有哪一个春天的画面更能如此震撼人心？

　　那么，三月的维也纳呢？

　　这季节的维也纳一片空蒙。阳光还没有除净残雪，绿色显得分外吝啬。我在多瑙河边散步，从河口那边吹来的凉滋滋的风，偶尔会感到一点春的气息。此时的季节，就凭着这些许的春的泄露，给人以无限期望。我无意中扭头一瞥，看见了一个无论多么富于想象力的人也难以想象得出的画面——

　　几个姑娘站在岸边，她们正在一齐向着河口那边伸长脖颈眯缝着眼，噘着芬芳的小嘴，亲吻着从河面上吹来的春天的风！她们做得那么投入、倾心、陶醉、神圣；风把她们的头发、围巾和长长衣裙吹向斜后方，波浪似的飘动着。远看就像一件伟大的雕塑。这简直就是那些为人们带来春天的仙女们啊！谁能想到用心灵的吻去迎接春天？你说，还有哪个春天的画面，比这更迷人、更诗意、更浪漫、更震撼？

　　我心中的画廊里，已经挂着维也纳三月和五月两幅春天的图画。这次恰好在四月里再次造访维也纳，我暗下决心，无论如何也要找到属于四月这季节的同样强烈动人的春天杰作。

开头几天，四月的维也纳真令我失望。此时的春天似乎只是绿色连着绿色。大片大片的草地上，没有五月那无所不在的明媚的小花。没有花的绿地是寂寞的。我对驾着车一同外出的留学生小吕说：

"四月的维也纳可真乏味！绿色到处泛滥，见不到花儿，下次再来非躲开四月不可！"

小吕听了，就把车子停住，叫我下车，把我领到路边一片非常开阔的草地上，然后让我蹲下来扒开草丛好好看看。

我用手扒开草丛一看，大吃一惊：原来青草下边藏了满满一层花儿，白的、黄的、紫的；纯洁、娇小、鲜亮；这么多、这么密、这么辽阔！它们比青草只矮几厘米，躲在草下边，好像只要一努劲儿，就会齐刷刷地全冒出来……

"得要多少天才能冒出来？"我问。

"也许过几天，也许就在明天，"小吕笑道，"四月的维也纳可说不准，一天换一个样儿。"

可是，当夜冷风冷雨，接连几天时下时停，太阳一直没露面儿。我很快就要离开这里去意大利了，便对小吕说：

"这次看不到草地上那些花儿了，真有点遗憾呢，我想它们刚冒出来时肯定很壮观。"

小吕驾着车没说话，大概也有些怏怏然吧。外边毛毛雨点把车窗遮得像拉了一道纱帘。可车子开出去十几分钟，小吕忽对我说："你看窗外——"隔过雨窗，看不清外边，但窗外的颜色明显地变了：白色、黄色、紫色，在窗上流动。小吕停了车，手伸过来，一推我这边的车门，未等我弄明白是怎么回事，便说：

"去看吧——你的花！"

迎着细密地、凉凉地吹在我脸上的雨点，我看到的竟是一片花的原野。这正是前几天那片千千万万朵花儿藏身的草地，此刻一下子全冒出来，顿时改天换地，整个世界铺满全新的色彩。虽然远处大片大片的花已经与蒙蒙细雨融在一起，低头却能清晰看到每一朵小花，在冷雨中都像英雄那样傲然挺立，明亮夺目，神气十足。我惊奇地想：它们为什么不是在温暖的阳光下冒出来，偏偏在冷风冷雨中拔地而起？小小的花居然有此气魄！四月的维也纳忽然叫我明白了生命的意义是什么，是——勇气！

这两个普通又非凡的字眼，又一次叫我怦然感到心头一震。这一震，便使眼前的景象定格，成为四月春天独有的壮丽的图画，并终于被我找到了。

拥有了这三幅画面，我自信拥有了春天，也懂得了春天。

亲吻春天的姑娘

一场舞蹈让我历久难忘。

萨尔斯堡"洗牛皮的人"歌舞团演出的地道的民间舞，名叫《森林·魔鬼·春姑娘》。

那是1987年，我第一次到萨尔斯堡考察民间艺术时看到的。事隔五年，那场面记忆得依然清清楚楚！

先是一群健壮的小伙子，头顶黑色圆帽，帽檐四周垂下红白彩带，遮住面孔；身穿旧式背带裤，裤腿却足有两米多长，原来裤腿里踩着高跷。小伙子们双腿并齐，一跳一跳上场，高跷跺地，好像打桩，声音整齐震耳，气势威武雄壮。他们代表大森林。这时，一个丑陋的小魔鬼出现林间，小魔鬼代表严寒的冬日，任凭森林挪来挪去，小魔鬼闪转躲藏，就是不肯离开林间。跟着，一群穿红裙盛装的姑娘奔上场来，情景立时变了，她们赶走小魔鬼，大森林欢悦起来，姑娘们清脆明亮的歌声和大森林整齐雄壮跺地的节奏，给我们鼓动性的感染。"洗牛皮的人"歌舞团团长告诉我："这些姑娘是春天！"

春天？这句话对我有一点震撼。

春天为什么被奥地利人表现得如此强烈有力，如此激情冲动，因而如此被渴望着？

看看地图，奥地利地处欧洲大陆的中央，它像欧洲的肚脐儿。春天究竟是怎样到达这里的？是由北海的暖风吹送，再经多瑙河波载浪推，流淌进来的？还是把狭长的意大利当作跳板，悄悄渗入的？不管经由哪里，都要翻越过终年披雪、高峻摩天的阿尔卑斯山。所以，春天年年都是姗姗来迟。

复活节前，在维也纳街头到处还贴着招募扫雪工的小广告的时候，沿着多瑙河峡谷一带小村镇，人们已经戴着鸡猪牛羊猫狗兔鸭等滑稽逗人的面具，上街跳舞，呼唤春天。春天使阳光充足，雨水充沛，万物复苏，生灵繁荣，花开草绿，水亮山鲜……然而春天在哪里呢？人们呼唤它。呼唤也是一种寻找啊。

不久，每个村口都竖起一根几十米长的杆子，顶端绑着一株小松树和五彩飘带，名叫"五月树"。据说它预告着冬天的结束与春天的来临。那杆顶的小松树是刚刚从森林里采来的；细心留意会发现，树尖新绿耀眼，已然返青。那些在山村静静度过整个冬季的人们，抬头一望这绽露春意的"五月树"，心情便换了一番境界。

四月里，依然乍暖还寒时候，阳光忽冷忽热，多瑙河边已经出现最早一批裸体游泳者，他们天天坐在岸边等待阳光变暖，只要稍显热意，便迫不及待脱光衣服。尤其那些漂亮的姑娘们，终究有机会展示上天赐给她们俊美的形体与迷人的肌肤了。她们不怕别人看一眼自己最隐秘的部位，有时反倒朝你莞尔一笑，笑里藏着骄傲、富有和光荣感，好像古代英雄自豪于他们饱满雄健的胸肌。这是人本身的财富。表现出来却需要一种与传统相悖的胆略与勇气。但即使在维也纳，这种姑娘也是少数。更多的姑娘是和伙伴或恋人在草地上享受春天的太阳。

在霍夫堡皇宫侧面莫扎特公园的草地上，我看到一个姑娘正晒太阳。她大约十七岁的样子，斜卧在地。柔软的金发如同泉水一般浇头而下，先在肩头稍停即落，松松垂到绿草上。她左边几米远的地方，扔着三四本书，一只空纸杯，还有小挎包；右边几米远的地方扔着鞋子和一件粗线网眼的毛外衣。这是她在草地上舒舒服服打滚儿时，随意扔下的。此时，她以肘撑地，另一只胳膊举起，手捏着从草地上摘下的一串小紫花。她仰着脸，想用嘴唇亲吻这初开的春花，但微风吹动，花蔓柔弱，随风飘摆，好似故意不让她吻到。她很固执，扬着雪白的下巴，张开芬芳的红唇，左右晃动，去捕捉那顽皮的花串。她做得那么专注，那么倾心，那么陶醉；还甜甜地笑。阳光迎面照下来，极其强烈又鲜明地照亮这画面的每一个细节……

我忽然明白，为什么奥地利人那么喜爱施特劳斯的《蓝色的多瑙河》了。就像在阴雨不开的中国四川流行的那首民歌《太阳出来喜洋洋》，充满对太阳的渴望，歌声里都带着阳光的感觉。而从《蓝色的多瑙河》中，特别是从"春天来了，春天来了"的欢呼声中，我更深刻地感受到春天如同爱情一样，给奥地利人以无限的生命。

音乐与歌之所以迷人，是因为它们总是理想主义的。理想是现实的空白，只有音乐能填满它，并使它光彩夺目。对于奥地利人来说，他们理想与期待的，永远是春天。一旦他们拥有春天，就能把生活创造得像这亲吻花朵的姑娘一样。

书房花木深

一天突发奇想，用一堆木头在阳台上搭一座木屋，还将剩余的板条钉了几只方形的木桶，盛满泥土，栽上植物，分别放在房间四角。鲜花罕有，绿叶为多。再摆上几把藤椅、竹几、小桌、两只木筋裸露的老柜子，各类艺术品随心所欲地放置其间。还有一些老东西，如古钟、傩面、钢剑以及拆除老城时从地上捡起的铁皮门牌高高矮矮挂在壁上……最初是想把它作为一间新辟的书房，期待从中获得新的灵感。谁料坐在里边竟写不出东西来。白日里，阳光进来一晒，没有涂油漆松木的味道浓浓地冒出来，与植物的清香混在一起，一种享受生活的欲望被强烈地诱惑出来。享受对于写作人来说是一种腐蚀。它使心灵松弛，握不住手里沉重的笔了。

到了夜间，偏偏我在这书房各个角落装了一些灯。这些灯使所有事物全都陷入半明半暗。明处很美，暗处神秘。如果再打开音响，根本不可能再写作了。

　　写作是一种与世隔绝的想象之旅，是钻到自己心里的一种生活，是精神孤独者的文字放纵。在这样的被各种美迷乱了心智的房子里怎么写作呢？因此，我没在这里写过一行字。每有"写"的欲望，仍然回到原先那间胡乱堆满书卷与文稿的书房伏案而作。

　　渐渐地，这间搭在阳台上的木屋成了花房，但得不到我的照顾。我只是在想起给那些植物浇水时才提着水壶进去，没时间修葺与收拾。房内四处的花草便自由自在、毫无约束地疯长起来。从云南带回来的田七，张着耳朵大的碧绿的圆叶子，沿着墙面向上爬，像是"攀岩"；几棵年轻又旺足的绿萝已经蹿到房顶，一直钻进灯罩里；最具生气的是窗台那些泥槽里生出的野草，已经把窗子下边一半遮住，窗子上边又被蒲扇状的葵叶黑乎乎地捂住。由窗外射入的日光便给这些浓密的枝叶撕成一束束，静静地斜在屋子当中。一天，两只小麻雀误以为这里是一片天然的树丛，从敞着的窗子叽叽喳喳地飞了进来，使我欣喜之极，我怕惊吓它们，不走进去，它们居然在里边快乐地鸣唱起来了。

　　一下子，我感受到大自然野性的气质，并感受到大自然的本性乃是绝对的自由自在。我便顺从这个逻辑，只给它们浇水，甚至还浇点营养液，却从不人为地改变它们。于是它们开始创造奇迹——

　　首先是那些长长的枝蔓在屋子上端织成一道绿莹莹的幔帐。常春藤像长长的瀑布直垂地面，然后在地上愈堆愈高。绿萝是最调皮的，它上上下下胡乱"行走"——从桌子后边钻下去，从藤椅靠背的缝隙中伸出鲜亮的芽儿来。几乎每次我走进这房间，都会惊奇地发现一个画面：一些凋落的粉红色的花瓣落满一座木佛；几片黄叶盖住桌上打开的书；一次，我把水杯忘在竹几上，一枝新生的绿蔓从杯柄中穿过，好似一弯娇嫩的手臂挽起我的水杯。于是，在我写作过于劳顿之时，或在画案上挥霍一通水墨之后，便会推开这房间的门儿，撩开密叶纠结的垂幔，独坐其间，让这种自在又松弛的美，平息一下创作时心灵中涌动的风暴。

我开始认识到这间从不用来写作的房间非凡的意义。虽然我不在这里写作，它却是我写作的一部分。

我前边说，写作是一种忘我的想象，只有离开写作才回到现实来。这间小屋却告诉我，我的写作常常十分尖刻地切入现实，放下笔坐在这里所享受的反倒是一种理想。

我被它折服了，并把这种奇妙的感受告诉一位朋友。朋友笑道："何必把现实与理想分得太清楚呢？其实你们这种人理想与现实从来就是混成一团。你们总不满现实，是因为你们太理想主义。你们的问题是总用理想要求现实，因此你们常常被现实击倒在地，也常常苦恼和无奈。是不是？"

朋友的话不错。于是当我坐在这间花木簇拥的木屋中，心里常常会蹦出这么一句话：

我们是天生用理想来生活的人！

夕照透入书房

■■■■■■　我常常在黄昏时分，坐在书房里，享受夕照穿窗而入带来的那一种异样的神奇。

此刻，书房已经暗下来。到处堆放的书籍文稿以及艺术品重重叠叠地隐没在阴影里。

暮时的阳光，已经失去了白日里的咄咄逼人，它变得很温和，很红，好像一种橘色的灯光，不管什么东西给它一照，全都分外地美丽。首先是窗台上那盆已经衰败的藤草，此刻像镀了金一样，蓬勃发光；跟着是书桌上的玻璃灯罩，亮闪闪的，仿佛打开了灯；然后，这一大片橙色的夕照带着窗棂和外边的树影，斑斑驳驳地投射在东墙那边一排大书架上。阴影的地方书皆晦暗，光照的地方连书脊上的文字也看得异常分明。《傅雷文集》的书名是烫金的，金灿灿放着光芒，好像在骄傲地说："我可以永存。"

怎样的事物才能真正地永存？阿房宫和华清池都已片瓦不留，李杜的名句和老庄的格言却一字不误地镌刻在每个华人的心里。世上延绵最久的还是非物质的——思想与精神。能够准确地记忆思想的只有文字。所以说,文字是我们的生命。

当夕阳移到我的桌面上,每件案头物品都变得妙不可言。一尊苏格拉底的小雕像隐在暗中,一束细细的光芒从一丛笔杆的缝隙中穿过,停在他的嘴唇之间,似乎想撬开他的嘴巴,听一听这位古希腊的哲人对如今这个混沌而荒谬的商品世界的醒世之言。但他口含夕阳,紧闭着嘴巴,一声不吭。

昨天的哲人只能解释昨天,今天的答案还得来自今人。这样说来,一声不吭的原来是我们自己。

陈放在桌上的一块四方的镇尺最是离奇。这个镇尺是朋友赠送给我的。它是一块纯净的无色玻璃,一条弯着尾巴的小银鱼被铸在玻璃中央。当阳光彻入,玻璃非但没有反光,反而由于纯度过高而消失了,只有那银光闪闪的小鱼悬在空中,无所依傍。它瞪圆眼睛,似乎也感到了一种匪夷所思。

一只蚂蚁从阴影里爬出来,它走到桌面一块阳光前,迟疑不前,几次刚把脑袋伸进夕阳里,又赶紧缩回来。它究竟畏惧这奇异的光明,还是习惯了黑暗?黑暗总是给人一半恐惧,一半安全。

人在黑暗外边感到恐惧,在黑暗里边反倒觉得安全。

夕阳的生命是有限的。它在天边一点点沉落下去,它的光却在我的书房里渐渐升高。短暂的夕照大概知道自己大限在即,它最后抛给人间的光芒最依恋也最夺目。此时,连我的书房的空气也是金红的。定睛细看,空气里浮动的尘埃竟然被它照亮。这些小得肉眼刚刚能看见的颗粒竟被夕阳照得极亮极美，它们在半空中自由、无声和缓缓地游弋着，好像徜徉在宇宙里的星辰。这是唯夕阳才能创造的境象——它能使最平凡的事物变得无比神奇。

　　在日落前的一瞬，夕阳残照已经挪到我书架最上边的一格。满室皆暗，只有书架上边无限明媚。那里摆着一只河北省白沟的泥公鸡。雪白的身子，彩色翅膀，特大的黑眼睛，威武又神气。这个北方著名的泥玩具之乡，至少有千年的历史，但如今这里已经变为日用小商品的集散地，昔日那些浑朴又迷人的泥狗泥鸡泥人全都了无踪影。可是此刻，这个幸存下来的泥公鸡，不知何故，对着行将熄灭的夕阳张嘴大叫。我的心已经听到它凄厉的哀鸣。这叫声似乎也感动了夕阳。一瞬间，高高站在书架上端的泥公鸡竟被这最后的阳光照耀得夺目和通红，好似燃烧了起来。

三千道瀑布

■■■■■■　记得十年前，和王蒙、安忆、子建、刘恒等文友在奥斯陆与挪威作家围桌交谈文学，会后承蒙主人盛情邀请去游览该国的西部名城卑尔根。卑尔根与奥斯陆两城在挪威的版图上一西一东，交通的方式可以航飞也可以车行。但车行必须横穿挪威，还要翻越盘桓和高耸在北欧大地上的斯堪的纳维亚山脉，谁知这种选择却叫我们领略到这个国家山水的雄奇、纯净和原始。

很少国家像挪威这样被粗壮而簇密的森林所覆盖。古老的森林随处可见。伐木往往是为了不叫森林生长得过密窒息而死，这不是最理想和良性的生态吗？就是这种一望无际、排山倒海般的森林把甲壳虫乐队的歌手、接着又把村上春树征服了，这位日本作家才用《挪威的森林》作为自己颇具魅力的书名。那天，我们乘坐的大巴车一路很少关窗，为了享受在山间穿行时森林里冒出来的极充沛的又凉又湿又清澈的氧气。我们称大巴是"活动氧吧"。我还感觉我的肺叶大敞四开，所有肺细胞都像玻璃珠儿一样鼓胀而透明。

然而更叫我震撼的是山间的瀑布。我从来没有见过其他地方有如此丰沛的泉水。车子走着走着，便可听到前边什么地方泉声咆哮，跟着窗外一条雪白的飞泉好像要冲到车子上来。车子在山中跑了两天，轮胎给泉水冲洗得像新换上去的。一天夜里住店歇脚，听到不远地方泉水轰鸣，好像飞机起飞那种声音。怎样的瀑布能发出如此巨响，我们被诱惑起来，出了旅店，摸黑去瞧那个呼吼不已的山间"巨兽"，没想到它竟在几里外的地方。待走到跟前，尽管夜很黑，却隐约地看到它巨大的狂滚的有些狰狞的形态。尽管它喷出来的细密的水雾很快湿了我们的衣服，大家激动得又叫又喊，但在瀑布声中谁也听不到别人喊什么，只能看到彼此兴奋而发光的眼睛。子建的目光尖而亮，刘恒的目光圆而明，像灯。

到了卑尔根，我对挪威朋友说，你们的瀑布太棒了。挪威朋友说，那你应该从这里再进一趟峡湾，挪威最应该去的地方是峡湾。我知道挪威西部海岸，陆海交叉，蔚为奇观，大海伸进陆地最长的峡湾是挪威桑格纳峡湾，长二百余千米，深一千三百米！冷战时期苏军的一条潜艇曾误入峡湾，使挪威误以为要爆发战争，吓了一跳。

这一次我又来到奥斯陆，决心要去一趟峡湾。我知道挪威人的一个逻辑：如果没去过峡湾就等于没来过挪威。我选择的路仍是从奥斯陆出发驱车前往西部沿海，想再感受一下挪威的山水。然而不同的是：那一次是在夏末，这一次是深秋。季节改观天地。车子不再像上次那样在流水般浓绿的山林中穿行，而是徜徉于金子般炫目的秋色中。漫山黄叶中，偶尔还夹着几棵赤朱斑斓，好似开满花朵；或是一株通红通红，好似高擎着火炬一般。溢满车厢里的也全是给太阳晒暖的秋叶的气息了。想想看，从这样金色的山林进入蓝色的峡湾是怎样的优美？

可是，受着大西洋暖流影响的峡湾的气候是莫测的。待到了著名的佛拉姆码头，天正下雨，入住旅店后又听了一夜的雨，清晨拉开窗帘依旧是漫天阴云，雨反而更紧一些。我从来不抱怨天气。可是总不能再等一天，冒雨也要进峡湾看看。这样，乘着油轮驶入一片高山深谷中，当想到船驶在海水而非江水上时，感觉确实有些奇异。

浓烟一般的雨雾遮住山色、水光和远处的景物。但是我相信，当老天拿走你一样东西的同时，一定还会给你另一样东西，就看你是否发现。于是我看见了——瀑布！

一条雪白的瀑布远远地挂在高山黝黑的石壁上，直泻而下，中间受阻，腾起烟雾，折返三次，遂落入湾中。由于远，听不见水声，却看得出它奔泻下来时的冲动与急切。

不等我细细观看，船已驶过，然而又一道瀑布出现了。峡湾里有这样多的瀑布吗？是的，随着船的行进与深入，一道接着一道瀑布层出不穷地出现在眼前，而且千姿万态。有的飞流直下，一线如注；有的宛如万串珍珠，喷洒似雨；有的银龙般狂奔激涌，由天而降；有的烟一般地纠缠在峭壁上，边落边飞。途经一处，两边危崖陡壁挂满大大小小的瀑布，竟有五六十道，我没有见过如此众多、各不相同的瀑布同时展现，简直是瀑布的博览会！而每一道瀑布的出现都给人们一种惊喜，大家举着相机争着给瀑布拍照。这瀑布是峡湾的第一奇观吗？船员却说，并不是天天都能看到如此众多的瀑布，正是由于一天一夜的雨，使大量的瀑布出现了！

你说阴雨是给我败兴还是助兴？

我庆幸自己的幸运，但还是难以明白一场雨怎能生出如此壮美的瀑布奇观。

由于我们事先选择另一条路返回奥斯陆，这条路必须翻越一座两千米高的山峰，这便有幸找到了瀑布奇观的答案。

当我们的车子爬到极顶，景象变得奇异甚至有些恐怖。一堆堆殷红的石头，刺目的白雪，枯死而发黑的苔藓，不仅无人，鸟也没有，任何活的生命都看不到，古怪、原始、死寂，好像来到月球上。车子开了很长一阵子，居然没见到别的车开过，负责驾车的伙伴小俞说："如果这时车子熄了火，咱们可就完了。"这话增加了我们心里的恐惧感。

我忽然发现这山顶道路的两边插着很多很长的木杆，排得很密，杆子约四米，在离地三米高的地方画着黑色或红色的标记。据说这是到了冬天山上积雪看不见道路时，为行车的人设置的路标，这么说山顶上积雪竟可以达到三米厚吗？春天积雪融化后跑到哪儿去了？当车子开进山顶腹地，出现了许多巨大的湖，一个连着一个，湖的彼岸常常很远，甚至有水天相接之感。融雪的水纯净而湛蓝，在阳光下静静地闪着光亮。难道它们就是山下那上千条瀑布之源吗？当然是，它们就是峡湾里那些瀑布不竭的源泉。我被挪威大地自然资源的雄厚惊呆了。他们不会在这些地方拦水为坝建发电站，而不管峡湾里的什么奇观不奇观吧？我想到，昨天在长长的峡湾里，我没有见到过一座临美景而开发建造的别墅。如果这峡湾在我们经济发达的东南沿海会是怎样的遭遇呢？还不成了"商业一条湾"？我反省着我们自己。

　　回到奥斯陆后，我把此行之所见告诉一位久居这座城市的朋友。我说："我估算了一下，二百里的峡湾里的瀑布至少有一千道。"朋友笑道："峡湾里的瀑布无法数字化的。你有没有留心山壁处处都是泉水流过的痕迹？如果那天雨水再大些，那些地方也是瀑布。瀑布还要多上两倍呢，至少三千道。"他不等我说话，接着说，"别忘了，你去的只是桑格纳峡湾。挪威西北部海边可是布满峡湾呀。"

　　于是，现在一想到挪威，第一个冒出来的形象就是由天而降的雪白的瀑布。

黄山绝壁松

　　■■■■■■　黄山以石奇云奇松奇名天下。然而登上黄山，给我以震动的是黄山松。

　　黄山之松布满黄山。由深深的山谷至大大小小的山顶，无处无松。可是我说的松只是山上的松。

　　山上有名气的松树颇多。如迎客松、望客松、黑虎松、连理松等，都是游客们争相拍照的对象。但我说的不是这些名松，而是那些生在极顶和绝壁上不知名的野松。

　　黄山全是石峰。裸露的巨石侧立千仞，光秃秃没有土壤，尤其那些极高的地方，天寒风疾，草木不生，苍鹰也不去那里，一棵棵松树却破石而出，伸展着优美而碧绿的长臂，显示其独具的气质。世人赞叹它们独绝的姿容，很少去想在终年的烈日下或寒飙中，它们是怎样存活和生长的。

　　一位本地人告诉我，这些生长在石缝里的松树，根部能够分泌一种酸性的物质，腐蚀石头的表面，使其化为养分被自己吸收。为了从石头里寻觅生机，也为了牢牢抓住绝壁，以抵抗不期而至的狂风的撕扯与摧折，它们的根日日夜夜与石头搏斗着，最终不可思议地穿入坚如钢铁的石体。细心便能看到，这些松根在生长和壮大时常常把石头从中挣裂！还有什么树木有如此顽强的生命力？

我在迎客松后边的山崖上仰望一处绝壁，看到一条长长的石缝里生着一株幼小的松树。它高不及一米，却旺盛而又有活力。显然曾有一颗松籽飞落到这里，在这冰冷的石缝间，什么养料也没有，它却奇迹般生根发芽，生长起来。如此幼小的树也能这般顽强？这力量是来自物种本身，还是在一代代松树坎坷的命运中磨砺出来的？我想，一定是后者。我发现，山上之松与山下之松绝不一样。那些密密实实拥挤在温暖的山谷中的松树，干直枝肥，针叶鲜碧，慵懒而富态；而这些山顶上的绝壁松却是枝干瘦硬，树叶黑绿，矫健又强悍。这绝壁之松是被恶劣与凶险的环境强化出来的。它遒劲和富于弹性的树干，是长期与风雨搏斗的结果；它远远地伸出的枝叶是为了更多地吸取阳光……这一代代艰辛的生存记忆，已经化为一种个性的基因，潜入绝壁松的骨头里。为此，它们才有着如此非凡的性格与精神。

它们站立在所有人迹罕至的地方。那些荒峰野岭的极顶，那些下临万丈的悬崖峭壁，那些凶险莫测的绝境，常常可以看到三两棵甚至只有一棵孤松，十分夺目地立在那里。它们彼此姿态各异，也神情各异，或英武，或肃穆，或孤傲，或寂寞。远远望着它们，会心生敬意；但它们——只有站在这些高不可攀的地方，才能真正看到天地的浩荡与博大。

于是，在大雪纷飞中，在夕阳残照里，在风狂雨骤间，在云烟明灭时，这些绝壁松都像一个个活着的人：像站立在船头镇定又从容地与激浪搏斗的艄公，战场上永不倒下的英雄，沉静的思想者，超逸又具风骨的文人……在一片光亮晴空的映衬下，它们的身影就如同用浓墨画上去的一样。

但是，别以为它们全像画中的松树那么漂亮。有的枝干被飓风吹折，暴露着断枝残干，但另一些枝叶仍很苍郁；有的被酷热与冰寒打败，只剩下赤裸的枯骸，却依旧尊严地挺立在绝壁之上。于是，一个强者应当有的品质——刚强、坚韧、适应、忍耐、奋取与自信，它全都具备。

现在可以说了，在黄山这些名绝天下的奇石奇云奇松中，石是山的体魄，云是山的情感，而松——绝壁之松是黄山的灵魂。

西晒的小窗

我的书房两面开窗，一朝南，一面西。南窗大而阔，西窗小如洞。显然这房子的建筑师，为了防止西晒太热，故意将窗子开得很小。在我刚搬进来之时，友人建议我堵上这窗户。因为夏天里西晒炽热，窗子再小，阳光直入，也一定会增加书房里的热度。

可是到了秋天，日头变得温和，倘若堵上这扇小窗，岂不拦住了美丽的夕照进入屋中？于是我留下这小窗。

一天，在一位潘姓的朋友的木器店中小坐。这位潘先生颇精古代木器，此亦我之所爱。我家老家具中的上品，一半来自他这小店。他的店名还是我给起的呢，叫作"古木香"。这天与他闲话，谈起我的小窗，他忽起身去拿来一扇花窗，原木素色，包浆厚润，气韵幽雅，一眼便叫人生爱。初看花格简洁精整，细看却不简单，图案里藏着许多"学问"，竟是众多方形木格连环相套，而且每个方格的四角，都做双曲状，有如花瓣。潘先生说："这花窗是徽派大宅门的东西，二百多块小木条，全由手工切割的小木榫拼接而成。"他说这东西不可多得，他也只有一片。他叫我拿回家试试，如果我的小窗能用上便再好不过。

我拿到家中一试，居然尺寸正好，上下左右竟然全部严丝合缝！天作之合？我在电话里把这匪夷所思的奇迹告诉潘先生。他却说这一定是我三百年前在徽州定制的。

这话也等于告诉我，这老窗扇是遥远的清初之物。

我的书房不仅多了一件精美的古物，还多了一扇美妙的小窗！我依循古人的办法，在窗扇背面贴上皮纸。温州皮纸绵密柔韧，透亮却隔光，而且隔热。每当夕照临高，雪白的皮纸变得金红明亮，如照巨灯。窗格之影宛如墨画一般，印在窗纸上，美丽又奇异。这样的书斋奇景，是天赐还是人间事物的巧合？

更神奇的是，我这西面大墙外，树林繁盛，树中居住着一些蓝背白肚、修长的山喜鹊。我这小窗居高临下，又从不打开，日久便有山喜鹊飞来，站在窗外的窗台上四下观望，偶尔叫两声，其声沙哑。外边光强时，把它们的影子清晰地照在窗上。鸟影在窗上走来走去。我用手指轻轻敲窗，它们不怕，好像知我无害，并不离去。我若再敲，它们便"嗻、嗻"以喙啄窗，似与我相乐。这样灵气的小窗，谁的书斋还有？

空 信 箱

我的信箱挂在大门上，门板掏个长形的洞，信打外边塞进来。只要听邮递员"叮叮"一拨车铃，马上跑去打开，一封信悄然沉静立在箱子里。天蓝色的信封像一块天空，牛皮纸褐色的信封像一片泥板，沉甸甸。扯开信时的心情总是急渴渴的，不知里边装着的是意外是倾诉是愁苦是体贴是欢愉是求助，或是火一样的恋情烟一样的思绪带子一样扯不断的思念。天南地北海角天涯朋友们的行踪消息全靠它了。

有时等信等得好苦，一天几次去打开它，总以为错过邮递员的铃，打开却是空的。我最怕它空空洞洞冷冷清清的样子。我的院墙高，门也高，阳光跨不进来，外边世界的兴衰枯荣常常由它告诉我；打开信箱，里边有时几团柳絮几片落花几个干卷的叶子，还有洁白的雪深暗的雨点。它们是从投信孔钻进来的。有时随着开门的气流，几朵蒲公英的种子"噗"地毛茸茸地扑在脸上，然后飘飘摇摇飞升，在高高的阳光里闪着，有如银羽。目光便随它投向淡淡的天，亮的云。春天也到达我塞外朋友那里了吧？我陷入一片温馨的痴想……

它是拿几块木板草草钉上的，没涂漆，日晒雨淋，到处开裂，但没有任何箱子比它盛得更多。

它是我生活的一部分，也就是我心的一部分。

用心生活是累人的，但唯此才幸福。

大灾难把我这部分扯去。信箱的门儿叫一个无知的孩子掰掉。箱子的四边像个方木框残留在那里。一连几个月等不到邮递员铃的召唤，朋友们的命运都会碰到什么？

我这才懂得，心不相连人极远。

它空在那儿，似乎比我还空。

可是……奇迹出现了。一天天暮，夕阳打投信孔照进来。我院子头一次有阳光。先是在长条形洞孔迷蒙灿烂地流连一会儿，便落到墙角，向离最暗最潮最阴冷的地方，把满地青苔照得鲜碧如洗，俯下身看，好像一片清晰雨后的草原，极美。随后这光就沿着墙根一条砖一条砖往上爬，直爬到第五条砖，停住，几只蚂蚁也停在那里默默享受这世界最后的暖意和光明。不知不觉这光变得渐细渐淡直到无声无息地熄灭。整个信箱变成一块方形的黑影。盯着它看，就会一直走进空无一物的宇宙。

蜘蛛开始在信箱里拉网了，上下左右，横来斜去，它们何以这样放胆在这儿安家？天一凉，秋叶钻进来，落在蛛网上。金色的船，银色的渔网，一层网一层船，原来寂寞也会创造诗。诗人从来不会创造寂寞。

忽然一天，"叮叮"，我心一亮，邮递员，信！

跑出去，远远就见白白的一封信稳稳竖在箱中。过去一捏，厚厚的，千言万语，一个几次梦到的朋友寄来的。一拿，却有股微微的力往回扯，是黏黏带点韧劲的蛛丝。再拉，蛛丝没断却拉得又长又直，极亮，还微微抖颤，上边船形的黄叶子全在一斜一直、一直一斜来回扭动，一如五线谱上甜蜜的旋律，无声地响起来……

昨夜我忽然梦到这许久以前的情景，一条条长长亮闪闪的蛛丝，来回扭动的黄叶子，我梦得好逼真，连拉蛛丝时那股子韧劲都感觉到了。心里有点奇怪，可我断言这是我有生以来最美的一个梦境。

异　木

多少年来我有个习惯，去一个非同寻常的地方，总爱把当地大自然或历史的东西带一点回来。

这些东西毫不珍贵，却唯其独有。比如落叶、松子、异石，或历史遗迹的碎屑。

一次，在敦煌时去看榆林窟，途经那座久已荒废的唐代锁阳城，钻进了城池，走入乱土岗般的古城废墟中，在一片野木纵横中间看到一些散乱的木头，那样子有点像塔克拉玛干沙漠里尼雅古城的遗址。这一定是一处唐代的废屋，由于戈壁滩上少雨，古物不朽，再经过一千年的曝晒，已无木色，有如白骨，木头上的小孔经过风吹和风化，结晶般晶莹剔透。一块木头只有在戈壁滩上放了一千年，晒了一千年，才会变得这样奇异。

我从地上拾了一小块，想留个纪念。待一拾起，手中却好似什么也没拿。千年的风吹日晒，不仅叫它失去木头的颜色，还失去了重量。这更使我确信古代木雕鉴定的一条经验，时间愈久，木头愈轻，只要过轻，必近千年。

我拾起的这块木头，其形瘦长，峻峭似山；其色洁白，宛如石峰。再细看，它的侧面有一明显发红的锈痕，表明这块残木源自建筑的某一部分。有了这人文的痕迹，更叫人生出许多遐想。

现在，它就立在我书桌边小柜上的一角，虽然不是一个物件，却自有风韵，什么古物也不能替代。它还常常叫我想起20世纪90年代中期写《人类的敦煌》的那段时间，在西北考察的种种奇特难忘的情景。我喜欢大西北特有的中华文明的源头感。

这块异木之外，我书房还有金字塔小小的碎片，迈锡尼石墙上糟烂的石块，托尔斯泰庄园草地上遗落的奇大的松子，加拿大的大红叶和京都的小红叶……日本人逢到秋天，喜欢把这种极小、鲜红、精致的小红叶摆在做好的菜上。日本人是个特别讲究视觉美的民族。中国的菜讲究"色、香、味"，日本人追求"色、形、味"。"形"就是形态之美。

还记得三十多年前访问英国，与一位英国诗人散步，他顺手从地上拾一片叶子，写了一行字给我：秋天的礼物。

物本无情，情在人心。当时拾一点什么东西带回来，也许只为了把眼前的美用一点东西留住。不想岁月久了，这些由各地带来的东西便无序地散落在书房各处。偶尔碰到，引起一点触动，唤起险些忘掉的记忆。

书房的生活全部是心灵的生活。

麻　雀

　　这种褐色、带斑点、乌黑的尖嘴小鸟，为什么要在城市里落居为生？我想，一定有个生动并颇含哲理意味的故事。不过这故事只能虚构了。

　　这是群精明的家伙。贼头贼脑，又机警，又多疑，似乎心眼儿极多，北方人称它们为"老家贼"。

　　它们从来不肯在金丝笼里美餐一顿精米细食，也不肯在镀银的鸟架上稍息片刻。如果捉它一只，拴上绳子，它就要朝着明亮的窗子，一边尖叫，一边胡乱扑飞；飞累了，就垂下来，像一个秤锤，还张着嘴喘气。第二天早上，它已经伸直腿，闭上眼死掉了。它没有任何可驯性，因此它不是家禽。

　　它们不像燕子那样，在人檐下搭窝。而是筑巢在高楼的犄角，或者在光秃秃的大墙中间，脱落掉一两块砖的洞眼儿里。在那儿，远远可见一些黄黄的草，五月间，便由那里传出雏雀儿一声声柔细的鸣叫。这些巢总是在离地很远，又高又险，人手摸不到的地方。

　　经常同人打交道，它懂得人的恶意。只要飞进人的屋子，人们总是先把窗子关上，然后连扑带打，跳上跳下，把它捉住，拿出去给孩子们玩弄，直到它死掉。从来没有人打开窗子放它飞去。因此，一辈辈麻雀传下来的一个警句，就是：不要轻易相信人。麻雀生来就不相信人。它长着土的颜色，为了混淆人的注意力。它活着，提心吊胆，没有一刻得以安心。逆境中磨炼出来的聪明，是它活下去的本领。它们几千年来生活在人间，精明成了它们必备的本领。你看，所有麻雀不都是这样吗？春去秋来的候鸟黄莺儿，每每经过城市都要死去一批，麻雀却在人间活下来。

　　它们每时每刻都在躲闪人，不叫人接近它们，哪怕那个人并没看见它，它也赶忙逃掉；它要在人间觅食，还要识破人们布下的种种圈套，诸如支起的箩筐，挂在树上的铁夹子，张在空间的透明的网等，并且在这上边、下边、旁边撒下一些香喷喷的米粒面渣，还有那些特别智巧的人发明的一种又一种奇特的新捕具。

　　有时地上有一粒遗落的米，亮晶晶的，那么富于魅力地诱惑着它。它只能用饥渴的眼睛远远盯着它，却没有飞过去叼起来的勇气。它盯着，叫着，然后腾身而去——因为它看见了无关的东西在晃动，惹起它的疑心或警觉；或者无端端地害怕起来。它把自己吓跑。这样便经常失去饱腹的机会，同时也免除了一些可能致死的灾难。

　　这种活在人间的鸟儿，长得细长精瘦，有一双显得过大的黑眼睛，目光却十分锐利。由于时时提防人，反而要处处盯着人的一举一动。脑袋仿佛一刻不停地转动着，机警地左顾右盼；起飞的动作有如闪电，而且具有长久不息的飞行耐力。

它们总是吃不饱，需要往返不停地奔跑，而且见到东西就得快吃。有时却不能吃，那是要叼回窝去喂饱羽毛未丰的雏雀儿。

雏雀儿长齐翅膀，刚刚学飞时，是异常危险的。它们跌跌撞撞，落到地上，就要遭难于人们的手中。更可怕的是，这些天真的幼雀，总把人料想得不够坏。因此，大麻雀时常对它们发出警告。诗人们曾以为鸟儿呢喃是一种开心的歌唱。实际上，麻雀一生的喊叫中，一半是对同伴发出的警戒的呼叫。这鸣叫里包含着惊心和紧张。人可以把夜莺儿的鸣叫学得乱真，却永远学不会这种生存在人间的小鸟的语言。

愉快的声调是单纯的，痛苦的声音有时很奇特；喉咙里的音调容易仿效，心里的声响却永远无法模拟。

如果雏雀儿被人捉到，大麻雀就会置生死于度外地扑来营救。因此人们常把雏雀儿捉来拴好，耍弄得它吱吱叫喊，旁边设下埋伏，来引大麻雀入网。这种利用血缘情感来捕杀麻雀的做法，是万无一失的。每每此时，大麻雀总是失去理智地扑去，结果做了人们晚间酒桌上一碟新鲜的佳肴。

在这些小生命中间，充满了惊吓、危险、饥荒、意外袭击和一桩桩想起来后怕的事，以及难得的机遇——院角一撮生霉的米。

它们这样劳碌奔波，终日躲避灾难，只为了不入笼中，而在各处野飞野跑。很多鸟儿都习惯在一方天地的笼中生活，用一身招徕人喜欢的羽翼，耍着花腔，换得温饱。唯有麻雀甘心在风风雨雨中，过着饥饿疲惫又担惊受怕的日子。人憎恶麻雀的天性。凡是人不能喂养的鸟儿，都称作"野鸟"。

但野鸟可以飞来飞去；可以直上云端，徜徉在凉爽的雨云边；可以掠过镜子一样的水面；还可以站在钻满绿芽的春树枝头抖一抖疲乏的翅膀——可以像笼鸟们梦想的那样。

到了冬天，人们关了窗子，把房内烧暖，麻雀更有一番艰辛，寒冽的风整天吹着它们。尤其是大雪盖严大地，见不到食物，它们常常忍着饥肠饿肚，一串串落在人家院中晾衣绳上，瑟缩着头，细细的脚给肚子的毛盖着。北风吹着它们的胸脯，远看像一个个褐色的绒球。同时它们的脑袋仍在不停地转动，不失对人为不幸的警觉。

唉，朋友，如果你现在看见，一群麻雀正在窗外一家楼顶熏黑的烟囱后边一声声叫着，你该怎么想呢？

天　籁

——约瑟夫·施特劳斯作品《天籁》联想

你仰头、仰头，耳朵像一对空空的盅儿，去承接由高无穷尽的天空滑落下来的声音。然而，你什么也听不到。人的耳朵不能听天体而只能听取俗世之音；所以人们说茫茫宇宙，寥廓无声。

这宇宙天体，如此浩瀚，如此和谐，如此宁静，如此透明，如此神奇；它一定是一种美妙奇异、胜过一切人间音乐的天籁。你怎样才能听到它，你乞灵于谁？

你仰着头，屏住气，依然什么也没听到，却感受了高悬头顶的天体的博大与空灵。在这浩无际涯、通体透彻的空间里，任何一朵云彩都似乎离你很近，而它们距离宇宙的深处却极远极远；天体中从来没有阴影，云彩的影子全在大地山川上缓缓行走，而真正的博大不都是这样无藏于任何阴暗的吗？

当乌云汇集，你的双眼穿过那尚未闭合的云洞极力望去，一束阳光恰好由那里直射下来，金灿灿地和你的目光相撞，你是否听到这种激动人心的灿烂的金属般的声响？当然，你没有听到任何声音，还有那涌动的浓雾、不安的流光、行走的星球和日全食的太阳，为什么全是毫无声息？而尘世间那些爬行的蝼蚁、歙动的鼻翼、轻微摩擦纸面的笔尖为什么都清晰作响？

如果你不甘心自己耳朵的愚蒙，就去倾听天上那些云彩——

它们，被风撕开该有一种声音，彼此相融该有另一种声音，被阳光点燃难道没有一种声音？还有那风狂雨骤后漫天舒卷的云，个个拥着雪白的被子，你能听到这些云彩舒畅的鼾声吗？

噢，你听到了！闪电刺入乌云的腹内，你终于听到天公的暴怒；你还说空中的风一定是天体的呼吸，否则为什么时而宁静柔和，时而猛烈迅疾？细密的小雨为了叫你听见它的声音，每一滴雨都把一片叶子作为碧绿的小鼓，你已经神会到雨声是一种天意。可到头来蒙昧的仍旧是你！只要人听到的、听懂的，全不是天体之声。

辽阔浩荡的天体，空空洞洞，了无内容，哪来的肃穆与庄严？但在它的笼罩之下，世间最大的阴谋也不过是瞬息即逝的浮尘。人类由于站在地上，才觉得地大而天小；如果飞上太空，地球不过是宇宙中一粒微小的物质。每个星球都有自己的性格，每个星球都有自己独特的声音。它们在宇宙间偶然邂逅，在相对时悄然顾盼，在独处中默然遐想，它们用怎样的语言来相互表达？

多么奇异的天体！没有边际，没有中心，没有位置，没有内和外，没有苦与乐，没有生和死，没有昼与夜，没有时间的含义，没有空间的计量，不管用多巨大的光年数字，也无法计算它的恢宏……想想看，这天体运行中的旋律该是何等的壮美与神奇？

你更加焦渴地仰着头——

不，不是你，是约瑟夫·施特劳斯。他一直张着双耳，倾听来自宇宙天体深处的声音，并把这声音描述下来。尽管这声音并非真实的天籁，只不过是他的想象，却叫我们深深地为之感动。从这清明空远的音响里，我们终于悟到了天体之声最神圣、最迷人的主题：永恒！

永恒，一个所有地球生命的终极追求，所有艺术生命苦苦攀援的极顶；它又是无法企及的悲剧性的生命境界。从蛮荒时代到文明社会，人类一直心怀渴望，举首向天，祈盼神示以永恒。面对天体，我们何其渺小；面对永恒，我们又何其短暂！尽管如是，地球人类依旧努力不弃，去理解永恒和走进永恒。我们无法达到的是永恒，我们永远追求的也是永恒。

听到了永恒之声，便是听到了天籁。

花　巷

■■■■■■　头一次来到杭州市的我，只认得她。

还有，诗里书里照片里常见的那湿蒙蒙的风景。

以前，一想到她——她的形影总是混在这片朦胧又柔和的风景里。

这是一种想象。想象总比现实美，会不会有比想象更美的现实？

女人最善于用想象创造现实。因此她第一次伴我游览西湖，选择晚间到苏堤上漫步。她的轮廓常常恍恍惚惚地消融在黑黑的夜色里，又一下子给月光照亮的湖水清晰地映衬出来。她的脸模糊得像一团雾，目光却像远处的灯光那样忽然灿然一闪……一直走到堤上无人，月在中天。她约我明天傍晚去她家，然后告诉我一条街道的名字。我问她门牌号数，她说在一条巷子里。我又问这巷子的名称。

她神秘地说，你闻到空气里有什么气味吗？

我吸一吸鼻子说，闻到了，是一种花香，挺特别，很清淡，不过又很浓厚……

她绽开笑容说，好了，只要你在那条街上闻到这种花味，就是我的巷子。巷子尽头的一个小门，就是我的家。

第二天傍晚，我找到那条街，便开始寻昨夜那香味。我忽然有点紧张，好像把那香味忘了。我向一群孩子打听，孩子们都笑了。他们说这街上有好多巷子，每条巷子都开满花，都香，你说的是哪种花？什么味儿？

我更茫然。似乎把那花连同她一起丢掉了。原来用鼻子记事这么不可靠。

我从街这端一直走到那端，来回两遍。街上竟有这么多巷子，每条巷子都像花的甬道。一条红、一条黄、一条紫或一条雪白。我在每条巷口都吸一吸鼻子。花的种类不一样，不同的花喷溢出不同的香味，把我的嗅觉完全搞乱了。

直到天暗下来，万物消形，没了色彩。我疲惫不堪地坐在路边道沿上，失去信心，只是还不甘心返回旅店。忽然……一种淡淡的熟悉的香味，从背后飘来，好似蹑手蹑脚到我身后，轻轻将我拢住。我一回头，一阵浓浓的芬芳扑在我脸上。这就是属于我的那花香呀。我眼前渐渐出现一条幽蓝幽蓝深长的巷子，巷子两边，白晃晃，满是花，正是她的巷子！

奇怪，为什么刚刚来回几次都没闻到这花香？难道它像夜来香那样，入夜才散放芬香？难道它只有等着你苦苦寻求时，才悄悄出现？

我走进巷子，蓝色的夜凉如同水一般，从我面颊和臂膀旁滑溜溜地流过。我整个身子融入这深巷，也就融入这浓得化不开的芬芳里。

　　我记得她的话——巷子尽头是她家。我一直往里走，感觉自己像一只蜜蜂，钻进一个巨大、柔美、香喷喷的花蕊里……渐渐地，我一点点看见，巷子尽头站着一个人，浅浅一条长裙。她大概在这里默立许久，却相信我一定会来。

　　这是太久太久的事了。对于这条花巷以及那特有的香味，偶尔还会动心地想起。但我不会再来，因为世上不会再有那样的女孩了。

心语斋

　　诗需要什么样的生活呢？那就要先弄明白诗的本质。首先，诗是精神的，精神愈纯粹，诗愈响亮。诗是情感的，情感愈真纯，诗愈打动人。诗还是敏感的、沉静的、深邃的、唯美的、才情的。我们的生活能给诗提供这样的生存环境吗？更关键的是我们有这种精神的需求吗？如果没有，还奢谈什么诗？如果有，如果需要，诗可不是奢侈品，它会不请自来。

　　　　　　　　——《我们的生活为什么没有诗》

节日的风物是时令性的，如同花
朵，到时便开，一年一次，不曾
相违。
　　　　　　　——《节日风物》

灵魂的巢

　　对于一些作家，故乡只属于自己的童年。它是自己生命的巢，生命在那里诞生，一旦长大后羽毛丰满，它就远走高飞。但我却不然，我从来没有离开过自己的家乡。我太熟悉一次次从天南海北，甚至远涉重洋旅行归来而返回故土的那种感觉了。只要在高速路上看到"天津"的路牌，或者听到航空小姐说出它的名字，心中便充溢着一种踏实、一种温情、一种彻底的放松。

　　我喜欢在夜间回家，远远看到家中亮着灯的窗子，一点点愈来愈近。一次一位生活杂志的记者要我为"家庭"下一个定义。我马上想到这个亮灯的窗子，柔和的光从纱帘中透出，静谧而安详。我不禁说："家庭是世界上唯一可以不设防的地方。"

　　我的故乡给了我的一切。

　　父母、家庭、孩子、知己和人间不能忘怀的种种情谊。我的一切都是从这里开始。无论是咿咿呀呀地学话还是一部部十数万字或数十万字的作品的写作，无论是梦幻般的初恋还是步入茫茫如大海的社会。当然，它也给我人生的另一面，那便是挫折、穷困、冷遇与折磨，以及意外的灾难，比如抄家和大地震，都像利斧一样，至今在我心底留下了永难平复的伤痕。我在这个城市里搬过至少十次家。有时真的像老鼠那样被人一边喊打一边轰赶。我还有过一次非常短暂的神经错乱，但若有神助一般地被不可思议地纠正回来。在很多年的生活中，我都把多一角钱肉馅的晚饭当作美餐，把那些帮我说几句好话的人认作贵人。然而，就是在这样的困境中，我触到了人生的真谛。从中掂出种种情义的分量，也看透了某些脸后边的另一张脸。我们总说生活不会亏待人。那是说当生活把无边的严寒铺盖在你身上时，一定还会给你一根火柴。就看你识不识货，是否能够把它擦着，烘暖和照亮自己的心。

　　写到这里，很担心我把命运和生活强加给自己的那些不幸，错怪是故乡给我的。我明白，在那个灾难没有死角的时代，即使我生活在任何城市，都同样会经受这一切。因为我相信阿·托尔斯泰那句话，在我们拿起笔之前，一定要在火里烧三次，血水里泡三次，碱水里煮三次。只有到了人间的底层才会懂得，唯生活解释的概念才是最可信的。

　　然而，不管生活是怎样的滋味，当它消逝之后，全部都悄无声息地留在这城市中了。因为我的许多温情的故事是裹在海河的风里的，我挨批挨斗就在五大道上。一处街角、一个桥头、一株弯曲的老树，都会唤醒我的记忆，使我陡然"看见"昨日的影像，它常常叫我骄傲地感觉到自己拥有那么丰富又深厚的人生。而我的人生全装在这个巨大的城市里。

更何况，这城市的数百万人，还有我们无数的先辈，也都把他们的人生故事书写在这座城市中了。一座城市怎么会有如此庞博的承载与记忆？别忘了——城市还有它自身非凡的经历与遭遇呢！

最使我痴迷的还是它的性格。这性格一半外化在它的形态上，一半潜在它地域的气质里。这后一半好像不容易看见，它深刻地存在于此地人的共性中。城市的个性是当地的人一代代无意中塑造出来的。可是，城市的性格一旦形成，就会反过来同化这个城市的每一个人。我身上有哪些东西来自这个城市的文化，孰好孰坏？优根劣根？我说不好。我却感到我和这个城市的人们浑然一体，我和他们气息相投，相互心领神会，有时甚至不需要语言交流。我相信，对于自己的家乡就像对你真爱的人，一定不只是爱它的优点。或者说，当你连它的缺点都觉得可爱时——它才是你真爱的人，才是你的故乡。

一次，在法国，我和妻子南下去到马赛。中国驻马赛的领事对我说，这儿有位姓屈的先生，是天津人，听说我来了，非要开车带我到处跑一跑。待与屈先生一见，情不自禁说出两三句天津话，顿时一股子唯津门才有的热烈与义气劲儿扑入心头。屈先生一踩油门，便从普罗旺斯一直跑到西班牙的巴塞罗那。一路上，说的尽是家乡的新闻与旧闻、奇人趣事，直说得浑身热辣辣，五体流畅，上千公里的漫长的路竟全然不觉。到底是什么东西使我们如此亲热与忘情？

家乡把它怀抱里的每个人都养育成自己的儿子。它哺育我的不仅是海河蔚蓝色的水和亮晶晶的小站稻米，更是它斑斓又独异的文化。它把我们改造为同一的文化血型，它精神的因子已经注入我的血液中。这也是我特别在乎它的历史遗存、城市形态乃至每一座具有纪念意义的建筑的缘故。我把它们看作是它精神与性格之所在，而绝不仅仅是使用价值。

　　我知道，人的命运一半在自己手里，一半还得听天由命。今后我是否还一直生活在这里尚不得知。但我无论到哪里，我都是天津人。不仅因为天津是我的出生地——它绝不只是我生命的巢，而是灵魂的巢。

灵感忽至

凌晨时分被一种莫名的不安扰醒，这不安可不是什么焦虑与担心，而是有种兴致在暗暗鼓动，缘何有此兴奋我并不知道。随后想到今天是元月元日。这一日像时间的领头羊，带着一大群时光充裕的日子找我来了。妻子还在睡觉，房间光线不明。我披衣去到书房。平日随手堆满了书房的纸页和图书在迷离的晨色里充满了温暖和诗意。这里是我安顿灵魂的地方。我的巢不是用树枝搭起来而是用写满了字的纸和书码起来的。我从中抽出一页素纸，要为今天写些什么。待拿起笔，坐了良久，心中却一片茫然。一时人像浮在无际无涯的半空中，飘飘忽忽，空空荡荡。我便放下笔，知道此时我虽有情绪，却无灵感。

写作是靠灵感启动的。那么灵感是什么，它在哪里，它怎么到来？不知道。似乎它想来就来，不请自来，但有时求也不来，甚至很久也不露一面，好似远在天外，冷漠又悭吝。没有灵感的艺术家心如荒漠，几近呆滞。我起身打开音乐。我从不在没有心灵欲望时还赖在桌前。如果毫无灵感地坐在这里，会渐渐感觉自己江郎才尽，那就太可怕了。

音响里散放出的歌是前几年从俄罗斯带回来的，一位当下正红的女歌手的作品集。俄罗斯最时尚的歌曲的骨子里也还是他们固有的气质，浑厚而忧伤。忧伤的音乐最容易进入心底，撩动起过往的岁月积存在那里的抹不去的情感。很快，我就陷入这种情绪里。这时，忽见画案那边有一块金黄色的光。它很小，静谧，神秘。它是初升的太阳照在对面大楼的玻璃幕墙反射下来，落在画案那边什么地方。此刻书房内的夜色还未褪尽，在灰蒙蒙、晦暗的氤氲里，这块光像一扇远远亮着灯的小窗。也许受到那忧伤歌声的感染，这块光使我想起四十年间蛰居市廛中那间小屋，还有炒锅里的菜叶、破烂的家什、混合在寒冷的空气中烧煤的气味、妻子无奈的眼神……然而在那冰天雪地时代，唯有家里的灯光才是最温暖的。于是此刻这块小小的光亮变得温情了。我不禁走到画案前铺上宣纸，拿起颤动的笔蘸着黄色和一点点朱红，将这扇明亮的小窗子抹在纸上。随即是那扰着风雪的低矮的小屋。一大片被冷风摇曳着的老槐树在屋顶上空横斜万状，说不清那些苍劲的枝丫是在抗争还是在兀自地挣扎。在通幅重重叠叠黑影的对比下，我这亮灯的小屋反倒显得更加温馨与安全。我说过，家是世界上最不必设防的地方。

记得有一年，特大的雪下了一夜，我的矮屋门槛太低，早晨推不开门，门外挡着的积雪足足有两尺厚。我从这小窗户跳出去，用木板推开门外的雪才把门打开。当时我们从家里走出，站在清冽的冻耳朵的空气里，多么像雪后从洞里钻出来的野兔……于是我把矮屋前大块没有落墨的纸当作白雪。我用淡淡的水墨渲染地上厚厚而柔软的白雪时，还得记起那时常有的一种盼望——有朋友来串门和敲门。支撑我们走过困境与苦难的不是人间种种情与义吗？我便用笔在雪地上点出一串深深的脚窝渐渐通进我的小屋。这小屋的灯光顿时更亮，黄色的光影还透射到窗外的雪地上。

没想到，就这样一幅画出来了。温情又伤感，孤寂又温馨。画中的一切都是我心底的景象。我写过这样一句话："人为了看见自己的内心才画画。"而心中的画多半是它们自己冒出来的。这是一种长久的日积月累，等待着有朝一日的升华。就像冬日大地上的万物，等待着春风吹来，一切复活；又如高高一堆干枝干柴，等待着一个飞来的火种。这意外出现的火种就是灵感。

灵感带来突然之间的发现、突破、超越与升腾。它是上天的赐予。是上天对艺术家的心灵之吻。是对一切生命创造的发端与启动。那么我们只有束手等待它吗？当然不是。正如无上的爱总是属于对它苦苦的追求者的。在你找它时，它一定也在找你。当然它不一定在你规定的时间和地点到来。就像我在书房原本是想写点什么，灵感没有来，可是谁料它竟然化作一块灵性的光降临到我的画案上？它没有进入我的钢笔，却钻进我的毛笔。

记得前些年访问挪威时，中国作协请我写一幅字赠送给挪威作家协会。我只写了两个字：笔顺。挪威的作家朋友不明其意。我解释道："这是中国古代文人间相互的祝词。笔顺就是写作思路顺畅，没有障碍的意思。"对方想了想，点点头，似乎还没弄明白我写这两个字的含义。中国的文字和文化真是很深，对外交流时首先要把自己解释明白。我又换了一种说法解释道："就是祝你们写作时常常有灵感。"他听了马上咧开嘴，很高兴地谢谢我，也祝我常有灵感。看来灵感对于全球的艺术家都是"救世主"了。

　　新年初至，灵感即降临我的书房画室，这于我可是个好兆头。当然我明白，只要我守住自己的信仰与追求及其所爱，灵感会不时来吻一吻我的脑门。

日　历

　　我喜欢用日历，不用月历。为什么？厚厚一本日历是整整一年的日子。每扯下一页，它新的一页——光亮而开阔的一天便笑嘻嘻地等着我去填满。我喜欢日历每一页后边的"明天"的未知，还隐含着一种希望。"明天"乃是人生中最富魅力的字眼儿。生命的定义就是拥有明天。它不像"未来"那么过于遥远与空洞。它就守候在门外。走出了今天便进入了全新的明天。白天和黑夜的界线是灯光，明天与今天的界线还是灯光。每一个明天都是从灯光熄灭时开始的。那么明天会怎样呢？当然，多半还要看你自己的。你快乐它就是快乐的一天，你无聊它就是无聊的一天，你匆忙它就是匆忙的一天。如果你静下心来就会发现，你不能改变昨天，但你可以决定明天。有时看起来你很被动，你被生活所选择，其实你也在选择生活，是不是？每年元月元日，我都把一本新日历挂在墙上。随手一翻，光溜溜的纸页花花绿绿滑过手心，散发着油墨的芬芳。这一刹那我心头十分快活。我居然有这么大把大把的日子！我可以做多少事情！前边的日子就像一个个空间，生机勃勃，宽阔无边，迎面而来。我发现时间也是一种空间。历史不是一种空间吗？人的一生不是一个漫长又巨大的空间吗？一个个"明天"，不就像是一间间空屋子吗？那就要看你把什么东西搬进来。可是，时间的空间是无形的，触摸不到的。凡是使用过的日子，立即就会消失，抓也抓不住，而且了无痕迹。也许正是这样，我们便会感受到岁月的匆匆与虚无。有一次，一位很著名的表演艺术家对我讲她和她的丈夫的一件事。她唱戏，丈夫拉弦。他们很敬业。天天忙着上妆上台，下台下妆，谁也顾不上认真看对方一眼，几十年就这样过去了。一天老伴忽然惊讶地对她说："哎哟，你怎么老了呢！你什么时候老的呀？我一直都在你身边怎么也没发现哪！"她受不了老伴脸上那种伤感的神情。她就去做了美容，除了皱，还除去眼袋。但老伴一看，竟然流下泪来。时针是从来不会逆转的。倒行逆施的只有人类自己的社会与历史。于是，光阴岁月，就像一阵阵呼呼的风或是闪闪烁烁的流光，它最终留给你的只有是无奈而频生的白发和消耗中日见衰弱的身躯。为此，你每扯去一页用过的日历时，是不是觉得有点像扯掉一个生命的页码？

　　我不能天天都从容地扯下一页。特别是忙碌起来，或者从什么地方开会、活动、考察、访问归来，看见几页或十几页过往的日子挂在那里，黯淡、沉寂和没用。被时间掀过的日历好似废纸。可是当我把这一叠用过的日子扯下来，往往不忍丢掉，而把它们塞在书架的缝隙或夹在画册中间。就像从地上拾起的落叶。它们是我生命的落叶！

　　别忘了，我们的每一天都曾经生活在这一页一页的日历上。

　　记得一九七六年唐山大地震那天，我住的长沙路思治里十二号那个顶层上的亭子间被彻底摇散，震毁。我一家三口像老鼠那样找一个洞爬了出来。当我的双腿血淋淋地站在洞外，那感觉真像从死神的指缝里侥幸地逃脱出来。转过两天，我向朋友借了一架方形铁盒子般的海鸥牌相机，爬上我那座狼咬狗啃废墟般的破楼，钻进我的房间——实际上已经没有屋顶。我将自己命运所遭遇的惨状拍摄下来，我要记下这一切。我清楚地知道这是我个人独有的经历。这时，突然发现一堵残墙上居然还挂着日历——那蒙满灰土的日历的日子正是地震那一天：一九七六年七月二十八日，星期三，丙辰年七月初二。我伸手把它小心地扯下来。如今，它和我当时拍下的照片，已经成了我个人生命史刻骨铭心的珍藏了。

　　由此，我懂得了日历的意义。它原是我们生命忠实的记录。从"隐形写作"的含义上说，日历是一本日记。它无形地记载我每一天遭遇的、面临的、经受的，还有改变我的和被我改变的。然而人生的大部分日子是重复的——重复的工作与人际，重复的事物与相同的事物都很难被记忆，所以我们的日历大多页码都是黯淡无光的。过后想起来，好似空洞无物。于是，我们就碰到一个非常重要的关于人本的话题——记忆。人因为记忆而厚重、智慧和变得理智。更重要的是，记忆使人变得独特。因为记忆排斥平庸。记忆的事物都是纯粹而深刻个人化的。所有个人都是一个独特的"个案"。记忆很像艺术家，潜在心中，专事刻画我们自己的独特性。你是否把自己这个"独特"看得很重要？广义地说，精神事物的真正价值正是它的独特性。无论是一个人，还是一种文化。记忆依靠载体。一个城市的记忆留在它历史的街区与建筑上，一个人的记忆在他的照片上、物品里、老歌老曲中，也在日历上。

然而，人不能只是被动地被记忆，我们还要用行为去创造记忆。我们要用情感、忠诚、爱心、责任感，以及创造性的劳动去书写每一天的日历，把这一天深深嵌入记忆里。我们不是有能力使自己的人生丰富、充实以及具有深度和分量吗？

所以我写过："生活就是创造每一天。"

我还在一次艺术家的聚会中说："我们今天为之努力的，都是为了明天的回忆。"

为此，每每到了一年最后的几天，我都是不肯再去扯日历。我总把这最后几页保存下来。这可能出于生命的本能。我不愿意把日子花得净光。你一定会笑我，并问我这样就能保存住日子吗？我便把自己在今年日历的最后一页上写的四句诗拿给你看：

> 岁月何其速，
> 哎呀又一年；
> 花叶全无迹，
> 存世唯诗篇。

正像保存葡萄最好的方式是把葡萄变为酒，保存岁月最好的方式是致力把岁月变为永存的诗篇或画卷。

现在我来回答文章开始时那个问题：为什么我喜欢日历？因为日历具有生命感。或者说日历叫我随时感知自己的生命并叫我思考如何珍惜它。

时　光

一岁将尽，便进入一种此间特有的情氛中。平日里奔波忙碌，只觉得时间的紧迫，很难感受到时光的存在。时间属于现实，时光属于人生。然而到了年终时分，时光的感觉乍然出现。它短促、有限、性急，你在后边追它，却始终抓不到它飘举的衣袂。它飞也似的向着年的终点扎去。等到你真的将它超越，年已经过去，那一大片时光便留在过往不复的岁月里了。

今晚突然停电，摸黑点起蜡烛。烛光如同光明的花苞，宁静地浮在漆黑的空间里；室内无风，这光之花苞便分外优雅与美丽；些许的光散布开来，朦胧依稀地勾勒出周边的事物。没有电就没有音乐相伴，但我有比音乐更好的伴侣——思考。

可是对于生活最具悟性的，不是思想者，而是普通大众。比如大众俗语中，把临近年终这几天称作"年根儿"，多么贴切和形象！它叫我们顿时发觉，一棵本来是绿意盈盈的岁月之树，已被我们消耗殆尽，只剩下一点点根底。时光竟然这样地紧迫、拮据与深浓……

一下子，一年里经历过的种种事物的影像全都重叠地堆在眼前。不管这些事情怎样庞杂与艰辛、无奈与突兀，我更想从中找到自己的足痕。从春天落英缤纷的京都退藏院到冬日小雨空蒙的雅典德尔菲遗址；从一个会场到另一个会场，一个活动到另一个活动……究竟哪一些足迹至今清晰犹在，哪一些足迹杂沓模糊甚至早被时光干干净净一抹而去？

我瞪着眼前的重重黑影，使劲看去。就在烛光散布的尽头，忽然看到一双眼睛正直对着我。目光冷峻锐利，逼视而来。这原是我放在那里的一尊木雕的北宋天王像。然而此刻他的目光却变得分外有力。他何以穿过夜的浓雾，穿过漫长的八百年，锐不可当、拷问似的直视着任何敢于朝他瞧上一眼的人？显然，是由于八百年前那位不知名的民间雕工传神的本领、非凡的才气；他还把一种阳刚正气和直逼邪恶的精神注入其中。如今那位无名雕工早已了无踪影，然而他那令人震撼的生命精神却保存下来。

在这里，时光不是分毫不曾消逝吗？

植物死了，把它的生命留在种子里；诗人离去，把他的生命留在诗句里。

时光对于人，其实就是生命的过程。当生命走到终点，不一定消失得没有痕迹，有时它还会转化为另一种形态存在或再生。母与子的生命转换，不就在延续着整个人类吗？再造生命，才是最伟大的生命奇迹。而此中，艺术家们应是最幸福的一种。唯有他们能用自己的生命去再造一个新的生命。小说家再造的是代代相传的人物；作曲家再造的是他们那个可以听到的迷人而永在的灵魂。

此刻，我的眸子闪闪发亮，视野开阔，房间里的一切艺术珍品都一点点地呈现。它们不是被烛光照亮，而是被我陡然觉醒的心智召唤出来的。

其实我最清晰和最深刻的足迹，应是书桌下边，水泥地面上那两个被自己的双足磨成的浅坑。我的时光只有被安顿在这里，它才不会消失，而被我转化成一个个独异又鲜活的生命，以及一行行永不褪色的文字。然而我一年里曾把多少时光抛入尘嚣，或是支付给种种一闪即逝的虚幻的社会场景。甚至有时属于自己的时光反成了别人的恩赐。检阅一下自己创造的人物吧，掂量他们的寿命有多长。艺术家的生命是用他艺术的生命计量的。每个艺术家都有可能达到永恒，放弃掉的只能是自己。是不是？

迎面那宋代天王瞪着我，等我回答。

我无言以对，尴尬到了自感狼狈。

忽然，电来了，灯光大亮，事物通明，恍如更换天地。刚才那片幽阔深远的思想世界顿时不在，唯有烛火空自燃烧，显得多余。再看那宋代的天王像，在灯光里仿佛换了一个神气，不再那样咄咄逼人了。

我也不用回答他，因为我已经回答自己了。

白　发

人生入秋，便开始被友人指着脑袋说：

"呀，你怎么也有白发了？"

听罢笑而不答。偶尔笑答一句："因为头发里的色素都跑到稿纸上去了。"

就这样，嘻嘻哈哈、糊里糊涂地翻过了生命的山脊，开始渐渐下坡来。或者再努力，往上登一登。

对镜看白发，有时也会认真起来：这白发中的第一根是何时出现的？为了什么？思绪往往会超越时空，一下子回到了少年时——那次同母亲聊天，母亲背窗而坐，窗子敞着，微风无声地轻轻扰动母亲的头发，忽见母亲的一根头发被吹立起来，在夕照里竟然银亮银亮，是一根白发！这根细细的白发在风里柔弱摇曳，却不肯倒下，好似对我召唤。我第一次看见母亲的白发，第一次强烈地感受到母亲也会老，这是多可怕的事啊！我禁不住过去扑在母亲怀里。母亲不知出了什么事，问我，用力想托我起来，我却紧紧抱住母亲，好似生怕她离去……事后，我一直没有告诉母亲这究竟为了什么。最浓烈的感情难以表达出来，最脆弱的感情只能珍藏在自己心里。如今，母亲已是满头白发，但初见她白发的感受却深刻难忘。那种人生感，那种凄然，那种无可奈何，正像我们无法把地上的落叶抛回树枝上去……

妻子把一小酒盅染发剂和一支扁头油画笔拿到我面前，叫我帮她染发。我心里一动，怎么，我们这一代生命的森林也开始落叶了？我瞥一眼她的头发，笑道："不过两三根白头发，也要这样小题大做？"可是待我用手指撩开她的头发，我惊讶了，在这黑黑的头发里怎么会埋藏这么多的白发！我竟如此粗心大意，至今才发现才看到。也正是由于这样多的白发，才迫使她动用这遮掩青春衰退的颜色。可是她明明一头乌黑而清香的秀发呀，究竟怎样一根根悄悄变白？是在我不停歇的忙忙碌碌中、侃侃而谈中，还是在不舍昼夜的埋头写作中？是那些年在大地震后寄人篱下的含辛茹苦的生活所致？是为了我那次重病内心焦虑而催白的？还是那件事……几乎伤透了她的心，一夜间骤然生出这么多白发？

黑发如同绿草，白发犹如枯草；黑发像绿草那样散发着生命诱人的气息，白发却像枯草那样晃动着刺目的、凄凉的、枯竭的颜色。我怎样做才能还给她一如当年那一头美丽的黑发？我急于把她所有变白的头发染黑。她却说：

"你是不是把染发剂滴在我头顶上了？"

我一怔，赶忙用眼皮噙住泪水，不叫它再滴落下来。

一次，我把剩下的染发剂交给她，请她也给我的头发染一染。这一染，居然年轻许多！谁说时光难返，谁说青春难再，就这样我也加入了用染发剂追回岁月的行列。

谁知染发是件愈来愈艰难的事情。不仅日日增多的白发需要加工，而且这时才知道，白发并不是由黑发变的，它们是从走向衰老的生命深处滋生出来的。当染过的头发看上去一片乌黑青黛，它们的根部又齐刷刷冒出一茬雪白。任你怎样去染，去遮盖，它还是茬茬涌现。人生的秋天和大自然的春天一样顽强。挡不住的白发啊！

开始时精心细染，不肯漏掉一根。但事情忙起来，没有闲暇染发，只好任由它花白。染又麻烦，不染难看，渐而成了负担。

这日，邻家一位老者来访。这老者阅历深，博学，又健朗，鹤发童颜，很有神采。他进屋，正坐在阳光里。一个画面令我震惊——他不单头发通白，连胡须眉毛也一概全白；在强光的照耀下，蓬松柔和，光明透彻，亮如银丝，竟没有一根灰黑色，真是美极了！我禁不住说，将来我也修炼出您这一头漂亮潇洒的白发就好了，现在的我，染和不染，成了两难。老者听了，朗声大笑，然后对我说：

"小老弟，你挺明白的人，怎么在白发面前糊涂了？孩童有稚嫩的美，青年有健旺的美，你有中年成熟的美，我有老来冲淡自如的美。这就像大自然的四季——春天葱茏，夏天繁盛，秋天斑斓，冬天纯净。各有各的美感，各有各的优势，谁也不必羡慕谁，更不能模仿谁，模仿必累，勉强更累。人的事，生而尽其动，死而尽其静。听其自然，对！所谓听其自然，就是到什么季节享受什么季节。哎，我这话不知对你有没有用，小老弟？"

我听罢，顿觉地阔天宽，心情快活。摆一摆脑袋，头上华发来回一晃，宛如摇动一片秋光中的芦花。

水墨文字

一

兀自飞行的鸟儿常常会令我感动。

在绵绵细雨中的峨眉山谷，我看见过一只黑色的孤鸟。它用力扇动着又湿又沉的翅膀，拨开浓重的雨雾和叠积的烟霭，艰难却直线地飞行着。我想，它这样飞，一定有着非同寻常的目的。它是一只迟归的鸟儿？迷途的鸟儿？它为了保护巢中的雏鸟还是寻觅丢失的伙伴？它扇动的翅膀，缓慢、有力、富于节奏，好像慢镜头里的飞鸟。它身体疲惫而内心顽强。它像一个昂扬而闪亮的音符在低调的旋律中穿行。

我心里忽然涌出一些片段的感觉，一种类似的感觉，那种身体劳顿不堪而内心的火犹然熊熊不息的感觉。

后来我把这只鸟，画在我的一幅画中。

所以我说，绘画是借用最自然的事物来表达最人为的内涵。这也正是文人画的首要的本性。

二

画又是画家作画时的心电图。画中的线全是一种心迹。因为，唯有线条才是直抒胸臆的。

心有柔情，线则缠绵；心有怒气，线也发狂。心静如水时，一条线从笔尖轻轻吐出，如蚕吐丝，又如一串清幽的音色流出短笛。可是你有情勃发，似风骤至，不用你去想怎样运腕操笔，一时间，线条里的情感、力度，乃至速度全发生了变化。

为此，我最爱画树画枝。

在画家眼里树枝全是线条；在文人眼里，树枝无不带着情感。

树枝千姿万态，皆能依情而变。树枝可仰、可俯，可疏、可繁，可争、可倚；唯此，它或轩昂，或忧郁，或激奋，或适然，或坚韧，或依恋……我画一大片木叶凋零而倾倒于泥泞中的树木时，竟然落下泪来。而每一笔斜拖而下的长长的线，都是这种伤感的一次宣泄与加深，以致我竟不知最初缘何动笔。

至于画中的树，我常常把它们当作一个个人物。它们或是一大片肃然站在那里，庄重而阴沉，气势逼人；或是七零八落，有姿有态，各不相同，带着各自不同的心情。有一次，我从画面的森林中发现一棵婆娑而轻盈的小白桦树。它娇小，宁静，含蓄；那叶子稀少的树冠是薄薄的衣衫。作画时我并没有着意地刻画它。但此时，它仿佛从森林中走出来了。我忽然很想把一直藏在心里的一个少女写出来。

<h1 style="text-align:center">三</h1>

绘画如同文学一样，作品完成后往往与最初的想象全然不同。作品只是创作过程的结果。而这个过程却充满快感，其乐无穷。这快感包括抒发、宣泄、发现、深化与升华。

绘画比起文学有更多的变数。因为，吸水性极强的宣纸与含着或浓或淡水墨的毛笔接触时，充满了意外与偶然。它在控制之中显露光彩，在控制之外却会现出神奇。在笔锋扫过的地方，本应该浮现出一片沉睡在晨雾中的远滩，可是感觉上却像阳光下摇曳的亮闪闪的荻花，或是一抹在空中散步的闲云。有时笔中的水墨过多过浓，天下的云向下流散，压向大地山川，慢慢地将山顶峰尖黑压压地吞没。它叫我感受到，这是天空对大地惊人的爱！但在动笔之前，并无如此的想象。到底是什么，把我们曾经有过的感受唤起与激发？

是绘画的偶然性。

然而，绘画的偶然必须与我们的心灵碰撞才会转化为一种独特的画面。

绘画过程中总是充满了不断的偶然，忽而出现，忽而消失。就像我们写作中那些想象的明灭，都是一种偶然。感受这种偶然是我们的心灵。将这种偶然变为必然的，是我们敏感又敏锐的心灵。

因为我们是写作人。我们有着过于敏感的内心。我们的心还积攒着庞杂无穷的人生感受。我们无意中的记忆远远多于有意的记忆，我们深藏心中人生的积累永远大于写在稿纸上的有限的素材。但这些记忆无形地拥满心中，日积月累，重重叠叠，谁知道哪一片意外形态的水墨，会勾出一串曾经牵肠挂肚的昨天？

然而，一旦我们捕捉到一个千载难逢的偶然，绘画的工作就是抓住它不放，将它定格，然后去确定它、加强它、深化它。一句话：艺术就是将瞬间化为永恒。

四

纯画家的作画对象是他人；写作人的作画对象主要是自己，面对自己和满足自己。写作人作画首先是一种自言自语、自我陶醉和自我感动。

因此，写作人的绘画追求精神与情感的感染力，纯画家的绘画崇尚视觉与审美的冲击力。

纯画家追求技术效果和形式感，写作人则把绘画作为一种心灵工具。

五

一阵急雨沙沙有声落在纸上，那是我洒落在纸上的水墨。江中的小舟很快就被这阵蒙蒙雨雾所遮翳，只有桅杆似隐似现。不能叫这雨过密过紧，吞没一切。于是，一支蘸足清水的羊毫大笔挥去，如一阵风，掀起雨幕的一角，将另一只扁舟清晰地显露出来，连那个头顶竹笠、伫立船头的艄公也看得分外真切。一种混沌中片刻的清明，昏沉里瞬息的清醒。可是，跟着我又将一阵急雨似的淋漓的水墨洒落纸上，将这扁舟的船尾遮蔽起来，只留下这瞬息显现的船头与艄公。

我作画的过程就像我上边文字所叙述的过程。我追求这个过程的一切最终全都保留在画面上，并在画面上能够体验到，这就是可叙述性。

写作的叙述是线性的，过程性的，一字一句，不断加入细节，逐步深化。

这里，我的《树后边是太阳》正是这样：大雪后的山野一片洁白，绝无人迹。如果没有阳光，一定寒冽又寂寥。然而，太阳并没有隐遁，它就在树林的后边。虽然看不见它灿烂夺目的本身，但它无比强烈的光芒却穿过树干与枝丫，照射过来，巨大的树影无际无涯地展开，一下子铺满了辽阔的雪原。

于是，一种文学性质需要说明白，就是我这里所说的叙述性。它不属于诗，而属于散文。那么绘画的可叙述性也就是绘画的散文化。

六

最能寄情寓意的是大自然的事物。

比如前边所说树枝的线条可以直接抒发情绪。

再比如，这种种情绪还可以注入流水。无论它激扬、倾泻、奔流，还是流淌、潺湲、波澜不惊，全是一时的心绪。一泻万里如同浩荡的胸襟，骤然的狂波好似突变的心境，细碎的涟漪中夹杂着多少放不下的愁思？

至于光，它能使一切事物变得充满生命感，哪怕是逆光中的炊烟，一切逆光的树叶都胜于艳丽的花。这原因，恐怕还是因为一切生命都受惠于太阳，生命的一切物质含着阳光的因子。比如我们迎着太阳闭上眼，便会发现被太阳照透的眼皮里那种血色，通红透明，其美无比。

还有秋天的事物。一年四季里，唯有秋天是写不尽也画不尽的。春之萌动与锐气，夏之蓬勃与繁华，冬之萧瑟与寂寥，其实也都包括在秋天里。秋天的前一半衔接着夏天，后一半融入冬天。它本身又是大自然最丰饶的成熟期。故此，秋的本质是矛盾又斑斓，无望与超逸，繁华而短促，伤感而自足。

写作人的心境总是百感交集的。比起单纯的情境，他们一定更喜欢唯秋天才有的萧疏的静寂，温柔的激荡，甜蜜的忧伤，以及放达又优美的苦涩。

能够把一切人生的苦楚都化为一种美的只有艺术。

在秋天里，我喜欢芦花。这种在荒滩野水中开放的花，是大自然开得最迟的野花。它银白色的花有如人老了的白发，它象征着大自然一轮生命的衰老吗？如果没有染发剂，人间一定处处皆芦花。它生在细细的苇秆的上端，在日渐寒冽的风里不停地摇曳。然而，从来没有一根芦苇荻花是被寒风吹倒吹落的！还有，在漫长的夏天里，它从不开花，任凭人们漠视它，把它只当作大自然的芸芸众生，当作水边普普通通的野草。它却不在乎人们怎么看它，一直要等到百木凋零的深秋，才喷放出那穗样的毛茸茸的花来。没有任何花朵与它争艳。不，本来它的天性就是与世无争的。它无限的轻柔，也无限的洒脱。虽然它不停在风中摇动，但每一个姿态都自在、随意，绝不矫情，也不搔首弄姿。尤其在阳光的照耀下，它那么夺目和圣洁！我敢说，没有一种花能比它更飘洒、自由、多情，以及这般极致的美！也没有一种花比它更坚韧与顽强。它从不取悦于人，也从不凋谢摧折。直到河水封冻，它依然挺立在荒野上。它最终是被寒风一点点撕碎的。

在这永无定态的花穗与飘逸自由的茎叶中，我能获得多少人生的启示与人生的共鸣？

七

绘画的语言是可视的。

绘画的语言有两种。一是形式的，一是技术的。中国人传统叫作笔墨，现代人叫作水墨。

我更看重笔墨这种语言。

笔作用于纸，无论轻重缓急；墨作用于纸，无论浓淡湿枯——都是心情使然。

笔的老辣是心灵的枯涩，墨的融化是情感的舒展；笔的轻淡是一种怀想，墨的浓重是一种撞击。故此，再好的肌理美如果不能碰响心里的事物，我也会将它拒之于画外。

文学表达含混的事物，需要准确与清晰的语言；绘画表达含混的事物，却需要同样含混的笔墨。含混是一种视觉美，也是我们常在的一种心境。它暧昧、未明、无尽、嗫嚅、富于想象。如果写作人作画，便一定会醉心般地身陷其中。

八

我习惯写散文时，放一些与文章同种气质的音乐做背景。

那天，我在写一只搁浅于湖边的弃船在苦苦期待着潮汐。忽然，耳边听到潮汐之声骤起。当然这是音乐之声，是拉赫马尼诺夫的音乐吧！我看到一排排长长的深色的潮水迎面而来。它们卷着雪白的浪花，来自天边，其速何疾！一排涌过，又一排上来，向着搁浅的小船愈来愈近。雨点般的水点溅在干枯的船板上，扬起的浪头像伸过来的透明而急切的手。音乐的旋律一层层如潮地拍打在我的心上。我紧张地捏着笔杆，心里激动不已，却不知该怎么写。

突然，我一推书桌，去到画室。我知道现在绘画已经是我最好的方式了。

我把白宣纸像月光一样铺在画案上，满满地刷上清水。然后，用一支水墨大笔来回几笔，墨色神奇地洇开，顿时乌云满纸。跟着大笔落入水盂，笔中的余墨在盂中的清水里像烟一样地散开。我将一笔极淡的花青又窄又长地抹上去，让阴云之间留下一隙天空。随即另操起一支兼毫的长锋，重墨枯笔，捻动笔管，在乌云压迫下画出一排排翻滚而来的潮汐……笔中的水墨不时飞溅到桌上手背上；笔杆碰在盆子碟子上叮当有声。我已经进入绘画之中了。

待我画完这幅《久待》，面对画面，尚觉满意，但总觉还有什么东西深藏画中。沉默的图画是无法把这东西"说"出来的。我着意地去想，不觉拿起钢笔，顺手把一句话写在稿纸上：

"人生的大部分时间就像钓者那样守着一种美丽的空望。"

跟着，我就写了下去：

"期望没有句号。"

"美好的人生是始终坚守着最初的理想。"

"真正的爱情是始终恪守着最初的誓言。"

"爱比被爱幸福。"

于是，我又返回到文学中来。

我经常往返在文学与绘画之间，然而这是一种甜蜜的往返。

摸　书

　　名叫莫拉的这位老妇人嗜书如命。她认真地对我说：

"世界上所有的一切都在书里。"

"世界上没有的一切也在书里。把宇宙放在书里还有富余。"我说。

　　她笑了，点点头表示同意，又说："我收藏了四千多本书，每天晚上必须用眼扫一遍，才肯关灯睡觉。"

　　她真有趣。我说："书，有时候不需要读，摸一摸就很美，很满足了。"

　　她大叫："我也这样，常摸书。"她愉快地虚拟着摸书的动作。烁烁目光真诚地表示她是我的知音。

　　谈话是个相互寻找与自我寻找的过程。这谈话使我高兴，因为既找到知己，又发现到自己有一个美妙的习惯，就是摸书。

　　闲时，从书架上抽下几本新新旧旧的书来，或许是某位哲人文字的大脑，或许是某位幻想者迷人的呓语，或许是人类某种思维兴衰全过程的记录——这全凭一时兴趣，心血来潮。有的书早已读过，或再三读过，有的书买来就立在架上；此时也并非想读，不过翻翻、看看、摸摸而已。未读的书是一片密封着的诱惑人的世界，里边肯定有趣味更有智慧；打开来读是种享受，放在手中不轻易去打开也是一种享受；而凡是读过的书，都成为有生命的了，就像一个个朋友，我熟悉它们的情感与情感方式，它们每个珍贵的细节，包括曾把我熄灭的思想重新燃亮的某一句话……翻翻、看看、摸摸，回味、重温、再体验，这就够了。何必再去读呢？

当一本古旧书拿在手里，它给我的感受便是另一般滋味。不仅它的内容，一切一切，都与今天相去遥远。那封面的风格，内页的版式，印刷的字体，都带着那时代独有的气息与永难回复的风韵，并从磨损变黄的纸页中生动地散发出来。也许这书没有多少耐读的内涵，也没有多少经久不衰的思想价值，它在手中更像一件古旧器物。它的文化价值反成为第一位的了，这文化的意味无法读出来，只要看看、摸摸，就能感受到。

莫拉说，她过世的丈夫是个书虫子。她藏书及其嗜好，一半来自她丈夫。她丈夫终日在书房里，读书之外，便是把那些书搬来搬去，翻一翻、看一看、摸一摸。每每此时，"他像醉汉泡在酒缸里，这才叫真醉了呢！"她说。她的神气好似看到了过去一幅迷人的画。

我忽然想到一句话："人与书的境界是超越读。"但我没说，因为她早已懂得。

遛　摊

古玩之雅好，始于逛店遛摊。买古董比玩古董有更大快感，这句话后边会说清楚。

其实在古玩市场，也就是逛店与遛摊这两样。店，即沿街那些大大小小的古玩店；摊，便是外来小贩或农民在街边就地摆设的古董摊。我很少逛店，多是遛摊，缘故有三：

一是地摊的东西多是由边远地方来的"源头货"。小贩大半是外行，他们从乡村的农民手里花几个钱买来古物，并不知道东西的价值，不过拿到城里多换点银子罢了；如果是农民自己背来的，其中更会"藏龙卧虎"。倘若被你从中发现，不仅有意外得宝的惊喜，更有"发现者"的快乐。而古玩店就全然不同了，那里的老板伙计全是内行，精熟灵透，刁钻得很，店里的古物，都是"被发现"过的，很难叫你拾到"漏儿"。我天性喜好发现，不喜欢重复别人的发现，故我好遛摊而不喜逛店。

二是店里的东西，要加上店铺的人吃马喂以及老板的利润。若真是一件"大器"，都被老板攥在手里，指着它"开张吃三年"呢。而且古玩店赚钱，卖真也卖假，倘若有人说打某某店买了件便宜货，一准是把假东西美滋滋地买回家了。可是，地摊上的东西有沙有金，有石有玉，只要你识货，肯定会看出一个国色天香来。

三是店里的老板伙计全是本地人，都认识我。我一露面，好比肥牛出现，便朝我磨刀霍霍，宰我为快。但外地来的地摊小贩，不认得我，公平交易，各展其能。

出自这三个原因，我遛摊还真的找出不少好东西。或者说我至少一半藏品是"遛"出来的。大到唐乐舞伎石雕须弥座、辽代经幢、宋人的高僧像，小到方于鲁的墨、海兽葡萄镜、越窑的小碗以及一块块民间古版。然而这遛摊，除去眼力，也得有些购物的技巧。外地来的小贩虽然不知手中之物的真正价值，却知道一件稀世古物可以价值连城。他们异想天开地叫出个"天价"来，而且常常是从买主的神气与口气里猜度自己手里古董的分量。于是，遛摊时一旦发现好东西，千万要按住惊喜，切勿眼珠冒光，如逢奇宝，叫小贩开了窍。

其次，要把眼睛盯着旁边的另一件东西，同时用眼角余光将你看中的古物弄个明白。所谓弄明白，就是辨明真假、年代、品相三样。一旦确认无疑，便用一种不屑的顺便一问的口气探探对方的要价。我的一位朋友，每从摊上相中一物，向来不用手指，而用脚点一点那东西，说："这破石头玩意儿卖几块钱？"其次，就是不要急于求成。买古董不可太"欺"，愈"欺"愈买不到手。反正摆摊的和开店的不一样，开店的不着急，东西放在那儿，等你来找它；摆摊的小贩可不行，卖了东西，还要回家。买卖道儿上，谁急谁吃亏。好比钓鱼，心急必脱钩，不急钓大鱼。倘若把这些技巧掌握住，好东西十有八九便到了你的府上。

我就用这些技巧买到不少件上等古物。比方一次见一老农摆摊，黑脸黄牙，额头上深皱如沟，可以夹住一张名片。他蹲在地上，身前一块破布摆几个黑黑的罐子，一看便是汉代绳纹的陶罐，虽非假造，也没有更高价值。我瞥眼见他筐中有一个陶俑，不加任何彩绘，通体素白，六寸大小，造型极其奇异。人头鱼身，人头男相，眯眼闭唇，似在深思；鱼身扁肥，状似手掌，尾处微扭，这一扭可就扭出依漾游动的神气来。《山海经》插图中的"互人"，就是人头鱼身，给我印象极深。这陶俑简直和那"互人"完全一样。记得《中国美术全集·隋唐雕塑》中也有一个人头鱼身俑，亦属罕见一种。但那俑通体披釉，典型的唐俑，而这无釉的素俑无疑是汉代之物了。我极力抑制心中冲动，蹲下来端详那几个汉罐时，扭了扭下巴朝那草筐说："那小孩玩意儿要几个钱？"

老农张口竟是五十元！几乎等于白送。我怕真给五十元，他反而反悔，狠心往下压着说："三十元。"最后四十元成交。我给他一百元钱等他找钱时，心里恨不得把一百元全给他。

玩古董的乐趣，最具刺激性的常常是这种时候。一种与宝物的意外邂逅，与历史有血有肉的碰撞，被美所惊动，人与物的初恋，正是来自遛摊。

然而，世上的事总是因时而变，遛摊亦然。近年太忙，遛摊也少。周末一天，忽有兴致，去古玩市场遛一遛。没想到，自己的运气总是极佳。在街角一个摊上，见到一尊铁佛。尺余，束发，赤足立于覆莲座上，衣纹做"排线"状，带着北魏风格，容颜却无北魏的高古冷峻；面孔短艳，眉清目朗，应是北周特征。

北周的佛像我在敦煌和云冈见过，但家居供奉的佛像罕见，而且多为石刻或铜质，从未见过铸铁的。我拿出不经意的神气，说："这佛爷怎么锈成这样了？"我还没问价，小贩竟说："锈成这样，不给一万五您也甭想拿走。"我一怔，以为这小贩漫天要价，便说："您知道这佛像是哪朝哪代的吗？开口就把价要到天上去了？"那人笑道："别人不懂，您冯先生还看不出是北周的佛？"这句话把我吓了一跳。他不但对这罕世的佛了如指掌，居然知道我姓甚名谁。我再看他，破衣旧裤，一头长发，像个外来小贩，但面孔却有几分熟悉。更熟悉的是那种神情——一种店里的老板伙计准备"宰"我的笑容。

我一时怎么也想不起这人是谁，但我深知这佛买不成了，否则只有伸出脖子挨他狠狠一刀。

待我转身回去，猛然想起，这不是河东一家古玩店的小老板吗？两年前我去过他的店。怎么？他破了产，沦落为小贩了？可是那也不会连装束也和外地小贩一样了！回去与朋友一说，朋友笑道：

"现在不少店里的人见摊上的东西好卖，就化装成小贩或农民摆摊，你许久不遛摊，不知道外边的世界多精彩。还好，没上当就算不错！"

我才知道，如今卖的东西有假，卖东西的人也有假。如此遛摊，才更费神，更费力，更费眼，也更加意味无穷呢！

节日风物

　　节日的风物是时令性的，如同花朵，到时便开，一年一次，不曾相违。每当这些风物出现在书斋，一准会给我带来一种熟稔的风情。

　　清明时插在书架上的柳枝，带着春天照眼的新绿，此刻又好似从一排书中间生长出来的那样。到了端午，门前还是要悬挂辟蚊虫的艾草。这气味如年夜里燃放鞭炮的气味，立即使我生出唯端午才有的情味。我曾在《小雨入端午》那篇散文中还提到一种"老虎搭拉"。昔时每逢端午，挂在孩儿背上的一串布艺的小物件。它通常顶端是一只阳刚十足、金黄色、龇牙咧嘴、辟邪的老虎，下边的物件是象征吉祥的寿桃、宝葫芦、娃娃、柿子、白藕，打扫秽物的扫帚簸箕，再就是蜈蚣、蝎子、蟾蜍等"五毒"了。前些年每逢端午时节，偶尔在街头还能碰到卖这种老虎搭拉的老人，现在很难找到。幸好我收藏几串老年间的老虎搭拉，都是昔时擅长女红的婆娘们做的，每件手指肚大小的物件都缝制得精致，风趣生动。所用的材料都是她们干活时的"下脚料"——小纸片、碎布头、各色线头，用在这里却五色缤纷。到了端午，我必要将它挂出来的。还会用手机拍下来，发送给好友们，共同感受一下传统的佳节与佳节的传统。

中秋之日，兔儿爷一定会出现在我的书架上。七夕时还要摆出来一两件磨喝乐来。磨喝乐是宋代一种泥塑小摆件，经火烧成红陶。形象多为妇女和儿童。七夕供磨喝乐是宋代盛行的古俗，如今早已绝迹。然而宋人这种雕塑小品写实、细致、清雅、精工，今天已成文物。最初摆出来只是想感受一下宋人的七夕风习。年年如是，竟成了我个人一直在"坚持"的一种"古俗"。

至于岁时的风物，向例很多。我年年书房的窗上都会出现老四样：窗上的吊钱，桌上的水仙，王梦白的《岁朝清供图》，还有小福字。有了窗外白花花繁密的飞雪的衬托，窗上垂挂的大红吊钱便会分外好看；室内无风，水仙也会阵阵散香；福字多是自书，自求多福。

诗　笺

我非诗人，也常写诗，何也？

其缘故是中国诗的传统太久太深，诗的经典太多，名诗妙句深记在心；诗的节拍和韵律也就潜入了血液。因之，中国的文人的天性里都有诗性。每每有感而发，不觉之间便会以诗唱出心声；且不说唐人皆诗，比方1976年的天安门前，千千万万人以诗表达共同的心灵狂飙，也只有中国了。在这样的文化背景下，人在书斋之中，一时心性使然，冒出几句诗，遂从案头的文镇下取一页笺纸，信手题写下来。这么做再自然不过，也再美不过。

这种美，一半在作诗上，一半在题（书写）诗上。

中国人作诗最讲究炼字。从诗的角度说，每一个方块字都有丰富的内涵，用在不同地方，意味决不一样。字是死的，用好就活。一个看似平平常常的字用好了、用准了、用妙了、用绝了，这种感觉自然极美；若将这样的感觉题写在纸上，还会再添一种美感——书写之美感。

　　文人是很少抄写别人诗文的。自己有了好的诗句，便会引起自我书写的兴致。书写自己的诗，不是用手写，而是用心写。笔一落纸，内心的诗情便自然转为手上的笔墨；诗的节律自然化为行笔的节奏；一撇一捺一钩一点，全是内心的表情。而这种在小小的笺纸上的书写与大幅书法不同，大幅书法毕竟要悬在厅堂，供人观赏；这种诗笺都是信笔由来，为己而书，一切缘自兴致，没有半点拘泥。

　　我喜欢使昔时的笺纸，或者各类小卡纸；这两种纸都是成品，制作精美，形状各异，写罢钤一方小印，两三闲章，各色笺纸，墨字朱印，诗文翰墨，十分风雅。每每赏玩过后，便习惯地放在案边一只竹制的提盒中。偶有友人来，看了好玩，便会讨去一件，拿回去装在素雅的镜框里，挂在房中，分享我书斋中的一点意蕴与墨香。近来翻出这些诗笺短简，发觉这里边有不少往日的故事、友情、人生细节、一时的情怀与佳句，值得自珍，便不再赠予他人，孤芳自赏地存藏起来。

　　我常写诗还有另一缘故，是我的诗近半为题画诗。题画是文人作画的方式，画不尽意，诗文相辅。古今的题画诗，我之最爱为二人：古人是郑板桥，近人是齐白石，画面上所题文字，或诗或文，长跋千字，意犹未绝；三两短句，点到为止，绝无定式，却又是必不可少的，一概是由画里生发出来的性情文字；有的与画相生，有的补画不足。

　　这些诗文离开画面，常常可以独立成篇，却又与画面血肉一体。《郑板桥集》和《齐白石诗文集》中不少诗文，都是先出现在画上，然后收录于诗集之中。然而我的题画诗抄录下来的只是少数，多数随画而去，不知今在何处。

　　诗如文人随口歌，好听只是吟唱时，歌儿有翼自飞去，去后空空无人知。那么这些无意间书录在笺纸上的诗文，便是一种幸存，一种诗文自身的命运，也是一种真实的书斋生活，现在印出来是为了给知己清赏而已。

低　调

在媒体和网络的时代，一个人只有高调才会叫人看见、叫人知道、叫人关注。高调必须强势，不怕攻击，反过来愈被攻击愈受关注，愈成为一时舆论的主角，干出点什么都会热销；高调不仅风光，还带来名利双赢，所以有人选择高调。

但高调也会使人上瘾，高调的人往往离不开高调，像吸烟饮酒愈好愈降不下来，降下来就难受。可是媒体和网络都是滚动式的，喜新厌旧的。任何人都很难总站在高音区里边，所以必须不断折腾、炒作、造势、生事，才能持续高调。

有人以为高调是一种成功，其实不然。高调只是这个时代的一种活法。当然，每个人都有权选择自己的活法，选择什么都无可厚非。

于是，另一些人就去选择另一种活法——低调。

这种人不喜欢一举一动都被人关注，一言一语也被人议论，不喜欢人前显贵，更不喜欢被"狗仔队"追逐，被粉丝死死纠缠与围困，被曝光得一丝不挂；他们明白在商品和消费的社会里，高调存在的代价是被商品化和被消费。这样，心甘情愿低调的人就没人认识，不为人所知，但他们反而能踏踏实实做自己喜欢的事，充分地享受和咀嚼日子，活得平心静气，安稳又踏实。你问他怎么这么低调，他会一笑而已；就像自己爱一个人，需要对别人说明吗？所以说：

低调为了生活在自己的世界里，高调为了生活在别人的世界里。

文化也是一样。也有高调的文化和低调的文化。

首先，商业文化就必须是高调的，只有高调才会热卖热销，低调谁知道谁去买？然而热销的东西不可能总热销，它迟早会被更新鲜更时髦的东西取代。所以说，时尚是商业文化的宠儿。在市场上最成功的是时尚商品。人说时尚是造势造出来的，里边大量五光十色的泡沫，但商品文化不怕泡沫，因为它只求当时的商业效应，一时的震撼与强势，不求持久的魅力。

故而，另一种追求持久生命魅力的纯文化很难在当今时代大红大紫，可是它也不会为大红大紫而放弃一己的追求。它甘于寂寞，因为它确信这种文化的价值与意义。

我很尊敬我的一些同行的作家。在市场称霸的社会中，恐怕作家是最沉得住气的一群人。他们平日不知躲在什么地方，很少伸头探脑，有时一两年不见，看似在人间蒸发了，却忽然把一本十几万或几十万字厚重的书拿了出来；他们笔尖触动的生活与人性之深，文字创造力之强，令人吃惊。待到人们去品读去议论，他们又不声不响扎到什么地方去了。唯其这样才能写出真正洞悉社会人生的作品来。

作家天生是低调的。他们生活在社会深深的皱褶里，也生活在自己的心灵与性情里，所以看得见黑暗中的光线和阳光中的阴影，以及大地深处的痛点。他们天生不是做明星的材料，不会经营自己只会营造笔下的人物；任何思想者都是这样：把自己放在低调里，是为了让思想真正成为一种时代的高调。

　　享受一下低调吧——低调的宁静、踏实、深邃与隽永。低调不是被边缘被遗忘，更不是无能。相反只有自信才能做到低调和安于低调。

底　线

一次，一位在江南开锁厂的老板说他的买卖很兴旺，日进斗金，很快要上市了。我问他何以如此发达？

他答曰："现在的人富了，有钱有物，自然要加锁买锁；再有，我的锁科技含量高，一般技术很难打开，而且不断技术更新，所以市场总在我手里。"

我笑道："我的一位好朋友说世界上他最不喜欢的东西就是锁，因为锁是对人不信任，是用来防人的。"

锁厂老板眉毛一挑说："不防人防谁？我赚的就是防人的钱。你以为这世上真有夜不闭户的地方吗？"

我说："50年代真有。70年代我住在一座房子的顶楼上，门上只有个挂钩，没锁，白天上班把门一关钩一挂，从来没被人偷过。"

锁厂老板说："那是什么时候，早没影儿了，不信你不锁门试试。"

我笑了笑没再说，我信他的话。我承认，一个物欲的时代和一个非物欲的时代，人的底线是不同的。社会的底线也在下降。所谓社会底线下降，就是容忍度的放宽。原先看不惯的，现在睁一眼闭一眼了；原先不能接受的，现在不接受也存在了。在商业博弈中，谎话欺骗全成了"智慧"；在社会利益竞争中，损人利己成了普遍的可以获利的现实；诚信有时非但无从兑现，甚至成为一种商业的吆喝或陷阱。在这样的社会生态中，人的底线不知不觉在下降。

可是这底线就像江河的水线，水有一定高度，船好行驶，人好游泳。如果有一天降到了底儿，大家就一起陷在烂泥里。我们连自己是脏是净是谁也不知道了。

所以，人总得有自己做人做事的底线。其实这底线原本是十分清楚的。比如人不能"见利忘义""卖友求荣""卖国求荣""乘人之危"，不能"虐待父母""以强凌弱""恩将仇报""落井投石"，还有"不义之财君莫取""朋友妻不可欺"等等。

这个古来世人皆知的底线，也是处世为人的标准，似乎已被全线突破了。

底线是无形地存在于两个地方。一在社会中，一在每个人心里。如果人们都降低自己的底线，社会的底线一定下降。社会失去共同遵守的底线，世道人伦一定败坏；如果人人守住底线，社会便拥有一条美丽的水准线——文明。因此说，守住底线，既为了成全社会，也是成全自己。

然而，这两个底线又相互影响。关键是有时碰到低于你的底线时，你是降下自己的底线，随波逐流；还是坚守自己，洁身自好，坚持一己做人做事的原则？有人说，在物欲和功利的社会里，这底线是脆弱的。依我看，社会的底线是脆弱的，人的底线依旧可以坚强，牢固不破。

底线是人的自我基准，道德的基准，处世为人的基准。

人的自信是建立在底线上的。没有底线，一定会是一塌糊涂的失败的自我，乃至失败的人生。有底线，起码在"人"的层面上，获得了成功的自我与成功的人生。

公　德

在汉堡定居的一个中国人，给我讲了他的一次亲身感受——他刚到汉堡时，随着几个德国青年朋友驾车到郊外游玩。他在车里吃香蕉，看车窗外没人，顺手把香蕉皮扔出去。驾车的德国青年马上"吱"地来个急刹车。下去拾起香蕉皮塞到一个废纸兜里，放进车中，对他说："这样别人会滑倒的。"这件事给他印象极深，从此再不敢随便乱丢废物。

在欧美国家的快餐店里，有个不成文的规矩，吃完东西要把用过的纸盘纸杯吸管扔进店内设置的大塑料箱内，以保持环境的整洁。为了使别人舒适，不妨碍影响别人，这叫公德。

在美国碰到过两件小事，我却记得非常深。一次是在华盛顿艺术博物馆前的阔地上，一个穿大衣的男人猫腰在地上拾废纸。当风吹起一块废纸时，他就像捉蝴蝶一样跟着跑，抓住后放在垃圾桶内，直到把地上的废纸拾净，拍拍手上的土，走了。这人是谁，不知道。大概他看不惯这些废纸满地，就这样做了。

另一次在芝加哥的音乐厅。休息室的一角是可以抽烟的，摆着几个脸盆大小的烟缸，里面全是银色的细沙，为了不叫里边的烟灰显出来难看。但大烟缸里没有一个烟蒂。柔和的银沙很柔美。我用手一拂，几个烟蒂被指尖钩起来。原来人们都把烟蒂埋在下面，为了怕看上去杂乱。值得深思的是，没有一个人不这样做。

有人说，美国人的文化很浅，但教育很好。我十分赞同这见解。教育好，可以使文化浅的国家的人很文明；教育不好，却能使文化古老国家的人文明程度很低，素质很差。教育中的"德"，一个重要的成分是公德。公德的根本是重视他人的存在。

我坐在布鲁塞尔一家旅店的大厅内等候一个朋友。我点着烟，看到对面一个人面前放了个烟碟，就伸手拉过来。不一会儿那人站起身伸长胳膊往我面前的烟碟里磕烟灰，我才知道他也正在抽烟，赶紧把烟碟推过去。他很高兴，马上谢谢我，并和我极有好感地谈起天来。我想，当我把烟碟拉过来时，他为什么不粗声粗气地说："哎，你没看见我正在抽烟？"

美好的环境培养着人们的公德，比如清洁的新加坡，有随地吐痰恶习的人也不会张口把一口黏痰唾在光洁如洗的地面上。相反，混乱肮脏的环境败坏人们的公德，比如纽约地铁，墙壁和车厢内外到处胡涂乱抹，污秽不堪，人们的烟头废纸也就随手抛了。

好的招致好的，坏的传染坏的，善的感染善的，恶的刺激恶的，世上万事皆同此理。

我们的生活为什么没有诗

　　　　　　　有时会听到一种抱怨，说我们的生活愈来愈没有诗，这抱怨令我深思。

　　回过头看，历史上我们是一个伟大的诗的国度。诗，曾经让我们为国家民族的兴亡慷慨悲歌，为无所不在的生活与性情之美而吟唱。可是不知从什么时候开始，诗从我们的生活中离去了，到哪里去了呢？是它弃我们而去，还是我们主动疏远了它。我们真的没有诗也一样能活得挺满足，真的不需要享用诗了？没有诗的生活究竟缺乏了什么？

　　你有没有因此而感到某种心灵上的荒漠感？

　　其实，诗的小众化在世界上已是共同面临的问题。在许多曾经产生过诗神诗圣的国家，诗也在被公众淡漠。十多年前，我在维也纳中心拉什马克地铁站内，看到墙壁上贴了许多纸片，以为是留言的条子。这里的人有这种奇特的"留言"的习惯吗？一问方知，这些纸片上写的都是或长或短的诗句。原来是一些诗人，也有爱好诗的普通人，写了诗无处发表，受众少，便贴在这里，有的纸上还写着个人的手机号码。如果谁读了，喜欢他的诗，便可以给他打个电话私下交流一下，仅此而已。据说后来有了互联网，就很少有人这么做了。

当今我们的互联网也是诗的传播工具。我们有出色的诗人和出色的诗，可是与欧洲人不能比，在欧洲还可以见到日常的诗的生活。我在阿尔卑斯山里碰到过村民的诗会，在俄罗斯遇到过老百姓聚餐时一个个站起身朗诵自己喜爱的诗歌。可是我们的诗和诗人却身处生活的边缘又边缘，可有可无了。

那年，汶川大地震后，我们赶到北川抢救严重受损的羌文化。我们站在一个山坡上，下边是被震成一片废墟的北川城镇。当地文化馆的负责人手指着一个地方告诉我，地震时著名的禹风诗社的五十多名诗友正聚在那幢房子里谈诗论诗，大地震猝不及防，天灾中无一幸免，全部罹难。于是我们站成一排向那个方向深深地鞠躬致哀。当今，真正痴迷于诗的人究竟不多了。

有人说，诗的消退是因为这种文学样式不适于当代人的需要。还说这种文学体裁早已度过盛年，走向衰老，失去了生命的活力。比如说，唐人写诗，宋人写词，宋代之所以盛行长长短短字句的词，正是由于诗的能量已被唐人用尽。真的是这样吗？诗只是一种文学体裁吗？我们读古人的诗句而受到了触动和感动，是因为这种文学体裁，还是其中那些对生活内在的韵致的心灵感知与发现？我们现在对生活为什么没有这种敏感与发现，没有这种表达的情怀呢？我们的心灵变得粗糙而愚钝了吗？

其实，问题还是出在我们的心灵上，而不是在文学上。

如果我们现在眼睛里全是微信，问知全靠电脑，天天找寻的大多是商机，心中关切的只是眼前的功利；如果我们的快乐大都从盈利、从物欲、从消费中获得，诗自然与我们无关。

在市场时代里，消费不仅要主导市场，也要主导我们。消费文化是消费的兴奋剂，所以消费文化都是快餐式的、迎合的、被动的、刺激的、欲望的，又是便捷的。消费过了就扔掉，一切都是暂时的快意与满足。消费方式异化着消费者，商业文化也在把我们商业化、浅薄化、粗鄙化。这样，诗一定没有立足之地。因为在所有的文学样式中，诗是最不具有消费价值的。

诗需要什么样的生活呢？那就要先弄明白诗的本质。首先，诗是精神的，精神愈纯粹，诗愈响亮。诗是情感的，情感愈真纯，诗愈打动人。诗还是敏感的、沉静的、深邃的、唯美的、才情的。我们的生活能给诗提供这样的生存环境吗？更关键的是我们有这种精神的需求吗？如果没有，还奢谈什么诗？如果有，如果需要，诗可不是奢侈品，它会不请自来。

如果我们不需要它，我们一定会失掉与它相关的那些东西。那就是精神的纯粹、心境的宁静、生活的韵致，还有对美与才情的崇尚等等。那么，我们的生活不就会变得平庸、乏味、浅薄和枯索了吗？

有诗与没有诗的生活是不一样的。

如果诗离我们远了，怎样才能把它召唤回来？

国家荣誉感

▬▬▬▬　一个大问题一直盘踞在我脑袋里:

世界杯怎么会有如此巨大的吸引力? 除去足球本身的魅力之外, 还有什么超乎其上而更伟大的东西?

近来观看世界杯, 忽然从中得到了答案: 是由于一种无上崇高的精神情感——

国家荣誉感!

地球上的每个人都有国家的概念。但未必时时会有国家的感觉。往往人到异国, 思念家乡, 心怀故国, 这国家概念就变得有血有肉, 爱国之情来得非常具体。而现代社会, 科技昌达, 信息快捷, 事事上网, 世界真是太小太小, 国家的界限似乎也不那么清晰了。再说足球, 正在快速世界化, 平日里各国球员频繁转会, 往来随意, 致使愈来愈多的国家联赛都具有国际的因素。球员们不论国籍, 只效力于自己的俱乐部, 他们比赛时的激情中完全没有爱国主义的因子。

　　然而，到了世界杯大赛，天下大变。各国球员都回国效力，穿上与光荣的国旗同样色彩的服装。在每一场比赛前，还高唱国歌以宣誓对自己祖国的挚爱与忠诚。一种血缘情感开始在全身的血管里燃烧起来，而且立刻热血沸腾。

　　在历史时代，国家间经常发生对抗，好男儿戎装卫国。国家的荣誉往往需要以自己的生命去换取。但在和平时代，唯有这种国家之间大规模的对抗性的大赛，才可以唤起那种遥远而神圣的情感，那就是：为祖国而战！

　　尽管这只是"和平时期的世界大战"，或是一种美丽的战争模拟，或是最庄严的人类游戏。但是在和平时代，除去足球，很少有一种东西可以把人们的爱国情感如此强烈地激发出来。

　　你看，世界杯上的球迷——他们决不只是为自己球队助威，更为了各自国家的荣誉与尊严呼喊！否则，一粒球的得失，怎么会等同于一种存亡？胜而举国光明，败则天昏地暗。德国队失败后，科尔总理居然说："德国队的失败是全体德国人民的损失。"这话真像在说一场决定国家荣辱的战争了。

　　为此，球迷们从头到脚，全是国家的符号、标记与象征。球员好比上阵的武士，他们则是列开阵势的浩浩荡荡的三军。此时，他们鲜明地感到——国家的尊严无比神圣，国家的荣誉无比崇高，国家的形象无比珍贵。人世间唯有国家情感才能这样至高无上。

　　国家情感，是一种历史情感，文化情感，地理情感，也是一种民族情感。它平时不知不觉地潜在人们心底，此刻却被有声有色、百倍千倍地激扬出来。

　　有趣的是，在比赛中，双方球员和球迷都争得你死我活；但比赛之后，球员们互相拥抱和互赠球衣，球迷们则在一起畅聚联欢。战争中的对抗因相互伤害而更加仇恨；世界杯的对抗换来的却是友谊、交流，还有团结。

　　同时，不论胜者还是负者，各自的国家情感全受到一次强大的激发，人们心中那种神圣的精神需求都得到一次淋漓尽致的满足。

　　这是世界杯创造的奇迹，也是人类用足球创造的现代文明。

文化观

　　精英文化是自觉的，原始文化与民间文化是自发性的。"自觉"来自于思维，而"自发"直接来自生命本身。它具有生命的本质。所以，西方画家总是不断地从原始与民间这两个"源"中去吸取生命的原动力与生命的气质。

　　所以说，生命之美是民间审美的第一要素。

——《民间审美》

这些古村落已经看不到任何历史的记忆和见证，它们都跑到哪里去了呢？

——《谁掏空了古村落？》

知识分子与文化先觉

　　当今，文化自觉作为社会发展的必需，已成为人们的共识。

　　文化自觉是清醒地认识到文化与文明的意义和必不可少。然而，对于知识界来说，只有自觉还不够，还要有先觉，即文化的先觉；因为知识分子的性质之一就是前瞻性和先觉性。在全社会的文化自觉中，最先自觉的应是知识分子。文化先觉是知识分子的事。

　　文化先觉是指知识分子要自觉地站在时代的前沿，关切整个文化的现状、问题与走向，敏锐地觉察到社会进程中崭露出来的富于积极和进步意义的文化潮头，或是负面的倾向。当然，不只是发现它、提出它、判定它；还要推动它或纠正它，一句话——承担它，主动而积极地去引领文化的走向。

　　文化先觉首先来自知识分子的文化责任。文化是精神事物，它是耶非耶与何去何从，天经地义地要由知识分子所关切所承担。它是知识分子的"天职"。一个时代如果没有一批富于文化良心、淡薄功利的知识分子，没有他们的瞠目明察、苦苦思辨与敢于作为，这个时代的文化就会陷入混沌与迷茫。就像五四时期那一批优秀的知识分子，给那个困扰纠结时代的文化注入了进步与光明的力量。

知识分子是个体。个体不一定是孤单和弱势的。当个体真诚地投入时代的大潮中，其判断与作为切中了现实，就一定会得到愈来愈广泛的认同，成为共识，获得支持，从而不再孤单；只有成为时代文化进步的推动者，才会感受到自己的价值与力量。因此说，知识分子要首先成为这种先觉的思想的实践者，在实践中修正自己、判定自己和验证自己；而不是坐而论道，指点江山，与现实风马牛不相及。任何有价值的思想都是大地里开出的花；而任何真正美丽的花除去美丽，还要结成种子，回落到大地里，开放出更加绚烂的花来。因此说，先觉与否要在现实中证实。

先觉者都应是先行者。

文化先觉不是一种觉察，而是一种思想。它由广泛的形而下的文化观察与体验中，发现到时代性的新走向新问题，通过形而上的思辨而产生的一种具有思想意义的新认识。

这种先觉不一定都在国家民族文化层面上，也有生活、城市、习俗乃至审美等不同的文化层面与方面。关键是要对它保持锲而不舍的守望与关切。先觉又是一种境界一种状态；这种境界和状态产生于具有高度文化责任和知识精神的知识界。

当然，文化的先觉还要来自广阔的文化视野。没有对文化的博知与深究，对文化史的学养，对当代世界不同类型国家文化的广泛观照，敏锐、深刻和富于真知的文化先觉缘何产生？在精神领域里，高度不会凭空而起，深度加上广度才会产生高度。

文化自觉与文化先觉有所不同。文化自觉的要求具有普遍性，而文化先觉——由于它具有发现性、进取性、引领性，它的要求似乎更高一层；但它又是知识分子所要具备的。它不是某个人一定具备的，却是知识界必须具备的。或者说，知识分子本来就应有这种先觉性。失去这种责任和性质就不再是知识分子，而只是"有知识的人"。

对于转型期间的当代中国，文化上充满内在的冲突与活力，问题与希望，文化现象无比纷繁，有待我们去思辨与认知。因此说，文化先觉，它既是文化发展的需要，更是知识分子的职责与使命。

文化怎么自觉

　　██████　　近来，一个概念愈来愈响亮，这个概念是"文化自觉"。此于知识界是高兴的事，因为这个很早就发自知识界的声音开始有了社会回应。

　　三十年来，中国社会在进入全球化的商品社会之后显示出蓬勃与雄劲的活力。尽管"两个文明一起抓"提得很早，颇具远见，但对于贫困太久的中国来说，物质性的财富既是迫不及待的需求，又是挡不住的诱惑，故而长期以来"两个文明"一直处于"一手硬一手软"的状态。于是，物质殷富与精神匮乏荒唐搭伴带来的种种问题日渐彰显。这便是提出文化自觉深切的现实背景，也是其意义重大之所在。

　　请注意，当今，是由于人们在现实中痛感到了文明缺失后果之严重，才关注到了文化自觉的必要。关注总是好事，但不是说文化自觉，文化就自觉了。重要的是什么叫文化自觉，谁先自觉，怎么自觉。不弄清这些根本问题，文化自觉最终会变成一个空洞的口号，真成了喊文化自觉就文化自觉了，甚至会搞偏，红红火火闹一闹"文化"，好像文化就自觉、就繁荣了。

什么叫文化自觉？

依我看，人类的文化（或称"文明史"）分为三个阶段：第一是自发的文化，第二是自觉的文化，第三是文化的自觉。以文字为例——在原始时代，人们为了传达讯息与记事，刻画各种符号于岩壁，却并不知道这是一种文字，是文化，这便是自发的文化阶段；后来人们知道这种符号功能的重要，开始自觉去创造与应用，这便进入自觉的文化阶段；人类由自发文化迈入自觉文化是文明的一大进步，然而更重要的是对文化的自觉。具体到文字上说，就是如何科学地规范文字、保护濒危文字等等。

文化的自觉就是要清醒地认识到文化和文明于人类的意义与必不可少。反过来讲，如果人类一旦失去文化的自觉，便会陷入迷茫、杂乱无序、良莠不分、失去自我，甚至重返愚蛮。

文化自觉还有一个重要方面，是建设当代文化高峰的自觉。

那么文化应该谁先自觉呢？

首先是知识分子。我写过这样一句话："当社会迷惘的时候，知识分子应当先清醒；当社会过于功利的时候，知识分子应给生活一些梦想。"知识分子天经地义地对社会文明和精神予以关切，并负有责任。没有责任感就会浑然不知，有责任感必然深有觉察，这便说到了知识分子的本质之一——先觉性。先觉才会自觉，或者说自觉本身就是一种先觉。

我们说责任，当然不仅仅是说说而已，而是要去承担。这道理无须多说，从雨果到晚年的托尔斯泰，从顾炎武到鲁迅，他们的言行都在我们心里。然而，我们当今有多少人像他们那样勇于肩负这样的时代使命？这不能不做深刻反省。

再有，国家的文化自觉同样至关重要。

以我这些年从事文化遗产保护时的亲身经历，我以为国家的文化自觉是有的。比如知识界提出的对"非遗"保护的观念与种种措施都得到国家的接受。在确立"文化遗产日"、传统节日放假、制定与颁布"非遗"法、建立"非遗"名录等方面，国家都一步步去做了。可是在我们口口声声说的"经济社会"中，文化到底放在什么位置？还有宏观的国家文化方略到底是怎样的？仍十分需要明确。

在现实中，问题最大的倒是在政府的执行层面上。或由于长期以来重经济轻文化，或由于与政绩难以挂钩，致使文化在经济社会中处于弱势。文化的缺失不会显现在任何一级政府当年的统计表中，但日久天长便峥嵘于各种社会弊端上，并积重难返。因此说，政府的执行层面的文化自觉成了关键。若要使这一层面具有文化自觉必须有切实的办法，否则文化在这个层面必然化为几场大轰大嗡、明星云集的文化节和一大片斥资数亿的文化场馆。因为，当前文化的遭遇，往往是要不依附于政绩，要不与经济开发挂钩，化为GDP；文化失去了本身最神圣的功能——对文明的推进，还有自身的发展与繁荣。任何事物只有顺从其本质与规律去发展，才是科学的发展。违反其规律与本质就是反科学——在文化上就是反文化的。当然这就更提不到文化自觉了。

我们现在常把文化自觉与"文化自信"并提，这十分必要。这两个概念密切相关，当然还有各自的内涵。文化自觉是真正认识到文化的重要性和自觉地承担；文化自信的关键是确实懂得中华文化所具有的高度和在人类文明中的价值。否则自信由何而来？

　　我对文化自觉的理解是，首先是知识分子的自觉，即知识分子应当在任何时候都站守文化的前沿，保持先觉，主动承担；还有国家的文化自觉，国家也要有文化的使命感，还要有清晰的时代性的文化方略，只有国家在文化上自觉，社会文明才有保障。当然，关键的还要靠政府执行层面的自觉，只有政府执行层面真正认识到文化的社会意义，文化是精神事业而非经济手段，并按照文化的规律去做文化的事，国家的文化自觉才能真正得以实施与实现。上述各方面的文化自觉最终所要达到的是整个社会与全民的文化自觉。只有全民在文化上自觉，社会文明才能逐步提高，当代社会文明才能放出光彩。

伪文化之害

伪文化非今日之所为。中国文化悠久，伪文化自然一样源远流长，不过古代的伪文化仅限于仿效书画器物，多半还是出自对古人的崇仰，尊崇过分，则亦步亦趋，以酷肖名人为至高无上，伪作因之生也。不过这对于文化却无大伤害，甚至偶尔还会有点益处，比如东晋顾恺之的传世之作，大多是宋人摹本，倘无这些伪品，今日如何知道晋代绘画"人大于山，水不容泛"的样子？

今世的伪文化性质就变了。它并非仿古，而是仿造。仿造不必像仿古那样追求古人的神髓，只要模样差不多，大批制造就行。比如，洛阳的唐三彩到处不愁买不到，尤其从白马寺到洛阳的路上，触目皆是，堆积如山，极为壮观。这并非旅游纪念品，而是照原样复制的廉价工艺品，细看之下，粗糙不堪。由于生产者争夺市场，盲目投产，供大于求，带来了一片滞销景象，古文化在伪造中贬了值。

在世界各地的唐人街上，情况就更可怜了。几乎所有的工艺品店都是这种中国文化低档的仿制品，价格低贱，又毫无艺术可言。洋人们大多没来过中国，如果对他们说，这是中国国宝的复制品，则必是把中华文化自我轻贱了。

进而言，伪文化在当今中国，可谓铺天盖地，波澜壮阔，几乎每一种具有魅力的文化，都必有浩浩荡荡却毫无魅力的伪文化；甚至每一部古典文学名著，都演化出一座荒唐可笑的娱乐场，如"西游记宫""封神榜宫""水浒宫"等等。小到各种工艺名品，大到亭台楼阁、城池要塞，直到开封的那条仿造古代的大街。

在街上踱步，两旁的房宇店铺，全都像影城那样散发着虚假的气息，没有特定的年代特征，没有细节的讲究，没有历史知识性的精心设计，更谈不上历史感和历史的美感。无疑，历史在这里不是被高度严格化，被追求，被敬重，而只是一种赚钱的由头。

在这座历尽沧桑的十朝都会的中心，建造出如此一条布置的街道，给人什么感受？对于背靠着五千年灿烂的中华文化的中国人来说，是一种自豪还是自悲？

从历史的演变看，中国文化早在汉唐时代，已臻博大精深，单是一个"精"字，就体现了中华文化的高超与神圣。由是而下，代代承袭，直到清朝的前三代，但此后却忽然急转直下，走向粗鄙。不仅制作简陋，设计也缺乏想象与创意。有人认为，这主要是由于清代中期以后，外侮日亟，国力下降，民族的精神衰颓之故。我想，还有一个原因，便是此时各地新兴的城市崛起，机器生产出现，市场经济勃兴，都促使了工艺操作与制作程序的简便化，以求快捷地获利。文化便走向粗简。粗简向前一步就是粗鄙。

目前，中国市场经济再度蓬勃，文化是否又面临一次粗鄙化？

若说当今伪文化泛滥的缘故，一方面是普遍的文化素质低所致，而诱发这低素质疯狂发作的却是直接的金钱效应。

伪造烟、酒、药、名牌产品要受法律惩罚，为什么伪文化却通行无阻？这是因为人们并没有看到伪文化之害。

博大精深的中华文化正在被改造得浅显粗陋。

然而，这文化的粗鄙化带来的更深、更长远的危害，不仅仅在文化本身，还将败坏我们的国民精神，即精神走向浅尝辄止、粗糙浮泛、不求精深和甘居落后，伪文化将进一步致使民族低素质化。

文明追求精致，野蛮任其粗鄙，伪文化造成低素质，低素质制造伪文化，若要打破这恶性循环的怪圈，应该从哪一环开始？

拒绝永恒与点子文化

现在是21世纪了。我们有必要把那些古老的东西，包括古老的观念都拿出来掂量掂量，比如那个曾经被埃及人用230万块巨石堆造的金字塔所象征的永恒，看看它究竟还有多重？

由于人的生命只是一个过程。它以时间为载体，只能够线性地行走一段距离，不能永远地存在下去。人的至高无上的生命渴望便是永生，永生就是永恒。因此，古老的艺术的最灿烂和庄严的主题都是对永恒的想象与追求。由于艺术的追求就是生命的追求，所以艺术家们对艺术本身的最高追求也是永恒。作家在手稿中，作曲家在谱纸上，画家们面对草图——全都是不断创造，又不断推翻；不断修改，又不断自我否定。不管是为了一个细节的准确，还是为了一个笔触的神奇，这种艺术行为的骨子里，都为了作品的永在。我在巴黎的巴尔扎克故居博物馆看过他的手稿。每一页修改部分都远远超过他最初写作的那部分。细小的字迹，全是从生命深处抽出来的精髓，一点点充实到作品中去。我感觉巴尔扎克的写作简直就是在压榨自己，直至把自己掏空。在这密密麻麻的反复修改的字迹里，我们不是看到了作家为了永恒那种拼死的搏斗吗？

然而，今天的艺术家已经完全不再这样拼命。媒体早已经把人们改变得"喜新厌旧"。它还和网络联手，让我们的感官天天快乐地塞满亮闪闪的新信息，并潇洒地一扬手，纷飞地抛掉昨天的旧闻。但这不能怨它们，媒体和网络全是市场。市场的生存方式，就是不停歇地推出悦人耳目的新事物。谁占领了今天，谁就可以称王称霸。只有傻瓜才想着去做死后的梵高。如果死后成不了梵高多冤！再说如今在市场中走红的那些人物，哪一个不是貌似梵高？

活着的梵高比死后的梵高实惠多了。

于是今天，即使那些最"私人化"的现代主义者，也渴望着在世间走红，哪怕当上一天的王者。但是要想成为王者，首先要推翻和否定前人。

本来，艺术之间很难使用否定。科学往往从对前人的否定中向前跨出历史性的一步。哥白尼推翻了地球中心说，人们对宇宙及自我的认识便进入了全新的境界。但谁能推翻莎士比亚？莫里哀还是阿什·米勒？艺术只能凭借迥异于别人的个性而独领风骚。一句话，科学需要否定，艺术只能区别。但艺术的区别，只有另外去创造一个前所未有的艺术生命来——这谈何容易！对于现代人来说，这样做又似乎太慢、太苦、太没把握，市场也不允许。那么用什么去否定别人？批评吗？当然不是。当今的批评最多只能够把一切都涂灰涂黑，弄得不清不白而已。怎么办？法宝只有一个——用观念！

　　只有新观念才能毙掉旧观念。又快，又便当，又干脆，而且来得轻而易举。

　　于是观念艺术充斥着20世纪的后半叶。一个观念的出现，带来一阵新奇，一片惊呼，一片喝彩。就像媒体中的一条爆炸性新闻，市场上一件奇特的商品上市。新观念全是针对旧观念设计出来的，所以它必胜无疑。它使昨日的"观念艺术"成了昔日的报纸或过时商品，黯然失色，乏味多余。所以，尽管20世纪后半期的艺术五花八门，层出不穷；艺术家们多如繁星，个个振聋发聩，人人称霸一时，但到了世纪末总盘点时，竟然没有留下几个！由于它们全是否定一个，出现一个，就像多米诺骨牌那样，但最后看上去却像一大片全趴在地上。而我们的文坛不也是演足了这样的活报剧吗？可悲的是，每当这种观念艺术出了新招，评论家总是趋之若鹜，唯恐落后，被新潮甩下。那种对新奇文本的饶舌一般的阐释性的"评论"，看上去都像"打托儿"一样。他们被一种潜在的心理捉弄着，那就是：谁吹捧新潮，谁才能进入新潮。

　　观念艺术的关键是观念本身。观念愈来愈重要，制造就愈来愈次要。反过来观念渐渐就成了一种"点子"。点子只给人刺激，不给人感受。在市场经济发达的国家，一些标新立异的画展往往由美术馆来策划，艺术家来完成。就和我们当今的一些图书一样——出版社来策划，作家来施工。

　　艺术的原创力自然衰竭！艺术市场却五光十色！

　　尽管市场上的图书风情万种，能留下的作品有几本？

　　从这里我又想到，与新潮艺术翻新不已的同时，还有市场上最流行的那个字眼儿——时尚。实际上，如今的"时尚"早已不是唐女尚胖身，楚女尚细腰的那种时代风尚了。倘若商家非要等着时尚的自我形成和自然出现，再去运作时尚商品，肯定早被同行们挤垮了。因此，在消费时代，一切时尚全是商家的策划。从汽车新款到流行色，只要流行开来，就有钱可赚。所谓"领导时代的新潮流"，实际上是"指导花钱的新方式"。时尚成了一种卖点，不断翻新时尚就是不断制造卖点。时尚由自然的变为人为的。人在被时尚所驱动，说到底还是被市场霸权所摆布。

在这市场行为中，"点子"具有非凡的意义。它能使任何一件事物超凡脱俗，奇迹出现；能决定企业的生死，转阴为阳，起死回生；还能点石成金，成为滚滚财源。它又最有新闻性，使你的一切很快传布天下。如果艺术家们也自觉地使用起"点子"来呢？

说到底，商业的点子与艺术中的观念在性质上同类，都是卖点！

点子文化已经覆盖了我们的艺术与文学。点子思维已经占据了我们艺术家们的脑袋。

艺术一旦被它所操纵，它的光明的一面，是一定会制造出一时的奇观；它的黑暗的一面，是一定并很快地被别人制造的更夺目的奇观所覆盖。

永恒的本质是对完美的追求。拒绝永恒追求的艺术，必然走向粗糙、廉价和短命，这就要看你选择什么了。

谁在全球化中迷失？

██████████　当今的作家，愈来愈迷恋于"个性化写作"，进而是
"私人化写作"。我们自以为这样做，可以脱离开与任何人的精神粘
连，绝对地树立起自我，但我们写作的背景文化却刚好相反——它们
正在悄悄地相互消解、融合、同化，经历着一种前所未有的"全球
化"的过程。

全球化是全方位的。从政治、哲学、经济、科技、传媒到文化。
文化不可能单独地逃脱出来。全球化是高科技和市场相结合的产物，
而随着市场与高科技的发展还在不断给这种全球化注入激素。虽然全
球化潮流的兴起，不过是近二十年的事，但它已经是不可逆的。谁拒
绝它，谁最终一定会被日益加速的地球甩掉。全球化是一种霸权。在
这种霸权的制约下，一种全球性文化的雏形已然出现。我把这种超地
域的文化称之为"地球文化"。简明又形象地说，便是球星+歌星+电
视+汉堡包+快餐+好莱坞大片+超级市场+牛仔裤+一切衣食住行的名

牌商品，再加上全知全能的因特网。这是一种在当今地球上最流通的所向披靡的文化。它具有强大生命力与活力。它乘驾着比上帝还神通广大的高科技，通过市场管道，流通于国际市场；它有意躲过并超越一切人文障碍；传播中无须再去解读，甚至于不需要"交流"那个"古老"的概念。于是这种通行无阻的"地球文化"，愈来愈成为地球上最具强势的文化主流。

随着社会发展，人们还会不断创造出更多、更便捷、更具冲击力和市场魅力的文化品种，加入到这个"地球文化"的体系中来。

在这个巨大而威猛的全球性的文化面前，所有地域性、民族的文化都会逐渐退到边缘。愈是独特的文化，愈会像珍奇动物那样，最后只是在护栏中间生存，并痴立一旁，瞠目结舌地看着流行并走红的"地球文化"飞黄腾达。

我们所处的时代，是在一条历史的分界线上。在我们面前是"全球化"文化，在我们背后是各自民族和地域的文化。这种地域文化始于一个个人文聚落的源头，并在相互隔绝中成长与形成。所以，每种文化对于其他文化来说都是一种"异性"，相互不能替代。文化的最高价值曾经被确定为独特性。可是当我们从这种文化的历史迈向未来，也就是迈向全球化之后，必然要丢掉的便是这种地域的独特性。可以说，我们正面临这样一场文化上的自我毁灭。

这也是高科技给人类带来的巨大恩惠的同时，丢给我们的最大的负面与阴影了。

那么，它将给文学带来什么呢？

首先，作家会渐渐失去本土文化的资源。也就是随着社会生活的全球化，地域独具的生活内容则渐渐淡化与稀薄。任何传统的哪怕是非常迷人的方式，都会变得陈旧和过时，或者成为一处静止的历史形态。然而，作家写作的本土资源一旦荒芜，它便失去自己原有的文化凭借与文化优势。将来我们是不是都像美国人那样写作了？可是美国人也会失去他们自己的文化和文化上的自己！

进一步说，我们还将丧失各自思维的文化特性。那时，西方人不再会因为文化障碍而看不懂东方人的作品，因为全球化会使人类的一切文化界限愈来愈模糊。如果说，人类在相互隔绝时代的文化是各走极端，那么在全球化时代的文化一定会走向一元。应该强调，由于文化是集体性质的，那么在全球化的环境里，被泯灭的是一种集体的多元性，却不会消灭个体的丰富与自由。故此，随着全球化的进展，失去了集体特征的作家们一定会更去注重"私人化"写作，以膨胀的个体来加强自身价值。在全球化的时代，成功的作家一定都具有"超人"的个性魅力。全球化的文学一定是依靠一些伟大的个性支撑起来的。

然而，这个被全球化一统天下的文学，却永远失去了深厚与多彩的文化血肉，失去不同文化的魅力与神秘感，失去各个地域独有的匪夷所思的思维特性。尽管文学不会失去作家个性，却失去了文化个性——也就是地域的集体性格这个层面，以及这一层面上强有力的精神，深邃的底蕴，独具的美和无穷无尽的创造空间。当然，对此我们无法回避，只能无奈地顺从。因为这是人类前进的大势所趋。

我们站在这历史交界线上的一代作家，是最后一代使用地域文化的作家，我们有理由抗拒文化的全球化，而把这个历史的文化的火炬一直举到尽头。直到它烧到我们的手指，然后一点点熄灭。

文化可以打造吗?

　　一个气势豪迈的词儿正在流行起来,这个词儿叫作"打造文化"。常常从媒体上得知,某某地方要打造某某文化了。这文化并非子虚乌有,多指当地有特色的文化。这自然叫人奇怪了,已经有的文化还需要打造吗? 前不久,听说西部某地居然要打造"大唐文化"。听了一惊,口气大得没边儿。人家"大唐文化"早在一千年前就辉煌于世界了,用得着你来打造? 你打造得了吗?

　　毋庸讳言,这些口号多是一些政府部门喊出来的。这种打造是政府行为,其本意往往还是好的,为了弘扬和振兴当地的文化。应该说,使用某些行政手段是可以营造一些文化氛围、取得某些文化效应的,但这种"打造"还是造不出文化来。"打造"这个词儿的本意是"制造"。优良的工业产品和商品,通过努力是可以打造出来的。文化却不能,因为文化从来不是人为地打造出来的。温文尔雅的吴越文化是打造出来的吗? 美国人阳刚十足的牛仔文化是打造出来的吗? 巴黎和维也纳的城市文化是打造出来的吗？苗族女子灿烂的服饰文化是打造出来的吗？谁打造的？

文化是时间和心灵酿造出来的，是一代代人共同的精神创造的成果，是自然积淀而成的。你可以奋战一年打造出一座五星级酒店，甚至打造出一个豪华的剧场，却无法打造一种文化。正像我们说的，使一个人富起来是容易的，使一个人有文化——哪怕是有点文化气质可就难了。换句话说，物质的东西可以打造，精神文化的东西——是不能用"打造"这个词儿的。难道可以用搞工业的方式来进行文化建设？那么为什么还要大喊打造文化，仅仅是对文化的一种误解吗？

坦率地说，"打造文化"叫得这么响，其中有一个明显的经济目的——发展旅游，因为人们已经愈来愈清楚文化才是最直接和最重要的旅游资源。一切文化都是个性化的，文化的独特性愈强，旅游价值就愈高。文化是老祖宗不经意之间留给后人的一个永远的"经济增长点"。那么在各地大打旅游牌的市场竞争中，怎样使自己的文化更响亮、抢眼、冒尖、夺人？一句话，看来就得靠"打造"了。

很清楚了，这里所谓的"打造文化"，其本质是对原有文化的一种资源整合，一种商业包装，一种市场化改造。当今有句话不是说得更明白吗——要把某某文化打造成一种品牌。"品牌"是商业称谓，文化是没有品牌的。中国文化史从来没有把鲁迅或齐白石当作过"品牌"，鲁迅和齐白石也不是打造出来的。当下的打造文化者也并不想再打造出一个鲁迅或齐白石，却想把鲁迅和齐白石当作一种旅游品牌"做大做强"。所以伴随着这种商业化的"文化打造"，总是要大办一场大轰大嗡的文化节来进行市场推广。这种打造和真正的文化建设完全是两码事。

　　进而说，如果用市场的要求来打造历史文化，一定要对历史文化大动商业手术。凡是具有趣味性和刺激性、吸引与诱惑人的、可以大做文章的，便拉到前台，用不上的则搁置一旁。在市场霸权的时代，一切原有的文化都注定要被市场重新选择。市场拒绝深层的文化，只要外表光怪陆离的一层。文化的浅薄化是市场化的必然。此外，市场还要根据自己的需要，还要对原有文化进行再造，涂脂抹粉，添油加醋。插科打诨，必不可少。这也是各个旅游景点充斥着胡编乱造的"伪民间故事"的真正缘故；与此同时，便是无数宝贵的口头文学遗产消失不存。再有就是假造的景点和重建的"古迹"。这儿添加一个花里胡哨的牌坊，那儿立起来一个钢筋水泥的"老庙"，再造出一条由于老街拆光了而拿来充当古董的仿古"明清街"，街两边的房子像穿上款式一样的戏装那样呆头呆脑地龙套似的站着——文化便被打造成了。

　　这里边有文化吗？真实的历史文化在哪儿呢？打造出来的到底是什么"文化"？伪文化？非文化？谁来鉴别和认定？反正前来"一日游"的游客们只要看出点新鲜再吃点特色小吃就行。没人认真。也许那些对当地文化一无所知的洋人们会举着大拇指连声称好，凑巧被在场的记者拍张照片登在转天报纸的头版上，再写上一句"图片说明"："东方文化醉倒西方客。"

　　打造文化，一个多么糊涂的说法和粗鄙的做法！

城市可以重来吗？

████████　　前不久，某地房地产业召开一个"高峰论坛"，主题词气吞山河，曰：有多少城市可以重来？

其实这口号并不新鲜，早在 20 世纪中期，我们就这么气壮山河地高吼过——什么改天换地呀，大地换新装呀，山河一新呀，等等，好像非此不能体现我们这一代人的丰功伟绩。然而，这些看似壮丽的口号又是可怕的。多少大自然的生态和不能再生的历史文化遗存，就在这口号下被大肆涤荡，破旧立新，推倒重来，所剩无几。

今天，站在现代文明的立场看，这些口号是不文明的，甚至是野蛮的。

还得承认，开始对外经济开放和现代化的时候，我们并没有站在现代文明的立场去审视过去和面对今天。脑袋里热烘烘，依旧是"破旧立新"和"旧貌换新颜"那一套，再加上这一次的力度之大前所未有，所以直接的负面后果是六百多个城市的历史生命被一扫而光，性格形象消失了，年龄感没了，个性记忆被删除得干干净净，我们已经无法感知认识自己城市的文化性格和精神历程。从这个意义上来说，城市是不能重来的！城市不是一个巨大的功能性的设施齐备的工作机器与生活机器。城市首先是一个生命，有命运，有历史，有记忆，有性格。它是一方水土的独特创造——是人们集体的个性创造与审美创造。如果从精神与文化层面上去认识城市，城市是有尊严的，应当对它心存敬畏；可是如果仅仅把它当作一种使用对象，必然会对它随心所欲地宰割。

这些年跑过的地方不少，每到之处都会向当地主人提出看看历史街区。这种在欧洲会被当作很尊重他们的要求，却常常使当地的主人陷入尴尬。一次去往德州这座我心仪已久的古城，转了半天只看到一座古墓，此外就什么也看不到了。这样的徒有虚名的古城，我能开出一个很大的名单。保准人人会吃惊。古城变成新城——这大概就是"重来"的结果。江浙一些沿海现代化的城镇甚至已经"重来"几次了！

世界上有没有重来的城市？有，我看过两座。但我对这两座重来的城市是没有非议的。其中一座是在"二战"时被战火荡平的德国的杜塞尔多夫，一座是被大地震颠覆的唐山，它们几乎是完全重建的。但这是很痛苦的事。然而唐山人很有眼光，还是刻意保留了几座令人触目惊心的地震废墟，作为城市生活难以抹去的痛苦记忆。

珍惜城市精神文化的人，一定会精心地保存自己城市的历史，因为城市的灵魂在它的历史里。这使我想起曾经邀请我去柏林演讲的一个专事修复前东德城市遗存的组织，这组织的名称很独特，像口号，它叫作"小心翼翼地修复城市"。一听这名称，我就对他们心生敬意。

我们是不是真的不懂得城市的文化意义与精神价值？我想是，但也不是。

为什么说"也不是"？实说了吧，有时表面装不懂，实际是为了钱，为了经营城市及其土地。在这些人眼里，每一座建筑下边的土地都可以变成大量钱财。只有把这些建筑拆掉，土地才有了再使用的价值，即经济价值。于是，城市的历史文化便成了他们"盘活土地"的障碍。所以，他们要千方百计拆去这些历史建筑——这大概就是对城市呼喊"重来"的最真实的动机了。

城市要发展，要更新设施，增添功能，一定要被更改。为此，历史文化遗存也一定要付出代价，但这个代价要经过审慎思考和严格论证，它与"重来"是两码事。重来者无视城市的历史存在与文化存在，对于城市的历史生命是一种断送，对文化积累是一种彻底的铲除，对城市个性是一种摒弃。

不要把这个城市的"重来"之说仅仅当作一个不恰当的口号，它是那种由来已久的无知与野蛮的城市观在市场经济时代的恶性发作。尤其是在一些历史街区一息尚存的城市里，这种口号将催化城市历史的终结式的消亡。

胡同，城市人文的根须

由高空俯望城市会有一种奇异又优美的发现，在稠密又拥挤的城市里，布满着粗细弯曲、发散状的街巷。粗的是街道，细的是里巷和胡同；其形其状，宛如大树的根须。粗的根脉清晰地穿梭在城市里，细的根须蜿蜒地扎入人们的生活深处。

最早胡同的出现，大约与人的群聚而居有关。人们居住在一起，必须留出进出的通道，胡同便自然出现。而街道的出现大约与商业有关。买卖总是放在大家行走的地方，街道也就渐渐形成。因而说，街道是社会性的，胡同是生活性的。

人的日常生活、起居的习惯、个人的方式全在这胡同里；还有人生的经历，包括婚丧嫁娶、生老病死也都在胡同里；有的人在里边要过上半生乃至一生。胡同是一种古老的社区，别看胡同口没有门，无关的人轻易是不会走进去的，因而胡同里边住着谁，有怎样的一些家庭，外边的人一概不知，但胡同里的老邻居们彼此心知肚明。一个城市的大事情发生在街头，但这些大事情的主人公却往往住在某一条胡同里。因此说，胡同是城市最隐秘的地方，是最深的生活肌理，是最长最韧的人生根须，因而也是城市最丰富、最深刻的记忆。

如果没有这些胡同，城市失去的不仅是记忆，更是它的生命的丰富和厚重。然而，在当代城市的再造中，大量的胡同随同历史街区的推平而消失。城市的人文肌理一旦被抻平，就会变得漂亮又浅薄。宛如失忆者那样呆头呆脑。记得2000年天津改造估衣街时，要拆掉许多街区和里巷，这个地区是比天津老城的历史还要悠久的城市板块。我曾请一些朋友去做那里原住民的口述史，试图留下这个津城最古老区域珍贵的记忆，但我们的行动赶不上铲车的速度。当街区荡平，胡同消匿，原住民如群鸟一哄而散，无影无踪，如今站在那里怎么可能再感受到六七百年的历史沧桑与城市漫长的历程？怎么可能再听到那些老街老巷里的活的历史？

上述这些想法应是编写本书的缘起。所幸的是，本书的作者多是昔时老胡同生活的目击者，甚至亲历者，运笔行文，带着感受，便分外生动。他们所写，有的是往日的民间传说，有的则是个人的耳闻目见。如果不写下来，日久便会消散或遗忘。口头记忆是靠不住的，最可靠的方式是将其写下来，转化为文字。特别是书中不少故事的载体——老胡同，在城改中早已经消失得无影无踪了，这本书便为我们城市文化保留下一份无形的财富。

津门胡同到底有多少，有人说数百，有人说几千，但无人能说清楚。数不清的胡同使这座城市庞博而深厚。胡同的形状千姿百态。里边的情味各不相同。虽然全有名称，有的却始终大隐于市而无人知晓，有的一度声名大噪而世人皆知；有的因人而贵，有的因事而奇；有的神秘，有的透亮，有的诡异，有的诱惑，众口相传，化为神奇。20世纪80年代，天津民间文学普查时，不少美妙的民间传说都来自胡同。

从城市文化角度来看，胡同是个故事篓子，是众生相的数据库，是城市的人文老根。

因此说，这是一本生动又厚重的地域文化的好书，而今天作为"贺岁书"出现在我们眼前。在这个充满情感气息的传统的佳节中，它一定会给我们带来很深挚的精神回味和温馨的文化满足。

最后要说的是这本贺岁书。

自2004年津门六百岁之日，《今晚报》邀我参加他们编写的贺岁书。由是而今，六年六册，中无断歇。所选题材，皆是津门故里乡土俚俗，以抒乡情；版本采用图文形式，以娱大众。连封面也一律采用鲜艳的大红色，以求火爆，强化年味。而且，每年还要在正月初六之日，邀请图书作者集体为读者签名，渲染城市的年的气息。用心可谓良苦。

中国电影有贺岁片，唯津门图书有贺岁书。这也是一种文化创造，或称新的"年文化"，为的是过一个"文化年"。

愿这种为城市文化所做的好事长久地继续下去。

仿古街，请三思而后行

　　当前，愈来愈多的城市都头脑发热地想干一件事，建造一条仿古街。

　　这不幸地应验了二十年前大规模城市改造时，我们说过的一句话：等到把真的拆光了后，就要造假的了。

　　记得20世纪末天津拆除那条著名的老街——估衣街时，我写过一篇文章《老街的意义》。我说："一个城市的街道就像一棵树的千百棵根须，其中最粗的根就是这城市的老街，它深深扎在城市生命的深处，也深深扎在自己的记忆里；它是城市活着的物质遗存，也是城市宝贵的精神遗产。"然而时至今日，只有为数不多的城市留下了这种货真价实、具有深刻记忆价值的老街，比如福州的三坊七巷、屯溪老街和平遥城中的四大街。

　　历史是一次性的。如果毁掉，永远不会再生。可是当城市的历史遗存差不多拆光，偏偏又要开展旅游了，拿什么给人看？独特的历史文化是城市最重要的旅游资源——可是等明白过来为时已晚，世上没有后悔药，只有一个办法，就是仿古造假。于是"仿古街"（明清一条街）应运而生。

这里最大的问题，不是该不该"造"，而是造什么，怎么造，造成什么样。

造仿古街大多是先从城市幸免拆除的残存的一条老街开始的。当这种奄奄一息的老街，一旦被发现还有点油水，有点说头，有旅游价值，就开始大兴土木，大做文章，大举开发。

一套公式化的做法是，先从这条街的历史里找依据、找故事、找卖点，然后找投资、找开发商、找钱，再找规划设计、找古建施工队、找各种仿古构建与装饰公司和工厂；现今，随着仿古街热，这种专业的规划团队、古建队、装修队、光彩公司愈来愈多。所谓的规划就是把老街改作一条纯粹的商业街、购物街；与商业无关的一律抹去。沿街两边全是新建的商铺，模样大同小异，很少再顾及当地的历史特色。清一色木雕花窗，青砖粉墙，油漆彩画，牌匾高悬，红灯高挂；阔绰一些的店铺门口摆一对石狮，既无地域特点，也看不出哪朝哪代，像两排粗俗的古装电视剧里的演员花花绿绿站在街道两边。现在的古装电视剧演员的服装不也是胡编乱造，看不出哪朝哪代吗？统统称它"明清一条街"就是了。然后将街面的老石板换成新石板，栽木植花，再仿照西方城市步行街摆上长椅条凳，供游人歇脚。为了证实这是"老街"，便象征性地留下几幢老屋，却也粉刷一新，或者干脆翻盖，加大尺度，扩大店面。有的则把本地几个老字号硬塞进来，以壮"老街"声色。

　　然后是动迁，将原住民统统请出去，另地安置。原住民是老街的主人，也是灵魂，他们身上保留着老街代代相传的记忆与情感。把他们请出去，老街还剩下什么？只剩下街名，街名能成为旅游的卖点。因此，如今各地的仿古街除去街名，其他基本是一个模样。就像当年造新城那样，彼此抄袭，结果千城一面；这种造仿古街还是彼此模仿，结果也一定是千街一面。

　　跟着是招商。商家来自各地，商品也来自各地，连旅游纪念品也来自全国各地，本地历史文化的特色难以寻觅，何处寻觅？待到节假日外地游客蜂拥而至，热烘烘逛店、购物、餐饮、拍照，回去一看照片，如果不仔细辨认，无法看出这是在哪个城市的"老街"上拍照的了。

　　由千城一面到千街一面，不是一种城市文化的悲哀吗？

　　说白了，过去拆真的，是只为了赚钱，现在造假的，还是只为了赚钱。仍旧没把城市的文化、个性和精神当作一回事。虽说这种仿古街也带来了一些城市旅游的消费收益，但它捧给外来游人的不是自己的个性与精华，而是一种打着老街幌子的粗鄙化、低品质的"旅游产品"，它还破坏了城市仅存无多的一条老街，灭掉了城市生活的一条深远的根。

　　其实，从旅游角度看，愈是原真的，愈有旅游价值。历史街区的价值是多种的，有见证价值、记忆价值、文化价值、研究价值、使用价值、审美价值和旅游价值。失去前边诸多的价值就没有旅游价值，减少前边诸多的价值就降低了旅游价值。

　　老街是破旧的，当然需要焕发它的活力，但要焕发的是历史的活力，还有历史的魅力。

请不要对老街再用"开发"这个词，改用"修缮"吧。

在修缮一条老街时，请多听听专家的建议，也听听原住民的意见，请尊重城市的历史与文化，三思而后行。

谁掏空了古村落？

近年来，在深入各地古村落进行文化遗产的普查时，常常碰到一种令人忧虑的现象，就是它的历史形态虽然依存，那些古老的建筑一幢幢有模有样地立在那里，但建筑里边已经看不到任何历史文化的内涵了。一些非物质文化遗产也都支离破碎，那些唱傩戏的面具、印年画的画版、演影戏的皮影人儿，甚至连寺庙和戏台柱子下边雕花的石礅儿，全都是为了应付游人而找人新刻的。这些古村落已经看不到任何历史的记忆与见证，它们都跑到哪里去了呢？

去北京的潘家园、天津的沈阳道、上海的城隍庙、太原的南宫、成都的送仙桥以及遍布全国各地的大大小小的古董市场和古物集散地看一看吧，都在那里！

我考察过许多国家的古物市场（西方人叫"跳蚤市场"），但绝对没有我们的古董市场如此无奇不有、堆积如山、气势惊人。多年前，我听到一位外国朋友发出感叹，他惊讶于中国历史悠久，古物极为丰富，多得没边。似乎我们的古物取之不尽。但今天如果再去逛逛各地的古物市场，已经被赝品所充斥，罕见真物，现出疲态，真东西不多了！

这不奇怪。首先是长久以来，农村贫穷，物品很难保持。近百年来又经过一次次自我的粗暴扬弃。更直接和更致命的原因则是近二十年古董市场的开放。当时似有一种理论，似乎古董有了商品价值就不会被丢弃或毁掉，并把这种观点当作古董市场开放的理由而全面放开。但不料，它的负面影响远远大于正面影响。

那些很久以来一直被视作"破烂"的东西，忽然值了银子，一方面刺激了卖，一方面刺激了买。卖是为了换钱；买一半是出于爱好，一半是为了升值。买卖都是市场的需求。这便促使一支专事搜罗古物的队伍——古董商贩迅速形成与壮大。遗憾的是，我们对遗产最先看到的不是文化价值，而是商品价值；最先深入田野并看重遗产的不是文化人，而是商贩。在金钱的驱使下，无以数计的古董商贩们跋山涉水、千辛万苦地把各省、各镇、各乡、各村的古代遗存——从家藏细软、字画、陶瓷、家具到服装、老照片、家谱、房地契、农具、生活什物，及至窗扇、牛腿、花罩、砖雕、柱础、门礅等全都搬到市场上。我曾到京郊吕家营看过一个来自山西的商贩存放古董的仓库，单是各式各样的油灯就有数百个；大大小小的粮斗，至少上千。浩浩荡荡地摆成一片或高高地堆成一座小山，全是地道的"山西货"，真比我们"拉网式"普查做得还彻底。其结果是，一方面这些搬到市场的古物失去它的出处，也就失去了对自己原生的那块土地的历史文化见证的价值；另一方面那些被掏空了的古村落只剩下一个徒具其表的干瘿的躯壳。像一堆没有内页的书皮，只有空壳和书名，没有内涵和内容。

古村落是被古董商贩"淘宝"掏空的，也是被我们自己卖空的，倾其所有地卖空的。这就是二十年来古董市场的负面影响。由于没有人类先进的遗产观，没有认识到这些遗产的精神文化价值，没有在文明转型期（由农耕文明向工业文明转型）自觉的文化保护，也由于太看重古代遗存的经济价值了，才把这些极为重要、失不再来的历史文化遗存失去了，致使大部分古村落和城市的历史街区出现了"文化空巢"现象。

可是我们现在仍然没有对重要的民间文化遗存和非物质文化遗产的保护法。前些年有一个来自欧洲的女子在贵阳待了六年，专事收集少数民族传世的古老又精美的服装，然后打包装箱运回国。她收获极丰，情不自禁地说出一句大话："十五年后中国的少数民族服装到我们那里去看！"没有法律保障的遗存会很轻易地流失掉。然而那些古董商贩却一刻未停，依然走村串乡，奋力"淘宝"。古村落仅存的文化汁液还在被使劲地吸吮着。我想，倘若要保住中国大地上最后的原生态的遗存，紧要的是立法保护，当然还有博物馆保护和遗产教育等等。

我们总不能把古村落全变成文化空巢留给后人！

从大水冲了龙王庙说起

■■■■■　我想，七月里北京东城区北总布胡同24号梁林（梁思成和林徽因）故居所遭遇的风波，大概可以成为今年文化界的十大事件之一。我的理由在下边的文章里。

初听这消息真的吓了一跳，心想北京怎么了，城市改造的大水冲了龙王庙，连北京城保护神的老宅子也不要了？梁思成已是举国公认的文化遗产保护的象征。想一想，用撒野的铲车和推土机把这高贵的象征干掉，说明着什么？

前两天，在中国美术馆举行的活动结束之后，即与一位友人去到北总布胡同看看究竟。据友人说，由于梁林故居拆迁一事社会反响强烈，拆除工作已被叫停，相关部门明确地将其列为"保护对象"了。然而，站在这深深的老巷里，还是能看到这幢失不再来的名居险些被毁的惨状，真像战争后的废墟！倒座门楼已经狼牙狗啃，顶子被掀去，惊见云天；然而，一些老房子还在，一株树干有胳膊粗的石榴树和高大的绒花树枝繁叶茂，这株石榴树至少六七十年了，竟然还有几颗开始熟红的石榴沉甸甸地垂下来。它是林徽因亲手栽的吗？这个院落、这些房间就是他们为许多华夏遗存的命运所焦虑和操心之处吗？

这里需要思辨的是，名人故居是否只是名人离世之后留下的房产？它的价值能够仅以建筑史和建筑学的价值来衡量吗？

一个为历史作过重要贡献的人去了，他的生命气质、他的往事、他独有的个人生活，乃至他的精神，除去留在他做过的事情或相关的文字里，还无声地存在于他的故居中。故居的主角是人。他留在故居的大量的生活细节，有待我们去发现、感知与思考。唯有徜徉于屠格涅夫笔下卢布尔耶那庄园的森林与原野，才能感知《猎人笔记》的灵感是从哪里来的；也只有坐在克林的柴可夫斯基那间小小的六边形的摇曳着光和影的玻璃厅里，才能体味到作曲家心灵中特有的气息；屋中的画、家具、窗帘和桌上小小的物品，无不告诉你主人的审美的格调与天性的敏感；只有看见凤凰城中沈从文先生屋里那台陈旧的手摇唱机，才知道他的写作必须有音乐做伴。我们体验过他文字中声音的元素吗？

这些故居虽然不是建筑的经典，却是依然活着的伟大的空间。巴黎郊区奥维小镇上那间梵高住过的又小又破又昏暗的房子，唤起我们的是对这位艺术大师无上的敬意。故居因其主人而有意义和价值，建筑好坏毫不重要。所以说，故居的本质不是物质性的，而是精神性的。

创造了一个城市的是一代又一代人，而每一代人都有其精英与代表，他们是这个城市或地域的灵魂。故居正是这种城市灵魂的象征与确凿存在。它是一个城市或地域十分重要的精神遗产，从文明角度来说，它是神圣不可侵犯的。

当然，文明是一个认识过程，这个过程有幸从梁林故居风波的演进中被我们看到了。从开始遭遇破坏，到富有文化责任感的各界人士发表意见；从有关部门推诿责任到站出来承担保护；更重要的是，愈来愈多的普通群众对之关切——我在梁林故居门前只待了一会儿，就见到有母女二人来到现场，关切此事。母亲年轻，孩子是中学生。经问方知，她们是海淀区人。女儿很崇拜梁思成先生，因此十分关心梁林故居的存亡。我听了很感动。北京民众的文化意识确实令人钦佩。而且上述的一切不都在表明社会文明的自觉与进步？

现在，梁林故居的保护应不再是问题，但如果把梁林故居风波看成一个"现象"，问题就仍然存在。

北京作为我国的政治首都和文化古都，历史文化积淀深厚，各种重要的文化遗存包括名人故居藏龙卧虎，深在市廛之中。由于我们还没有从传统的文物观转化为现代的遗产观，所以对建筑类的遗存依然侧重物质性，忽视精神性；故居属于民居，向来没有清晰的认定标准，因而在近三十年大规模的城市改造中，许多重要而珍贵的名人故居灰飞烟灭，消逝于无。这也是城市历史文化的分量日渐稀薄的原因之一。这使我想起曾住在巴黎时，常见一些老街的街口竖一块铁质的牌子，黑底红字，标题一律是"巴黎的故事"，牌子上写着这条街上居住过哪些重要的人物。其中有些人物可谓大名鼎鼎，令人心生敬意，远远胜过仰着脑袋去瞧那些谁也会盖的摩天大楼。我们不是总叫喊着把城市的文化"做大做强"吗？把文化做精做细才是真正做

"强"，而非花大把钱折腾几个大吵大闹、过后影儿也找不着的文化节。

因而，我想北京的有关部门是否该对城中的名人故居来一遍认真的地毯式普查了？名人故居在城市精神遗产中应属专门一项，过去从未做过。由于涉及各个领域，必邀请各方专家协助认定，然后制定专门的保护条例与措施，这桩事才算真正做实做好。

我突发奇想，如果这事完成，是否可以绘制一张北京的名人故居地图，也叫中外游人来客见识一下北京文化的"深不见底"，也让北京人由此生出文化的自豪感来！

希望遇难成祥的梁林故居能够使我们更看出城市的文化。

民间审美

那些出自田野的花花绿绿的木版画，歪头歪脑、粗拉拉的泥玩具，连喊带叫、土尘蓬蓬的乡间土戏，还有那种一连三天人山人海的庙会，到底美不美？

自古文人大多是不屑一顾的，认为都是粗俗的村人的把戏，难入大雅之堂。故而这些大多为文盲所创造的民间文化一边自生自灭，一边靠着口传心授传承下来。

当然，在古代也有一些文人欣赏淳朴天然的民间文化，大多是些诗人。他们的诗中便会流淌着溪流一般透彻的民歌的光和影。从李白到刘禹锡都是如此。但是，古代画家则不然，他们崇尚文人画，视民间画人为画匠，很少有画家肯瞧一眼民间绘画的。美术界学习民间的潮流还是在近代受到了西方的影响之后。西方的绘画没有"文人画"，所以从米开朗琪罗到毕加索一直与民间艺术是有沟通的。在他们的心里，精英的绘画是"流"，而民间艺术却是一种"源"。

在人类的文化中，有两种文化是具有初始性的"源"。一种是原始文化，一种是民间文化。但在人类离开了原始时代之后，原始文化就消失了。民间文化这个"源"却一直活生生地存在。

精英文化是自觉的，原始文化与民间文化是自发性的。"自觉"来自思维，而"自发"直接来自生命本身。它具有生命的本质。所以，西方画家总是不断地从原始与民间这两个"源"中去吸取生命的原动力与生命的气质。

所以说，生命之美是民间审美的第一要素。

可是，民间文化从来都只是被使用的，被精英文化作为一种审美资源来使用。它的本身并没有被放在与精英文化同等的位置。

在近代，人们对民间文化所接受的一部分，也都是靠近"雅"的一部分。比如戏剧中的京戏，由于趋向文雅而能够受宠，而许多土得掉渣的地方戏仍然被轻视着，因而如今中国一些地方戏种已经到了濒死的边缘。再比如在民间木版年画中，比较城市化而变得精细雅致的杨柳青年画容易被接受，一些纯粹的乡土版画很难被城市人看出美来。

民间文化有自己独特的审美体系。包括审美语言、审美方式与审美习惯。陕北的那些擅长剪纸的老婆婆在用剪子铰那些鸡呀猫呀虎呀娃娃呀的时候，一边铰一边会咧开嘴笑。她们那种无声的"艺术语言"会使自己心花怒放。民间文化与精英文化的另一个不同是，民间文化是非理性的、纯感性的、纯感情的。这种感情是一种鲜活的生命和生活的情感。有生命的冲动，也有生活理想；有精神想象，也有现实渴望。他们这种语言在广大的田野与山间人人能懂，一望而知，心有同感，互为知音。

因此民间审美又是一种民间情感。懂得了民间的审美就可以感受到民间的情感，心怀着民间的情感就一定能领悟到民间的审美。我们为什么只学英语，与外国人交流，偏偏不问民间话语，与自己的乡民村人交谈，体验我们大地上这种迷人的情感？何况这是一种优美而可视的语言。这种语言坦白、快活、自由、一任天然。没有任何审美的自我强迫，全是审美的自发。它们不像精英文化那样追求深刻，致力创新，强调自我。它们不表现个性，只追求乡亲们的认同；它们追求的实际上是一种共性。至于某些民间艺人的个性表露也纯粹是一种自然的呈现。他们使用的是代代相传的方式。纵向的历史积淀的意义远远超过个人超群的价值。它们最鲜明的个性是地域性，它们的审美语言全是各种各样的审美方言。所以民间审美的重要特点是地域化，也就是审美语言的方言化。这便使民间审美具有很浓厚的文化含量。

写到这里，我便弄明白了——过去我们判断民间艺术美不美，往往依据的是精英文化的标准。这样，我们不但只接受了民间艺术很小的一部分，而且看不到民间艺术中的文化美，也就是民间审美的文化内涵。

今天，我们正处在农耕文明向工业化的现代文明的转型期。农耕时代的一切创造渐渐成为历史形态。我们应该从昔时看待民间文化的偏见性视角与狭义的观念中超越出来，从更广更深的文化角度来认识民间文化，感受民间独特的审美，从而将先人的创造完整地变为后世享用的财富。

城市要有旧书市场

在一个城市里，买新书要去书店，找旧书要去旧书市场。新书是新出版的书；旧书却包括过去出版的所有的书。许多书出版后不一定再版，想看想用，只有到旧书市场去找。所以，到书店是买新书，到市场里是淘旧书。淘旧书时还总会有一些不期而遇和意外发现。发现一本不曾知道的特殊的书，像发现一片未知的新大陆。对于一个爱书的人，旧书市场充满着太多的乐趣，有很强的魅力。

记得年轻时，我最喜欢去的地方之一是天津劝业商场与天祥商场"结合部"——那地方是新华书店的旧书部，架上桌上堆满旧书，但是线装书、洋装书以及各类不同内容的书全部分得清清楚楚。那时新华书店的旧书部分作两部分。收购部在和平路泰康商场旁一个临街的店面内。倘若有不看的书便可以拿到那里去卖。书店把买到的旧书整理好，放到劝业商场这边的旧书店来卖。旧书的流动量很大，我经常可以从那里找到自己想要的书，还不时会感受到一本本未知的书带来的惊奇。我喜欢不同时代出版的书带着那些时代独有的风韵，惊叹于各式各样奇特的版本设计与制作的匠心。这些都是书的文化。很长一段时间里，我痴迷于"世界文学名著"，我曾有过一个"藏书工程"，是要将世界名著的中译本搜集齐全。译本要挑选最好的。比如巴尔扎克的书多人译过，最好的译本是傅雷先生的。但傅雷没译过《驴皮记》，只能选穆木天的译本。傅雷没译过《高利贷者》，只能选陈占元的译本。即使傅雷先生本人译的《亚尔培·萨伐龙》，也是20世纪50年代前出版的。这些书只能到汪洋大海般的旧书中去寻寻觅觅。寻找是被诱惑，一旦找到即如喜从天降，这种感觉只有淘书才有。它曾经给爱书的人带来多少"文明的乐趣"！可是它为什么从我们的城市中不知不觉地消失了呢？连新华书店的旧书部也早就撤销了。多亏还有一个"孔夫子旧书网"！

　　本世纪初，我去巴黎考察文化遗产保护。我住的地方是巴黎原汁原味的老区——拉丁区。侧临塞纳河，河的对面是古老又幽雅的巴黎圣母院。这一面，一条沿河的短墙边摆放着几十个旧书摊，每隔几米一个，一律是一种漆成绿色的铁皮的棚柜。白天打开来卖书，晚间盖上锁好。每个书摊都堆满花花绿绿的旧图书，全都藏龙卧虎，夹金埋玉，十分诱人。这些旧书摊是巴黎著名的引以为荣的景观之一。我很想从中找到一些法国古典作家的初版书，却意外发现到一些1900年彩色石印的《小巴黎人报》。这画报上有当时大量义和团运动时期的图文信息。我欣喜异常，搜集了不少。没想到二十年后，这些具有鲜明的那个时代西方人东方观的画报在我写作长篇小说《单筒望远镜》时派上了用场。

　　旧书市场如一个世界，蕴藏之博大与深厚，永远不可思议。那本古代散文的经典《浮生六记》的原稿，当年不就是在苏州的书摊上发现的吗？常书鸿20世纪40年代在巴黎学习美术时，不就是在塞纳河边的旧书摊上看到世纪初伯希和出版的《敦煌石窟笔记》，便毅然放弃学业，返回中国，只身到戈壁滩去保护敦煌？一次我去逛伦敦的古董市场，市场的一部分是旧书摊。在一个书摊上我居然发现了一整套瑶族的《盘王图》，共十八轴。此图是湖南江华一带瑶族祭祀其始祖盘王之图。庄严富丽，沉雄大气。然而，由于过去我们不知其文化价值，没有珍视，20世纪80年代几乎被欧洲学者与藏家搜罗一空，如今国内已极难见到。没想到在伦敦的旧书市场上撞见了。自然不能叫它再失去，便即刻买回来，放到我学院的博物馆中。

　　旧书决不是旧的书。旧书市场和图书馆的意义有相同之处，它们都是人类知识的海洋，蕴藏着无法估量的令人敬畏的人类的精神财富；它们还都是人与书亲密接触的地方，是人探寻于书的宝地。它们也有不同，图书馆保存和提供图书，旧书市场则是盘活社会图书资源的地方，它将这些资源直接而灵活地提供给需要它的人。

　　旧书市场的价值不可替代。换一个角度看，一个拥有一些生气勃勃的旧书市场的城市，必定是个"书香社会"。

　　可是，我们是不是错把旧书市场误判为旧货市场了？把旧书摊误判为破烂摊或旧货店？扪心自问，我们到底懂不懂书？

　　不要羡慕人家怎么爱读书，先要看看人家怎么对待书。

　　进而说，如果我们推动阅读与推销新书连接得太紧，就会有意或无意地把阅读与卖书捆绑起来。新书需要大力推介，但它只是我们阅读生活的一部分而已，并不是阅读的本身。

　　一个缺少旧书市场的城市，必定会缺少着一种深层的韵致吧。

我们共同的日子

个人一年一度最重要的日子是生日，大家一年一度最重要的日子是节日。节日是大家共同的日子。

节日是一种纪念日，内涵却多种多样。有民族的、国家的、宗教的，比如国庆节、圣诞节等等；有某一类人如妇女、儿童、劳动者的，这便是妇女节、儿童节、母亲节、劳动节等等；也有与生产生活密切相关的，这类节日都很悠久，很早就有了一整套人们喜闻乐见、代代相传的节日习俗，这是一种传统的节日，比如春节、中秋节、元宵节、端午节、清明节、重阳节等等，传统的节日为中华民族所共用和共享。

传统节日是在漫长的农耕时代形成的。农耕时代生产与生活、人与自然的关系十分密切。人们或为了感恩于大自然的恩赐，或为了庆祝辛苦的劳作换来的收获，或为了激发生命的活力，或为了加强人际的亲情，经过长期相互认同，最终约定俗成，渐渐把一年中某一天确定为节日，并创造了十分完整又严格的节俗，如仪式、庆典、规制、禁忌，乃至特定的游艺、装饰与食品，来把节日这天演化成一个独具内涵与情氛的迷人的日子。更重要的是，人们在每一个传统的节日里，还把共同的生活理想、人间愿望与审美追求融入节日的内涵与种种仪式中。因此，它是中华民族世间理想与生活愿望极致的表现。可以说我们的传统——精神文化传统，往往就是依靠这代代相传的一年一度的节日继承下来。

然而，自从 20 世纪整个人类进入了由农耕文明向工业文明的过渡，农耕时代形成的文化传统开始瓦解。尤其是我国，在近百年由封闭走向开放的过程中，节日文化——特别是城市的节日文化受到现代文明与外来文化的冲击。当下人们已经鲜明地感受到传统节日渐行渐远，日趋淡薄，并为此产生忧虑。传统节日的淡化必然使其中蕴含的传统精神随之涣散。然而，人们并没有坐等传统的消失，主动和积极地与之应对。这充分显示了当代中国人在文化上的自觉。

近五年，随着中国民间文化遗产抢救工程的全面展开，国家非物质文化遗产名录申报工作一浪高过一浪的推行，2006 年国家将每年六月的第二个周六确定为"文化遗产日"，2008 年国务院又决定将春节假期前调一天，把除夕列为法定放假日，同时三个中华民族的重要节日——清明节、端午节和中秋节也法定放假。这一重大决定，表现了国家对公众的传统文化生活及其传承的重视与尊重，同时这也是保护节日文化遗产十分必要的措施。

节日不放假必然直接消解了节日文化，放假则是恢复节日传统的首要条件。但放假不等于远去的节日立即就会回到身边。节日与假日的不同是因为节日有特定的文化内容与文化形式。那么重温与恢复已经变得陌生的传统节日习俗则是必不可少的了。

千百年来，我们的祖先从生活的愿望出发，为每一个节日都创造出许许多多美丽又动人的习俗。这种愿望是理想主义的，所以节日习俗是理想的；愿望是情感化的，所以节日习俗也是情感化的；愿望是美好的，所以节日习俗是美的。人们用烟花爆竹，惊骇邪恶，迎接新年；把天上的明月化为手中甜甜的月饼，来象征人间的团圆；在严寒刚刚消退、万物复苏的早春，赶到野外去打扫墓地，告慰亡灵，表达心中的缅怀，同时戴花插柳，踏青春游，亲切地拥抱大地山川……这些诗意化的节日习俗，使我们一代代人的心灵获得了多么美好的安慰与宁静。

谁说传统的习俗全过时了？如果我们不曾知道这些习俗，就不妨去重温一下传统。重温不是模仿古人的形式，而是用心去体验传统的精神与情感。

当然，习俗是在不断变化的，但我们民族的传统精神是不变的。这传统就是对美好生活不懈的追求，对大自然的感恩与敬畏，对家庭团圆与世间和谐永恒的企望。

这便是我们节日的主题。我们为此而过节。

大年三十

今天是大年三十——中国人一年生活中最重要的日子。为什么这么说？

在漫长的农耕社会，人们生活的节律与生产的节律是一致的，而生产的节律又与大自然的节律合拍。大自然以一年为一个周期，分作春夏秋冬，人们的生产便是春种夏养秋收和冬藏，这也是生活最主要的内容，因而也是一个生产和生活的周期和人生的一年。这个周期过去，下个周期来临，周而复始，循环不已。在前后两个周期、两个年之间有一个节点，就是大年三十。

人们每次站在这个节点——大年三十这一天，都会强烈地感受到四个字：除旧迎新。

不管将离我们而去的这一年，有多少喜悦、欢乐、幸运、遗憾、失算和痛苦，此刻都已经跑到身后，我们面对着驾驭着春风而来的新的一年。

过去的一岁是已知的、既定的、不可更改的；新来的一年是未知的、费猜的、难以预料的。忌哭，忌摔碎东西，忌说不吉利的话，其实是巴望着昨日的麻烦与不幸不在明天出现。故而中国人在这一天习俗中不断彰显的两个意念是辟邪与祈福。门神、钟馗、鞭炮、压岁（祟）钱等等皆与辟邪相关；福字、春联、烟花、灯笼、财神、蝙蝠、八仙、金鱼、石榴等等全都象征着对种种世间幸福的祈望。

习俗是一种被广泛认同、共同遵循与代代相传的精神方式。

这样，这个原本是大自然冬去春来的季节性的时间节点上，被注入了一种人间的精神理想。这种精神含着目标，理想充满浪漫，于是这一天就被创造出来了。

在靠天吃饭的农耕社会，生活不富裕，平时吃得差，穿得一般，过年这一天就非要新衣新鞋和鱼肉荤腥不可，哪怕辫子扎上"二尺红头绳"；平时一家人你在天涯我在海角，这一天便非要赶回家，把团圆的梦化为现实。生活被理想化了，同时理想也被生活化了。理想被拉到眼前，在大年三十成为现实，成为活生生的天伦之乐。究竟什么力量把这原本普普通通的一天如此神奇地放大？当然是年文化。中国的年文化有多厉害！

年文化不是哪一天建立起来的。它是数千年历史中不断创造、选择、约定俗成和不断加强出来的。它通过大量密集的民俗方式，五彩缤纷的节日包装，难以数计的吉祥图案，构筑起年的理想主义的景象。它既有视觉（颜色与图像）的、听觉（鞭炮与拜年的呼声）的、味觉（应时食品）的、又有嗅觉（香火和火药）的；它们占有了我们所有感官，直到心灵。我们创造的文化迷住了我们自己。由此我们懂得，真正的文化不在大轰大嗡的用金钱造势的文化节上，而是看它是否浸入人的心灵和血液中。看一看当今年年腊月里的春运就会感受到文化有多大力量。一亿多人加入到浩浩荡荡"回家过年"的春运队伍。除去春节和年文化，谁能调动起如此阵势的千军万马？这一刻，深深地感受到中华文化深刻地潜在我们的血液里，一年一度地发作一次。

回家就是为了大年三十。这一天意味着故乡、热土、父母、家园、血缘、根脉。这一天是人们创造的文化为自己规定的团圆的时刻。因此，这一天的文化氛围是激情、温馨、和谐与富足。

当然，生命也在这一天经历着特别的感受。

不管怎样兴致勃勃地打算着未来的一年，但毕竟要与眼前一点点失不再来的时光依依惜别，并开始与陌生的时光发生接触。中国人不像西方人那样倒计时地数着数字迎接新年，然后狂欢，而是静静地"守岁"。守着只有在这一段时间才能看见来去匆匆的生命时间的珍贵。你体会过唐太宗在《守岁》诗中"迎送一宵中"的感觉吗？

小时候大年三十午夜燃放鞭炮过后，守岁的大人们仍不见困意，孩子们却一个个挺不住了。我还跑到水管前，把凉水揉进不争气的疲软的眼皮。宋人苏轼不是也说"儿童强不睡"吗？那一刻会感到长夜无边的意味，随后便浑然不觉、流烟一样地进入了软软的梦乡。待一睁眼，第二天，也是新的一年的头一天，眼前一片闪闪发光，异常明亮，好像什么都是新的，包括空气。

时间有时也是空间。

当我们从旧的一年跨入新的一年，就像从一个空间走进另一个空间。这个崭新的空间又大又空，充满不曾使用过的时间。人们在这一瞬的期望是万象更新。

　　那时的孩子们会忽然看到一个又大又红的苹果摆在枕边，原是大人在年夜里悄悄放在这里的，香喷喷地散发着一种深切的祝福——终岁平安。

　　就这样，人生又一个大年三十已经留在记忆里了。

福字是最深切的春节符号

　　████████　　每年最冷的日子里，当那种用墨笔写在菱形的红纸上的大大小小的福字愈来愈多地映入眼帘，不用问，自然是春节来了。福字带来的是人们心中熟稔的年的信息和气息，唤起我们特有的年的情感，也一年一度彰显出年的深意。

　　福字在民间可不是一般的字，这一个字——含意深远。

　　它包含的很多很多，几乎囊括了一切好事。既是丰衣足食，富贵兴旺，又是健康平安，和谐美满，更是国泰民安，天下太平。可是生活永远不会十全十美，也不会事事如愿，此中有机遇也有意外，乃至旦夕祸福，这便加重了人们心中对福字的心理依赖。福是好事情，也是好运气。再没有一个字能像福字纠结着中国人对幸福生活强烈的渴望与心怀的梦想。它是广大民间最理想化的一个汉字。平时，人们把这些美好的期望揣在心里，待到新的一年——新的一轮空白的日子来临的时候，禁不住把心中这些期待一股脑儿掏出来，化为一个福字，端端正正、浓笔重墨写在大红纸上，贴在门板、照壁和屋里屋外最显眼的地方。这叫我们知道，人们过年时最重要的不是吃喝穿戴，而是对生活的盛情与企盼。

节日是人们的精神生活。

关于贴福字的起源传说很多，但我相信的还是民俗学的原理，它是数千年来代代相传、约定俗成、集体认同的结果，它作为一种心灵方式，深切和无形地潜藏在所有中国人的血液里，每到春节，不用招呼，一定出现。它不是谁强加的，谁也不可能改变它，谁也不会拒绝它。于是，福字包括贴福字的民俗就成了我们一种根性的文化。

近年来，不断有人想设计春节符号。显然，持这种好心的人还不明白，节日的符号更是要约定俗成的。它原本就在节日里。比如西方圣诞节的圣诞树，万圣节的南瓜灯，中国春节的福字，端午的龙舟，中秋的玉兔，元宵的灯笼，等等，早已经是人们喜闻乐见、深具节日内涵的象征性的符号。节日的符号不是谁设计的，是从节日生活及其需要自然而然地产生出来的。只要人们需要它，它就不会消失，还会不断被创造。记得多年前中央电视台一位记者在天津天后宫前年货市场上采访我，他想了解此地老百姓怎么过年。我顺手从一个剪纸摊上拿一个小福字给他看，这福字比大拇指指甲大一点儿。这记者问我这么小的福字贴在哪儿，我说贴在电脑上。平日电脑屏幕是黑的，过年时将这小福字往上一贴，年意顿时来了。这种微型的福字先前是没有的，但人们对它的再创造还是缘自节日的情感，顺由着传统。

再有，民俗都是可参与的，就像写在红纸上的这个福字；真草隶篆怎么好看怎么写，任由人们表达着各自的心愿。因为福字是自己写给自己的；是一种自我的慰藉，自我的支持与勉励，也为了把自己这种生活的兴致传递给别人。

中国人对生活是敬畏的，对福字更是郑重不阿。我曾写过一篇文章《大门上的福字不宜倒贴》，是讲中国人对生活的态度。还有一个小故事，我小时候见一位长者写福字，他写好了看了看，摇摇头不大满意，但他并不像写一般字——写坏了就把纸扯掉，而是好好地压在一摞纸下边。他说福字是不能撕掉的。这种对生活的敬重与虔诚、对文化的虔诚，一直记在我心里。这是多美的生活情感，多美的民俗，多美的文化方式与心灵方式。中华民族不就凭着这种执着不灭的生活精神与追求，在东方大地上生生不息了五千年吗？

别小看这小小的红纸上简简单单一个墨写的福字，它竟然包含着我们民族生活情感与追求的全部和极致。它称得上我们一种深切的春节符号。因而，每每春节到来，不论陕北的山村还是江南水乡，不论声光化电的都会还是地远人稀的边城，大大小小耀眼的福字随处可见；一年一度，它总是伴随着纷繁的雪花，光鲜地来到人间，来到我们的生活和生活的希望里。

过年和辟邪

　　■■■■■■　　每到年根底下，有两种心理从中国人的心中油然而生：一曰祈福，一曰辟邪。这心理随着年意日深，愈加浓郁地散布在年的行为和年的装点中。其实，年俗的意蕴，无非就是祈福与辟邪这两个内容。为此民间年画中的门神便分为两种，一是手执兵器以辟邪的武门神，一是托举财宝以迎福的文门神。

　　祈福，就是祈求富余发财，家安事顺，功业兴旺，一切生活和社会的欲望得到满足；辟邪，就是避免灾祸、疾病和不测风云。这是人类有生以来和有史以来两个最基本的愿望。祈福是一种对人间的要求，辟邪却是对自身命运的企望。看来辟邪是第一位的，人不康乐，钱多何用？所以有句俗话说：平安即是福。

　　在遥远的缺乏科学的古代，人们对天灾人祸和自身疾病不能预知，也不能违抗，便把这些灾难当作邪魔作怪。中国是个农业国，一年四季，春耕秋收，循环往复，过年是新的一轮的开始，每逢此时总是对未来充满憧憬，祈福与辟邪也就来得分外强烈。

　　年俗中，燃鞭放炮有驱魔吓鬼之意，吃饺子含有"送祟"之心，守夜时灯火通明，为了不叫妖邪在阴暗处藏身……今人斥之为迷信，这也过分简单。古人在那样的科学水平上，对危害他们的事物不能明白根由，更无从把握，只能想象出"万物有灵"，并幻想出可怕的妖魔来。世界上各民族古老而狰狞的面具，不都是用来驱妖降魔的吗？而今天人类的科学对世界万物又能解释多少？为什么人类能把火箭送到木星上，却不能制造出一只小小的能爬的蚂蚁？生命之谜依然不能破解！如今，地震无法预报，天气不能左右，不治之症依旧时时处处成为人的恶性的主宰。

　　往往事情轮到自家头上，一种命运感连同祈福与辟邪这两个古老的愿望，便深刻地潜入心底。只要生命之谜和宇宙之谜存在，人们总会沉湎于这种自慰的心理氛围中。

　　在中国人眼里，邪气属阴，必以阳刚退之。比如，年俗中惯用大红色，大红即表示火热吉庆，又代表炽盛的阳气，用以辟除妖邪。再比如，辟邪的图画一概是刚正不阿、威猛难挡的阳刚形象。例如忠义千古的关公、勇猛骁强的秦叔宝和尉迟敬德、法力无边的姜太公和张天师，以及吃鬼的钟馗和挟弹射天狗的张弓。

　　最常见用来辟邪的动物是雄鸡和猛虎。在民间的传说中，雄鸡吃五毒，猛虎食恶鬼。这样的门神贴在大门上，一派凛然之气，邪魔不逐自退。有趣的是，在民间画师的笔下，这些猛禽猛兽既威武雄壮，又娇憨可爱。比如陕西凤翔有幅古版门画《镇宅神虎》，一条大虫，目瞪如灯，张牙舞爪，极是猛悍，然而在它身旁那只小虎犊却淘气地模仿着它的神气，一边还晃头扬足，向它撒娇，于是画面就生出一番亲切，与过年所需要的吉庆气氛取得一致。

辟邪的虎，只吓鬼而不吓人，中国民间玩具中的布老虎，以及孩子们头上戴的虎头帽和脚上穿的虎头鞋，都是这样。中国人往往把伤人的猛兽画得可以亲近，这造成心理的祥和与安全感。龙掌管着雨水和洪水，狮子是万兽之王，天下无敌，中国人过年时却拿它们出来耍一耍，这就可以减轻平时对它们的畏惧，还可以借助其威，驱逐邪魔。

这不仅表明中国人对大自然的主动性，对环境的融合精神和对生活的热情，以及乐观和幽默，还显示了中国人"天人合一"这最高境界的宇宙观。

中国人往往把伤人的猛兽画得可以亲近，这造成心理的祥和与安全感。

——《过年与辟邪》

行者吟

　　住在山顶的感觉真是奇异又迷人。关上灯，没一点光亮。山上入夜真冷，整个身体仿佛沉在一个巨大、漆黑、湿冷的深渊里，四周抓不到边儿，无依无靠，万物皆无，是不是孤身落入混沌的宇宙里？

　　　　　　——《高山上的海蒂和她的父亲》

我望窗外，外边的原野严严实实，无声覆盖着一片冰雪。

——《大雪入绛州》

谁能万里一身行？

　　昨天，摄影家郑云峰跑到天津来，见面二话没说，就把一本又厚又沉的画册像一块大石板压到我怀里。封面赫然印着沈鹏先生题写的三个苍劲的字："三江源"。

　　夏天里，我在北洋美术馆为郑云峰先生举办"拥抱母亲河"摄影展时，他说马上就要出版这部凝聚他二十多年心血的大书，跟着又说他还要跑一趟黄河的中下游，把黄河拍完整了。干事的人总是不满足自己干过的事，总是叫你的目光盯在他正在全神贯注的明天的事情上。

　　在他的摄影展上，郑云峰感动了天津大学年轻的学子们。谁肯一个人拿出全部家财买一条船，抱着一台相机在长江里漂流整整二十年，并爬遍长江两岸大大小小所有的山，拍摄下这伟大的自然和人文生命每一个动人的细节？不单其艰辛匪夷所思，最难熬的是独自一人终岁行走在山川之间的孤寂。他为了什么——为了在长江截流蓄水前留下这条养育了中华民族的母亲河真正的容颜，为了给李白、杜甫等历代诗人曾经讴歌过的这条大江留下一份完整的视觉"备忘录"。多疯狂的想法，但郑云峰实实在在地完成了。他以几十万张照片挽留住长江亘古以来的生命形象。为此，我在他的摄影展开幕式上讲道："这原本不是个人的事，却叫他一个人默默却心甘情愿地承担了。我们天天叫嚷着要张扬自我，那么谁来张扬我们的山河、我们民族的文化？"

提起郑云峰，自然还会联想到最早发现"老房子"之美的李玉祥。他也是一位摄影家，是三联书店的特聘编辑。20世纪90年代初他推出一大套摄影图书《老房子》时，全国正在进行翻天覆地的"旧城改造"。李玉祥却执拗地叫人们向那些正在被扫荡的城市遗产投之以依恋的目光。21世纪初凤凰电视台要拍一部电视片《追寻远去的家园》，计划从南到北穿过数百个各个地域最具经典意义的古村落。凤凰电视台想请我做"向导"，可是我当时正忙着启动多项民间文化遗产的普查，便推荐李玉祥。我说："跑过中国古村落最多的人是李玉祥。"

记得那阵子我的手机上常常出现一些陌生地区的电话号码，都是李玉祥在给电视剧组做向导时一路打来的。这些古村落都曾令李玉祥如醉如痴，这一次却不断听到他在话筒里的惊呼："怎么那个村子没了，十年前明明一个特棒的古村落在这里呀！""怎么变成这样，全毁得七零八落啦！"听得出他的惋惜、痛苦、焦急和空茫。也许为此，多年来李玉祥一直争分夺秒地在和这些难逃厄运、转瞬即逝的古村落争抢时间。他要把这些经过千百年创造的历史遗容留在他相机的暗盒里。他是一介书生。他最多只能做到这样。然而他把摄影的记录价值发挥到极致。这些价值在被野蛮而狂躁的城市改造见证着。许多照片已成为一些城市与乡镇历史个性的最直观的见证。李玉祥至今没有停止他的自我使命，依然端着沉重的相机，在天南海北的村落间踽踽独行。古来的文人崇尚"甘守寂寞"和"不求闻达"，并视为至高的境界。然而在市场经济兼媒体霸权的时代，寂寞似与贫困相伴，闻达则与发达共荣，有几人还肯埋头于被闹市远远撇在一边冰冷的角落里？不都拼命在市场中争奇斗艳、兴风作浪吗？

前些天在北京见到李玉祥。他说他已经把江浙闽赣晋豫冀鲁一带跑遍。他想再把西北诸省细致地深入一下。我忽然发现站在面前的李玉祥有点变样，十多年前那种血气方刚的青年人的气息不见了，俨然一个带着些疲惫的中年汉子。心中暗暗一算，他已年过四十五岁。他把生命中最具光彩的青春岁月全支付给那些优美而缄默着的古村落了。

然而，很少有人知道他，因为他并不想叫人知道他本人，只想让人们留心和留住那些珍贵的历史精华。

由此，又联想起郭雨桥——这位专事调查草原民居的学者，多年来为了盘清游牧时代的文化遗存，也几乎倾尽囊中所有。背着相机、笔记本、雨衣、干粮和各种药瓶药盒，从内蒙古到宁夏和新疆，全是孤身一人。他和郑云峰、李玉祥一样，已经与他们所探索的文化生命融为一体。记得他只身穿过贺兰山地区时，早晨钻出蒙古包，在清冽沁人的空气里，他被寥廓大地的边缘升起的太阳感动得流泪。他想用手机把他的感受告诉我，但地远天偏，信号极差。他一连打了多次，那些由手机传来的一些断断续续的声音最终才联结成他难以抑制的激情。上个月我到呼和浩特，他正在东蒙考察，听说我到了，连夜坐着硬席列车赶了几百公里来看我，使我感动不已。雨桥不善言辞，说话不多，但有几句话他反复说了几遍，就是他还要用三年时间，争取七十岁前把草原跑完。

他为什么非要把草原跑完？并没人叫他非这么做不可，再说也没有人支持他、搭理他。那些"把文化做大做强"的口号，都是在丰盛的酒席上叫喊出来的。他一心只是把为之献身的事做细做精。

然而，这一次我发现雨桥的身体差多了。他的腿因过力和劳损而变得笨重迟缓。我对他说再出远门，得找一个年轻人做伴。"能不能在大学找一个民俗学的研究生给你做做帮手？"他对我只是苦笑而不言。是呵，谁肯随他付出这样的辛苦？这种辛苦几乎是没有回报和任何实惠的。此次我们分手后的第三天，他又赴东蒙。草原已经凉了，今年出行在外的时间已然不多，他必须抓紧每一天。

随后一日，我的手机短信出现他发来的一首诗："萧萧秋风起，悠悠数千里，年老感负重，腿僵知路迟。玉人送甘果，蒙语开心扉，古俗动心处，陶然胶片飞。"此时，在感动之中，当即发去一诗：

> 草原空寥却有情，
> 伴君万里一身行，
> 志大男儿不道苦，
> 天下几人敢争锋？

上边说到三个不凡的人。一个在万里大江中，一个在茫茫草原上，一个在大地的深处。当然还有些同样了不起的人，至今还在那里默默而孤单地工作着。

细雨探花瑶

　　不管雨里的山路多湿滑，不管不断有人说"你别把冯先生扯倒"，老后还是紧抓着我的手往山上拉，恨不得一下子把我拉到山顶，拉进那个花团锦簇的瑶乡。这个瑶乡有个可以入诗的名字：花瑶。

　　花瑶，得名于这个古老的瑶族分支对衣装美的崇尚。然而，隆回县政府为花瑶正式定名却是 20 世纪末的事。这和老后不无关系。

　　老后是人们对他的昵称。他本名叫刘启后。一位从摄影家跨界到民间文化保护领域的殉道者。我之所以用"殉道者"，不用"志愿者"这个词儿，是因为志愿多是一时一事，殉道则要付出终生。为了不让被声光化电包围着的现代社会忘掉这个深藏在大山深处的原生态的部落，二十多年来，他从几百里以外的长沙奔波到这里，来来回回已经二百多次，有八九个春节是在瑶寨里度过的，家里存折上的钱早叫他折腾光了。也许世人并不知道老后何许人，但居住在这虎形山上的六千多花瑶人却都识得这个背着相机、又矮又壮、满头花发的汉族汉子，而且没人把他当作外乡人。花瑶人还知道他们的"呜哇山歌"和"挑花刺绣"被列入国家级非物质文化遗产名录，老后是有功之臣，他多年收集到的大量的花瑶民歌和挑花图案派上了大用场！记得前年，老后跑到天津来找我，提着沉甸甸一书包照片。当时他从包里掏出照片的感觉极为奇异，好像忽然一团团火热而美丽的精灵往外蹿。原来照片上全是花瑶。那种闪烁在山野与田间的红黄相间火辣辣的圆帽与缤纷而抢眼的衣衫，还有种种奇风异俗，都是在别的地方绝见不到的。我还注意到一种神秘的"女儿箱"的照片。女儿箱是花瑶妇女收藏自己当年陪嫁的花裙的箱子，花裙则是花瑶女子做姑娘时精心绣制的，针针倾注对爱情灿烂的向往，件件华美无比。它通常秘不示人，只会给自己的人瞧。看来，老后早已是花瑶人真正的知己了。

老后问我："我拉你是不是太用力了？"

我笑道："其实我比你心还急呢。你来了多少次，我可是头一次来啊。"

这时，音乐声与歌声随着霏霏细雨，忽然从天而降。抬头望去，面前屏障似的山坡上，参天的古树下，站满了头戴火红和金黄相间的圆帽、身穿五彩花裙的花瑶女子。那种异样又神奇的感觉，真像九天仙女忽然在这里下凡了。跟着是山歌、拦门酒，又硬又香的腊肉，混在一大片笑脸中间，热烘烘冲了上来。一时，完全忘了洒在头上脸上的细雨。而此刻老后已经不在前边拉我，而是跑到我身后边推我，他不替我挡酒挡肉，反倒帮着那些花瑶女子拿酒灌我，好像他是瑶家人。

在村口，一个头缠花格布头布的老人倚树而立，这棵树至少得三个人手拉手才能抱过来。树干雄劲挺直，树冠如巨伞，树皮经雨一浇，黑亮似钢。站在树前的老人显然是在迎候我们。他在抽烟，可是雨水已经淋湿了夹在他唇缝间的半根烟卷，烟头熄了火。我忙掏出一支烟敬他。老后对我说："这老爷子是老村长。大炼钢铁时，上边要到这儿来伐古树。老村长就召集全寨山民，每棵树前站一个人。老村长喊道：'要砍树就先砍我！'这样，成百上千年的古树便被保了下来。"

古树往往是和古村或古庙一起成长的。它是这些古村寨年龄尊贵的象征。如今这些拔地百尺的大树，愈发葱茏和雄劲，好似守护着瑶乡，而这位屹立在树前的老村长不正是这些古树和古寨的守护神吗？我忙掏出打火机，给老人点燃。老人用手挡住火，表示不敢接受。我笑着对他说："您是我和老后的'师傅'呀！"

他似乎听不大懂我的话。

老后用当地的话说给他听。他笑了，接受我的"点烟"。

待入村中，渐渐天晚，该吃瑶家饭了。花瑶姑娘又来唱着歌劝酒劝吃了。她们的歌真是太好听了。听了这么好听的歌，不叫你喝酒你自己也会喝。千百年来，这些欢乐的歌就是酒的精魂。再看屋里屋外的花瑶姑娘们，全在开心地笑，没人不笑。

所有人都是参与者，没有旁观者，这便是民俗的本质。

老后更是这欢乐的激情的参与者。他又唱歌又喝酒又吃肉。唱歌的声音山响；姑娘们用筷子给他夹的一块块肉都像桃儿那么大，他从不拒绝；一时他酒兴高涨，就差跳到桌上去了。

　　然而，真正的高潮还是在饭后。天黑下来，小雨停了。在古树下边那块空地——实际是山间一块高高的平台上，燃起篝火，载歌载舞，这便是花瑶对来客表达热情的古老的仪式了。

　　亲耳听到了他们来自远古的"呜哇山歌"了，亲眼瞧见他们鸟飞蝶舞般的咚咚舞、"挑花裙"和"米酒甜"了，还有那天籁般的八音锣鼓。只有在这大山空阔的深谷里，在回荡着竹林气息的湿漉漉的山里，在山民有血有肉的生活中，才能领略到他们文化真正的"原生态"。其他都是一种商业表演和文化作秀。人们在秋收后跳起庆丰收的舞蹈时，心中按捺不住喜悦的心情和驱邪的愿望是舞蹈的灵魂；如果把这些搬到大都市的舞台上，原生的舞蹈灵魂没了，一切的动作和表情都不过是作"丰收秀"而已，都只是自己在模仿自己。

　　今天有两拨人也是第一次来到花瑶的寨子里。他们不是客人，而是隆回一带草根的"文化人"。一拨人是几个来演"七江炭花舞"的老人。他们不过把吊在竹竿端头的一个铁篮子里装满火炭，便舞得火龙翻飞，漫天神奇。这种来自渔猎文明的舞蹈，天下罕见，也只有在隆回才能见到。还有一拨人，多穿绛红衣袍，神情各异，气度不凡。他们是梅山教的巫师，都是老后结交的好友。几天前老后用手机发了短信，说我要来。他们平日人在各地，此时一聚，竟有五十余人。诸师公没有施法演示那种神灵显现而匪夷所思的巫术，只表演一些武术和硬软气功，就已显出个个身手不凡，称得上民间的奇人或异人。

　　花瑶的篝火晚会在深夜结束。

　　在我的兴高采烈中，老后却说："最遗憾的是您还没看到花瑶的婚俗，见识他们'打泥巴'，用泥巴把媒公从头到脚打成泥人。那种风俗太刺激了，别的任何地方都没有。"

　　我笑道："我没看见，你夸什么。"

　　老后说："我是想叫你看呀。"

　　我说："我当然知道。你还想让天下的人都来见识见识花瑶！"

　　这话叫周围的人大笑。笑声中自然有对老后的赞美。

　　如果每一种遗产都有一个"老后"这样的人守着它多好！

大雪入绛州

在禹州考察完钧瓷古窑出来，雪花纷纷扬扬，扑面而来，这雪花又大又密，打在脸上有种颗粒感。按计划要取道郑州和洛阳而西，经三门峡逾黄河北上，去新绛考察那里的年画。现今全国的十七个主要的年画产地中，就剩下晋南新绛一带的年画的普查还没有启动。晋南年画历史甚久，现存最早的年画就出自北宋时代晋南的平阳（临汾）。这一带很多地方都产年画。除去临汾，新绛和襄汾也是主要的产地。20世纪80年代末我在京津一带的古玩市场曾买到过一些新绛的古画版。历史最久的一块画版《和合二仙》应是明代的。这表明新绛的年画遗存在二十年前就开始流失了。它原有的历史规模究竟如何，目前状况怎样，有无活态的存在，心中毫无底数。是不是早叫古董贩子全折腾一空了？

车子行到豫西，没想到雪这么大，还在河南境内就遇到严重的塞车。大量的重型卡车夹裹着各色小车像漫无尽头的长龙，一动不动地趴在公路上。所有车顶都蒙着厚厚的白雪，至少堵了一天了吧。我们想出各种办法打算绕过这一带的塞车，但所有的国道和小路也全都堵得死死的。在大雪里我们不懈地奋斗到天黑，又冷又饿，直到把所有希望都变成绝望，才不得已滞留在新安县一家旅店中。不知何故，这家旅店夜间不供暖气，在冰冷的被窝里我给同来的助手发了一个短信："我有点顶不住了，再找机会去绛州吧！"然而，清晨起来新绛那边派人过来，居然还弄来一辆公路警车，说山西那边过来的路还通，要我跟他们饿着道儿去山西。盛情难却，只好顶着风雪也顶着迎面飞驰而来的车辆，逆行北上，车子行了五个小时总算到了新绛。

用餐时，当地主人要我先不去看年画，先去看光村。光村的大名早就听到过。还知道北齐时这村子忽生异光，因名光村。主人说，你只要去了就不会后悔，村里到处扔着极精美的石雕，还有一座宋代的小庙福胜寺，里边的泥彩塑是宋金时代的呢。我明白，他们想叫我们看看光村有没有保护价值，怎么保护和开发。而今年春天我们就要启动全国古村落的普查，听说有这样好的村落，自然急不可待要去，完全忘了脚底板已经快冻成"冰板"了。

雪里的光村有种奇异的美。但我想，如果没有雪，它一定像废墟一样破败不堪。然而此刻，洁白的雪像一张巨毯把遍地的瓦砾全遮了起来，连残垣断壁也镶了一圈白绒绒的雪，只有砖雕、木拱和雀替从中露出它们历尽沧桑而依然典雅又苍劲的面孔。令我惊讶的是，千形百态精美的石雕柱础随处可见。还有不少石础被雪盖着，看不见它的真容，却能看见它们一个个白皑皑、神秘而优美的形态。它们原是各类大型建筑坚实又华贵的足，现在那些建筑不翼而飞，只剩下这些石础丢了满地。光村原有几户颇具规模的宅院，从残余的一些楼宇中可见其昔日的繁华并不逊色于晋中那些大院。但如今损毁大半，而且毫无保护措施。连村中那座被列为国家文物保护单位的福胜寺中的宋金泥塑，也只是用塑料遮挡起来罢了。我心里有些发急，抢救和保护都是迫在眉睫了。根据光村的现状，我建议他们学习晋中王家大院和常家庄园在修复时所采用的将散落的古民居集中保护的"民居博物馆"的方式。但这需要请相关专家进一步论证，当下急需的是不叫古董贩子再来"淘宝"了。因为刚刚从村民口中得知最近还有一些石雕的柱础与门狮被贩子买去了。近二十年来，那些懂得建筑文化的建筑师们大多在城里为开发商设计新楼，经常关心这些古建筑艺术的却是不辞劳苦和络绎不绝的古董贩子们，这些古村落不毁才怪呢。

从光村回到新绛县城后，这里的鼓乐团的团长听说我来新绛，特意在一座学校的礼堂演一场"绛州鼓乐"给我们看。绛州鼓乐我心仪已久。开场的"杨门女将"就叫我热血沸腾，十几位杨氏女杰执槌击鼓，震天动地。一瞬间把没有暖气的礼堂中的凛冽的寒气驱得四散。跟下来每一场演出都叫人不住喊好。演出的青年人有的是当地的专业演员，有的是艺校学员。应该说这里鼓乐的保护与弘扬做得相当有眼光也有办法。他们一边把这一遗产引入学校教育，从娃娃开始，这就使"传承"落到实处；另一边将鼓乐投入市场，这也是促使它活下来的一种重要方式。目前这个鼓乐团已经在市场立住脚跟，并且远涉重洋，到不少国家一展风采。演出后我约鼓乐团的团长聊一聊，团长是位行家，懂得保护好历史文化的原汁原味，又善于市场操作。倘若没有这样一位行家，绛州古乐会成什么样？由此联想到光村，光村要是有这样一位古建方面的行家该多好啊！

　　相比之下，新绛的年画也是问题多多。

　　转天一早，当地的文化部门将他们保存的新绛年画的古版与老画摆满一间很大的屋子。单是古版就有近二百块。先前，新绛的年画见过一些，但总觉得它是古平阳年画的一个分支，比较零散。这次所见令我吃惊。不单门神、戏曲、风俗、婴戏、美人、传说等各类题材，以及贡笺、条幅、横披、灯画、桌裙、墙纸、拂尘纸、对子纸等各种体裁应有尽有，至于套版、手绘、半印半绘等各类制作手法也一应俱全。其中一种门神是《三国演义》中的赵云，怀里露出一个孩童——阿斗光溜溜的小脑袋，显然这门神具有保护儿童的含义。还有一块《五老观太极》的线版，先前所不曾见，应是时代久远之作。特别是十几幅美人图，尺寸很大，所绘人物典雅端庄，衣饰华美，线条流畅又精致，与杨柳青年画的"美人"有着鲜明的地域差异，富于晋商辉煌年代的华贵气质和中原文明的庄重之感。看画时，当地负责人还请来两位当地的年画老艺人做讲解。经与他们一聊，二位艺人都是地道的传人。所谈内容全是"口头记忆"，分明是十分有价值的年画财富，对其普查——尤其是口述史调查需要尽快来做的了。只有把新绛年画普查清楚，才能彻底厘清晋南年画这宗重要的文化遗产。可是谁来做呢？当地没有专门从事年画研究的学者，没有绛州古乐团团长那样的人物，正为此，至今它还是像遗珠一般散落在大地上。这也是很多地方文化遗产至今尚未摸清和整理出来的真正缘故。而一些宝贵的文化遗产在无人问津之时就已经消失了。

　　雪下得愈来愈大，高速公路已经封了。原计划再下一站去介休考察清明文化已经无法成行。在回程的列车上，我的心里真是五味杂陈。三晋大地文化遗存之深厚之灿烂令我惊叹，但这些遗存遍地飘零并急速消失又令人痛惜与焦急。几年来我们几乎天天为一问题而焦虑：从哪里去找那么多救援者和志愿者？到底是我们的文化太多了，专家太少了，还是专家中的志愿者太少了？

　　我望窗外，外边的原野严严实实，无声覆盖着一片冰雪。

羌去何处?

　　羌，一个古老的文字，一个古老民族的族姓，早已渐渐变得很陌生了，最近却频频出现于报端。这因为，它处在惊天动地的汶川大地震的中心。

　　"羌"字被古文字学家解释为"羊"字与"人"字的组合，因称他们为"西戎的牧羊人"。在典籍扑朔迷离的记述中，还可找到羌与大禹以及发明了农具的神农氏的血缘关系。

　　这个有着三千年以上历史、衍生过不少民族的羌，被费孝通先生称之为"一个向外输血的民族"，曾经为中华文明史做出过杰出贡献。但如今只有三十万人，散布在北川一带白云弥漫的高山深谷中。他们居住的山寨被称作"云朵上的村寨"。然而这次他们主要聚居的阿坝州汶川、茂县、理县和绵阳的北川，都成了大灾难中悲剧的主角；除去少数一千羌民远居在贵州省铜仁地区之外，其他羌民几乎全是灾民。

古老的民族总是在文化上显示它的魅力与神秘。羌族的人虽少，但在民俗节日、口头文学、音乐舞蹈、工艺美术、服装饮食以及民居建筑方面有自己完整而独特的一套。他们悠长而幽怨的羌笛声令人想起唐代的古诗；他们神奇的索桥与碉楼，都与久远的传说紧紧相伴；他们的羌绣浓重而华美，他们的羊皮鼓舞雄劲又豪壮，他们的释比戏《羌戈大战》和民俗节日"瓦尔俄足节"带着文化活化石的意味……而这些都与他们长久以来置身其中的美丽的山水树石融合成一个文化的整体了。近些年，两次公布的国家非物质文化遗产名录已经把其中六项极珍贵的民俗与艺术列在其中。中国民协根据这里有关大禹的传说遗迹与祭奠仪式，还将北川命名为"大禹文化之乡"。

在这次探望震毁的北川县城的路上，到处是大大小小的飞石，树木东倒西歪，却居然看到道边神气十足地竖着这样一块大禹文化之乡的牌子，可是羌族唯一的自治县的"首府"——北川已然化为一片惨不忍睹的废墟。

二十天前北川县城就已经封城了。城内了无人迹，连鸟儿的影子也不见，全然一座死城。湿润的空气里飘着很浓的杀菌剂的气味。我们凭着一张"特别通行证"，才被准予穿过黑衣特警严密把守的关卡。

站在县城前的山坡高处，那位靠着偶然而侥幸活下来的北川县文化局局长，手指着县城中央堆积的近百米滑落的山体说，多年来专心从事羌文化研究的六位文化馆馆员、四十余位正在举行诗歌朗诵的"禹风诗社"的诗人、数百件珍贵的羌文化文物、大量田野考察而尚未整理好的宝贵的资料，全部埋葬其中。

我的心陡然变得很冲动。志愿研究民族民间文化的学者本来就少而又少，但这一次，这些第一线的羌文化专家全部罹难，这是全军覆没呀。

我们专家调查小组的一行人，站成一排，朝着那个巨大的百米"坟墓"，肃立默哀。为同行，为同志，为死难的羌民及其消亡的文化。

大地震遇难的羌民共三万，占民族总数的十分之一。

在擂鼓镇、板凳桥以及绵阳内外各地灾民安置点走一走，更是忧虑重重。这里的灾民世代都居住在大山里边，但如今村寨多已震损乃至震毁。著名的羌寨如桃坪寨、布瓦寨、龙溪川、通化寨、木卡寨、黑虎寨、三龙寨等等都受到重创。被称作"羌族第一寨"的萝卜寨已夷为平地。治水英雄大禹的出生地禹里乡如今竟葬身在堰塞湖冰冷的湖底。这些羌民日后还会重返家园吗？通往他们那些两千米以上山村的路还会是安全的吗？村寨周边那些被大地震摇散了的山体能够让他们放心地居住吗？如果不行，必须迁徙，积淀了上千年的村寨文化不注定要瓦解吗？

在久远的传衍中，这个山地民族的自然崇拜和生活文化都与他们相濡以沫的山川紧切相关。文化构成的元素都是在形成过程中特定的，很难替换。他们如何在全新的环境找回历史的生态与文化的灵魂？如果找不回来，那些歌舞音乐不就徒具形骸，只剩下旅游化的表演了？

在擂鼓镇采访安置点的羌民时，一些羌民知道我们来了，穿着美丽的羌服，相互拉着手为我们跳起欢快的萨朗舞来。我对他们说：

"你们受了那么大的灾难，还为我们跳舞，跳得这么美，我们心里都流泪了。当然你们的乐观与坚强，令我们钦佩。我们一定帮助你们把你们民族的文化传承下去……"

不管怎么说，这次地震对羌族文化都是一次毁灭性的打击。它使羌族的文化大伤元气。这是不能回避也不可抗拒的。在人类史上，还有哪个民族受到过这样全面颠覆性的破坏？恐怕没有先例。这对于我们的文化遗产保护工作，无疑是一个巨大的难题。

可是，总不能坐待一个古老的兄弟民族的文化在眼前渐渐消失。于是，这一阵子文化界紧锣密鼓，一拨拨人奔赴灾区进行调研，思谋对策和良策。

马上要做的是对羌族聚居地的文化受灾情况进行全面调查。首先要摸清各类民俗和文学艺术及其传承人的灾后状况，分级编入名录，给予资助，并创造传承条件，使其传宗接代。同时，对于地质和环境安全的村寨，经过重新修建后，应同意原住民回迁，总要保留一些原生态的村落——当然前提是安全！还有一件事是必做不可的，就是将散落各处的羌族文化资料汇编为集成性文献，为这个没有文字的民族建立可以传之后世的文化档案。

为羌族文化传承紧急编写了《羌族文化学生读本》，并捐献一万册给灾区儿童。

接下来是易地重建羌民聚居地时，必须注意注入羌族文化的特性元素；要建立能够举行民俗节日和祭典的文化空间；羌族子弟的学校要加设民族传统文化教育的课程，以利其文化的传承；像北川、茂县、汶川和理县都应修建羌族文化博物馆，将那些容易失散、失不再来的具有深远的历史和文化记忆的民俗文物收藏并展示出来……写到这里，我忽想做了这些就够了吗？想到震前的昨天灿烂又迷人的羌文化，我的心变得悲哀和茫然。恍惚中好像看到一个穿着羌服的老者正在走去的背影，如果朝他大呼一声，他会无限美好地转过身来吗？

高山上的海蒂和她的父亲

　　到一千米以上的山顶上能遇到什么？白云、白雪、仙女还是高山雪人？

　　"先别问，到了山顶你就不想下来了！"

　　安排我们住到山顶上的朋友说。他蛮有把握，自信的面孔故意做出神秘的笑。这位朋友既是中国驻奥使馆的文化参赞，也是诗人——孙书柱。在外交场合，他一副标准的外交官"尊容"，但一扭脸朝我，分明是诗人形象了。这是一种奇妙却真实的感觉。

　　离开充满古典美的萨尔茨堡东行，进入著名的湖区，车窗就像换上窗帘一样，换了风景画面。一片片涨满而光亮的湖水中，全是蓝色或绿色大山"头朝下"的倒影。据说这湖水是山上积雪融化后聚蓄而成，清澈冰冷，干净得能喝。这些山的倒影就像它的照片，在显影液里鲜丽又奇异地显现出来……从车窗挤走这些画面的，是一些静谧的村镇。那些红顶和蓝顶的小房子集合一起，中间还夹杂着树和花。而每一个村镇中央都有一座古色古香的教堂，每一座教堂都是一个别出心裁的天堂的雕像。恍惚间，好似回到一两个世纪前的欧洲乡村来旅行。

"快瞧山坡上那些小房子，多像童话里的小木屋啊，我们今天就住在这种小房子里吗?"我妻子同昭叫着。这景象唤醒她童年痴迷过的那些童话和图书。

孙参赞的夫人刘英兰面含微笑，却不吭声，显然是在默契地帮助她先生增加这次旅行的神秘感。

我感到一定有更美好的事情在山上等着我们。

小小的圣·阿加诺村的村口，停着一辆大轮子、用来爬山的吉普车。车前站着一个健壮男人，肩膀有箱子那样宽，满头栗色卷发，下巴坚实有力，穿一件白T恤衫，迎风而立，脸上充满健康的血色，好像给太阳晒了一天那样红。车子一边迎上去，孙参赞一边说，他名叫克里斯蒂安·那云戈保尔，维也纳一所学校的体育教员，今晚我们就住在他的山顶别墅里。我下车与他握手。我不懂德语，他用握手表达欢迎之意，这一握就像大铁钳子夹我一下，这一夹我却立时感受到他的真诚。

他开车在前引路。车子冲上山，一片片森林与草原深深浅浅的绿色，就在车窗两边展开。记得1988年我曾乘车到蒂罗尔州东部高山上去看滑雪，道路一侧是危壁深涧，看一眼都觉腿软，但开车的奥地利山民毫不在乎，玩耍一般东转西拐，也不减速，似乎随时会冲入谷底，直叫我心惊胆战。这次听说要上山，有些犯怵，谁料到这里却是丘陵似的一个个巨大的山包，名副其实被称作"佩尔勒山包"了。每个山包都给异常丰腴、缀满野花的牧草满满包住，山包之间又给一些高耸的松林隔开，层层叠起，滚往山顶，异常壮美。愈往上，风景反而愈开阔。不觉爬到很高，回首望去，那些湖泊宛如抛在深谷里的一面面明晃晃的小镜子了。

前上方，一片森林环抱中，一座黄颜色、尖顶的木板小楼，远远站在那里，迎接我们。同昭兴奋地叫起来：

"我想住的就是这种房子！"

孙参赞夫妇笑了，笑容由神秘变为满足。这对夫妇的天职好像就是使朋友满意。

一钻出车，一片异常充沛的清爽之气扑入心怀。这是森林和草原制造的过剩的氧气，我感到自己的两片饥饿的肺叶张开，拼命地吸吮这纯净透明的氧气。一天里，在萨尔茨堡获得的浓郁的古典人文气息，此时荡然无存；是不是换了环境，自己也变了。站在这一切都是本色的大自然里，人多么需要被净化啊！不等我扑进去，只听一阵悦耳的欢叫从楼前草地那边传来，原来有个人在草地上尽情地打着滚，边叫边笑。

那人是谁？这样地来享受大自然？

待这人站起身，一个小姑娘，十来岁模样，一张纯真并有点憨气的小鼓脸……还有牛犊一般的健壮。她是克里斯蒂安的女儿，名叫海蒂。海蒂扬起手招呼我们一起玩，英兰头一个跑过去，和她撒开手脚在草地上打起滚儿来……

我没见过谁这样玩过，像英兰那么文静的女士竟然如此无所顾忌，无拘无束，随心所欲。我不觉放开嗓子，使劲吼出两声，一腔浊气，喷吐出来，声音挺怪，没人怪罪或讥笑，都以微笑表示理解，此时人人都有回归原始和一任自然的渴望啊。

我们刚喝下一杯矿泉水，克里斯蒂安便迫不及待带我们绕到房后，去参观他拥有的世界——山顶风光。脚踩着肥厚的草地，感觉很舒适。山上雨露充沛，牧草湿软，踩上去没有声音，也没有小虫跳出来，真像踏着厚毯。明媚的阳光把草地照得湛绿，还把野花像小灯一样点亮，尤其是那大片大片黄陀罗花，金光灿烂，漫山遍野铺开，似要把山顶吞没。

克里斯蒂安忽指我脚下，叫我停住。原来脚前一棵紫色小花，束状细朵，紫得浓艳。他说这种可爱的小花名叫"紫鸟兰"，除去山顶已很少见，奥地利有法律保护这种花，踩了要罚钱。

"谁来罚钱呢？"我笑着问。在这无人的大山上。

克里斯蒂安想了想，也笑了，耸耸肩说：

"谁知道，也许只是种警告。反正山上的人都这么说。"

这所谓的警告真神奇，由此我的双脚分外小心，留意于碧草中的紫色。这才发现，紫鸟兰并不罕见，有的一簇簇，有的浓浓一大片……"山上的人都这么说"，是因为人们都爱这种美丽的小紫花，为了爱才保护。由于保护，这山顶千百年来才没有失去这一种独具魅力的色彩，这娇小柔弱的野花才得以永存不灭，陪伴高山的孤独，抚慰山民的寂寞……

山上的人珍爱这里的每一种花。

在一片古老而晦暗的森林里，我们发现一丛雪玫瑰。它生长在枯枝败叶中间。一缕阳光从树隙中间斜射下来，恰好照在它淡绿色的花朵上，花瓣上绒样的一层被照得荧荧闪亮，好似放光，在密林深处，愈显娇嫩夺目。

小海蒂蹲到花前，用手指轻轻抚摸花瓣，口里喃喃地说："你们好吗？我好久没看见你们了，你们多可爱呀！"也像对一只小兔或小鸟说话，认真、倾心、投入，叫人看了好感动！孙参赞说，她天天早晨起来，都要抚摸房前那些小树的嫩叶新芽，这样说上一遍。

克里斯蒂安看了看女儿，很欣赏地朝我一扬眉毛，做个眼色。他说："我们兄弟五个，都是在这山顶上长大的。虽然我在维也纳工作，却在这里买下这幢房子，年年都把女儿带来，住上个把月，为了叫她也在这里一点点长大，爱这山上的一切。"

在山上长大的孩子，受惠于大山的，首先是有个生龙活虎般的身体。小海蒂真比一个男孩子还强壮。晚饭后，我们在楼上大屋里做游戏，孙参赞拿一块桌布，装作斗牛士，小海蒂扮演发火的牛，她做得太认真了，不顾一切地横冲直撞，险些把参赞撞翻。这一闹，她就和客人们熟了，要和我们每一个人较量。还朝我招手，叫我上阵，我只好应战，摆出和她摔跤的架势，谁料到她像只小牛那样有劲，她猛地一推，真叫我后退两步。她折腾半天，还有力气，就拉着克里斯蒂安给大家表演他们平时常玩的游戏——

他俩拉紧双手。小海蒂猛地身子腾空，一蹬爸爸双膝，就势往上蹬大腿、肚子、胸膛、肩膀，再用力踹，身子快速空翻，然后稳稳落地。我们鼓掌表示称赞。小海蒂很得意，做完一次再做一次，一连好几次。克里斯蒂安毫不顾忌女儿的肩轴是否会扭坏，用力拉拽与抛扔，协助女儿完成这惊险又猛烈的动作。大概只有在山上长大的人，才这样勇敢强悍。那么，现代都市文明到底使人强化还是软化？进化还是退化？或者一半进化、另一半却在退化？怎样活着才能最完美……这些问题克里斯蒂安早已思考过了吧。

　　克里斯蒂安不是富有者。他花了七十万先令买下这幢别墅，总共两层，带地窖，大大小小七八间房子，里外一律是木板，颜色采用木头本色，楼中便弥漫着清香的松木味道。室内的陈设，从生铁吊灯、土布桌布、粗绘陶瓷到描写稚拙的民间玻璃画，都是地道的阿尔卑斯山的山地风格，淳朴厚重，韵味十足。他每年都拿出十分之一时间到这里来度假。他说，这是为了返回大自然与童年，恢复体力也恢复情感。他需要的是一种怎样的生活情感？他有自己的想法和活法。两年前，他曾骑自行车到中国旅行，脚踏两个轮子在一无所知的龙的土地上乱闯，糊里糊涂闯进当时尚未对外开放的涿州，被当地警察押送出境。当时那狼狈状可以想见，他却因此更爱中国。为什么呢？我问他。他笑，脸上的表情很真诚，可怎么也说不清楚。似乎古老中国的一切都淳朴动人和神秘可爱。他说，这些天他正在考虑是否再去中国，他有点着急，因为到现在还没能给自己一个满意的答复。

　　住在山顶的感觉真是奇异又迷人。关上灯，没一点光亮。山上入夜真冷，整个身体仿佛沉在一个巨大、漆黑、湿冷的深渊里，四周抓不到边儿，无依无靠，万物皆无，是不是孤身落入混沌的宇宙里？我轻轻呼一声同昭。她的声音从不远的地方传来，哦，那是屋角小木床的地方。她也没睡，仿佛也进入这种奇异的感觉中了。待我们都感到对方的存在，渐渐便被一天的疲劳所征服，入睡了。大自然不会打扰人，睡得好香。

很早很早唤醒我的是鸟儿们。

高山上鸟叫声很特别。因为太静，很远和很近的，听来都一样清晰。合上眼，完全可以分辨出每一只鸟在哪里。听，这只很近，分明就在房间的栅栏上；听，那只极远，却一准就在森林那边守林人小屋的顶子上……各种各样的鸟叫，宛如各种各样的乐器，高山之巅是它们的乐池。细细品味这远远近近的鸣叫，心中扩展开一片阔大辽远的空间。起来推窗一看，呀，多美的清晨山色——大自然创作的这幅画！

上午，克里斯蒂安父女陪同我们再次去萨尔茨堡，参观弗兰斯卡大教堂和莫扎特故居。可是到了萨尔茨堡，小海蒂冒失地跌了一跤，手撞出血来，克里斯蒂安不能再陪我们，约好晚上回到山顶见。

我们在萨尔茨堡淋漓尽致玩了一天，又赶到阿尔陶斯湖参加一个文学晚会。驱车爬上佩尔勒山包时，没有风景，到处漆黑，只有车灯强光照亮的雨线，闪闪烁烁相互交错，织成雨幕。

女人们最惦记的还是孩子。一进木楼，英兰与同昭就跑去看海蒂受伤的手。小海蒂得意地张开她肉饼似的小胖手，没有包扎，伤口已经愈合。克里斯蒂安说："别去慰问一个英雄，她会惭愧的。"他故意用一点讥笑口吻，小海蒂被刺激得跳起来，用这受伤的小手攥拳头，使劲凿爸爸石头般的胸膛。我们哈哈大笑。

克里斯蒂安似乎格外高兴。他从地窖里拿出了一瓶上好的葡萄酒，与我和孙参赞同饮。他举起杯子，没等沾唇，就急渴渴告诉我们，今天领着女儿在萨尔茨堡大街小巷，整整溜达一下午，思考心里的事，终于决定明年去中国，为中国的滑雪运动员做教练，不要工资，白干一年。他的决定使自己很快乐，并要我们为他干杯。

我们举杯祝贺。望着他红红的脸上溢满的兴奋，不用问他为什么这样决定。阿尔卑斯山上的人，他们所做的，都是他们爱做的。要爱就真实地爱，只有目标，不想得失，在爱中享受爱——这就是答案。

我开玩笑说，我在中国等你，但你会不会中途反悔，推翻决定。他立即扬起铁扇一般的大手，猛烈一摆，表达了这座大山一般不可动摇的精神。他发誓"一定"去，要我发誓"一定"等他。我教给他中国人相互发誓的做法——两人用食指紧紧拉钩。于是我俩这样做了，惹得大家都笑，他觉得中国人这种方式有趣，伸出食指再拉钩，大家又笑，还拉……他的手指太有劲，掰得我手指生疼，转天就像给门缝挤了那样。

本来，分手时应该很愉快。这时，孙参赞要去房后采些野生的黄陀罗花带回维也纳。克里斯蒂安给他一把剪刀。孙参赞去了一会儿，采回来一大束。大概他心急，没用剪刀，而是连根拔的。小海蒂看见，立刻急了，尖声叫起来：

"你要用刀剪，它们还会再长。你这样干，它们就会死了。"

她真的生气了，噘起小嘴不说话，好似弄坏了她最心爱的东西；孙参赞向她道歉，她也不理，就像这是一件不可饶恕的罪过。

这叫我怦然心动，我真切地领略到奥地利人对大自然的感情。

这感情干脆说是一种爱情。

克里斯蒂安父女用车送我们下山。昨夜雨湿了路，为了安全，我坐上了这高山父女俩的吉普车。

下山时，云落山谷，天已放晴。大雨过后，天蓝云白，草鲜花明，森林愈加深郁，景色更是动人。克里斯蒂安一边开车，一边指着窗外一处处风景，用英语说："看，看，多漂亮！看，多美丽！"好像这一切都为他所拥有，而他首先陶醉其中了。

我欣赏着，赞美着，还想哄一哄坐在身边、郁郁不乐的小海蒂。她忽一指窗外，也叫我看。顺着她小手所指的方向望去，远远的，高高的，太阳正照射一座雪山的峰顶，银光耀眼，瑰丽华美，好像一顶镶满宝石的银冠。

我扭脸再瞧小海蒂，刚才的不快已一扫而空，眸子分外晶亮，闪耀着兴奋的光芒，她那变得红润的小鼓脸上洋溢着多么骄傲与自豪的神情。我被感动了，一句话忽然出现在我的脑袋里：

"爱的报偿总是大于爱的本身。"

因为爱是从来不追求报偿的。

雪山上的音乐

当车子爬到一千米以上，我就开始后悔了。我不该听信他们说，山上一家老店如何如何迷人。窄窄的山道不过四米多宽，路边没有任何遮拦，而且极陡；从车窗望出去，空无一物，人像坐在颠簸中升空的飞机上；伸头往下一瞧，竟是万丈深渊，山谷里的树只有米粒那样大小，我的两条腿顿时软了。特别是所有折返的地方全都是急转弯，逢到此处，前边的车窗上一片蓝天，待车子转过来，才会知道我们在死神的肩上走过。

可是我们的向导奥托这家伙居然把车子开到60迈。他要疯了！我说："你能把车开得慢一点吗？"他朝我扭脸嘲弄地一笑，说："我从来没开过这么慢。"

应该相信这位登山教练对山道的熟悉，和我们对平道是一样的。可是我们还是不自觉地死死握着车上的抓手。正当我感到这条吓破人胆的路没有尽头、感到绝望的时候，车子忽然停住。我错以为车子坏了，却见奥托笑着说："到了。"

我打开车门，首先看到的竟是道边的陡峭的斜坡上站着五头黄白花的大牛。它们只要身子一歪，就会滚下山去，怎么会待在这里悠然自得？

山上的感觉竟是这般奇异。

上山时的紧张登时消失了一半。待站在这家老店前，残余的另一半紧绷绷的感觉也不翼而飞。

一座典型的阿尔卑斯山的大木屋盖在这块山间的高地上，好像一只巨鹰伫立在这儿，俯视着辽阔的山谷。四周所有大山，半山以下是郁郁葱葱绿色的森林，半山以上是白皑皑终年的积雪，这便是最具特色的阿尔卑斯山的画面。然而，只要往这屋前一排排桌前的长椅上一坐，就会觉得自己是这浩荡风景的一个细节了。

忽然一支长号吹响。

我看见屋前高台的一端，那棵长长的系着花环的"五月树"下，站着一个男子向着我们吹着铜号。不用去描述这号声如何优美，它一下子就把我吸引住。

奥托通过翻译张琼小姐告诉我们，他就是这老店的店主，叫塞伯·肖奔斯坦乐。他吹的这支曲子是这里山民的一支迎客曲。到底是这曲子的本身，还是发自主人的心意，这曲子怎么如此的热情与真切？顿时觉得我的心被伸过来的一只无形的手轻轻碰了一下。跟着，周围的一切，无论是群山还是这座老店都把我拥在其中了。

塞伯是个瘦高个子的中年人，文质彬彬，戴着细边眼镜，蓄着胡须。乍看怎么有点像俄国作家契诃夫？他的穿戴却是地道的当地山民的打扮。身穿淡驼色的毛线外套，头顶一顶宽沿毡帽，帽顶裹着一条墨绿色的丝带，插着一束五颜六色的野花。而他待客更是山民的方式——

他只是介绍一下自己的妻子和孩子，不会客套和应酬，也不会说长道短。他妻子约翰娜——一位身体棒棒的、脸蛋红红的、出生在大钟山里的山民的女儿，完全不像是开店做生意，没有菜单，不说价钱，好像家中来了朋友，只是把好吃的食品一样样端出来，奶酪呀，酸黄瓜呀，洋葱呀，草莓呀，自制的腌肉呀，还有红酒和白酒，实实在在地款待我们几个来自万里之外的中国客人。据说他们这家名叫汉斯·斯图巴的山上老店，自1480年开张以来，从来还没有中国人来过。

不善言谈的塞伯便不停顿地为我们一支支地演奏乐曲。他还不断更换乐器。他妻子是尽其所有，他是尽其所能。一会儿捧出一台"契它"（一种山民特有的放在桌上的小型拨弦乐器），赞美人间的爱情；一会儿抱出一架红色的手风琴，歌颂他们的大山。据说一支边弹边唱的契它歌曲《我的家乡我爱你》，是他自己的创作。他的故乡就在山下远处一片丘陵中，他每次弹唱这支歌曲，总要面朝着家乡的方向……

于是我明白了——他最多不过是个音乐爱好者，甚至谈不上是一名乐手。为什么他的曲子，他的弹唱，竟这样的感动我，打动我？

因为艺术在这里返璞归真。

在这里，浩阔的山野放开我们的心怀，只有高山之巅才会这般纤尘皆无的纯净，无碍的阳光把木桌上的食物照耀得鲜亮而明媚，还有那徐徐的山风带着木叶与青草的气息清凉地吹在我们的脸上。在这样的大自然的面前，任何艺术的雕饰都会被解除掉，剩下的只有又纯又美的心性与真情。

我想起德彪西说过，在夕阳照耀的乡间景色里，一支牧童短笛只要发出几个音符就会有无穷魅力。因为他吹响的是这世界的灵魂。此时，天上的流云，深谷中盘旋的鹰，以及"五月树"花环上随风飘动的丝带，不都是带着塞伯的旋律吗？还有他唱出的那怀念故乡的声音，微微有些发抖，甚至失去一些音准，却有力地牵动着我的心。由此，我更相信人的声音的感染力超过一些乐器。当然这声音必须是始于心灵。

一支欢快的南蒂罗尔州的民歌使我们情不自禁站起身来，拍手合唱，一个由音乐掀起的高潮来到我们中间。阿尔卑斯山人都是在音乐中长大的。他们闻乐即舞，又唱又跳。我们中国人逢到这种场合，总是感到身体被什么东西缚着。然而，最终我们还是从一种看不见的茧套中挣脱出来，和他们融在一起。

塞伯兴奋了。他跑到屋中拿出一瓶自制的白酒，这酒又甜又辣，有一种强烈的气息。显然眼前这场合需要更强的激素助兴。而这酒一落肚，我感觉又想蹦又想叫。塞伯的儿子也跑到屋里，把妈妈给他做的苹果派端出来，款待大家。忽然，我发现那几头站立在陡坡上的花牛随着乐曲的节奏，耳朵居然在一动一动，我想起我们中国人的那句"对牛弹琴"的老话，简直不敢相信人间有这样的奇迹。

在阳光把对面一座雪峰照得晶莹夺目时，我们必须起程下山。因为山谷黑了，下山就会有危险。

　　奥托拿出一些钱放桌上，为我们付账。塞伯夫妇只是笑了笑，根本没有去点钱，甚至没有多看一眼！对他们，钱是需要的，但不是最重要的。

　　分手时，都想给对方留下一点礼物作为纪念。礼物是一种载体。我妻子把一条丝巾留给了约翰娜，塞伯则拿出阿尔卑斯山上最高贵的礼物送给我妻子——几朵干了却依然毛茸茸的雪绒花。据说这种花只有在两千米以上的高山上才能见到，只有在零度以下奇冷的空气里才会开放。这样的礼物不是寄寓着山民所崇尚的一种精神吗？

　　我已经懂得了，音乐是习惯于沉默的山民们真正的语言。这时，塞伯肩上又挎起那红色的手风琴，拉一支送别的歌《再见，再见，再见！》。这首歌叫人依依不舍，叫人感情上涌，但是坚强的山民们给朋友送别时是从不伤感的。贯穿这深挚的告别的曲调是欢快的节奏。塞伯的儿子骑着一辆自行车跑出来，一纵身，两只脚站在车椅上。他虽然还小，也知道山民应该怎样送别客人。奥托激动起来，这位浑身是力量的汉子，似乎只有用力量表达激情。他左右环顾，寻找重物，想举起来。但一时找不到够分量的石头，最后只能举起两只拳头朝天空挥一挥，然后上车打开油门。

　　我们的手一直伸在车窗外，朝他们挥舞，并设法叫他们看见。他们的乐曲伴随着我们的车驶向蓝幽幽的山下。一直到听不到琴声，我的心里还在有节奏地响着那人间最美丽的乐句：再见，再见，再见！

古老的民族总是在文化上显示它的魅力与神秘。

——《羌去何处?》

域外集

　　将卢梭和伏尔泰安葬此处，是一种象征。一种民族精神的象征。这两位作家的文学作品都是思想大于形象。他们的巨大价值，是对法兰西精神和思想方面做出的伟大贡献。在这里的卢梭的生平说明上写道，法兰西的"自由、平等、博爱"就是由他奠定的。

　　　　　　　　　　　　——《精神的殿堂》

看上去，佛罗伦萨是拒绝现代的。

——《意大利断想》

精神的殿堂

　　人死了，便住进一个永久的地方——墓地。生前的亲朋好友，如果对他思之过切，便来到墓地，隔着一层冰冷的墓室的石板"看望"他。扫墓的全是亲人。

　　然而，世上还有一种墓地属于例外。去到那里的人，非亲非故，全是来自异国他乡的陌生人。有的相距千山万水，有的相隔数代。就像我们，千里迢迢去到法国，当地的朋友问我们想看谁。我们说：卢梭、雨果、巴尔扎克、莫奈、德彪西等等一大串名字。

　　朋友笑着说："好好，应该，应该！"

　　他知道去哪里可以找到这些人，于是他先把我们领到先贤祠。

　　先贤祠就在我们居住的拉丁区。有时走在路上，远远就能看到它颇似伦敦保罗教堂的石绿色的圆顶，我一直以为是一座教堂。其实，我猜想得并不错，它最初确是教堂，可是在法国大革命期间，曾用来安葬故去的伟人，因此它就有了荣誉性的纪念意义。到了1791年，它被正式确定为安葬已故伟人的处所。从而，这地方就由上帝的天国转变为人间的圣殿。人们再来到这里，便不是聆听神的旨意，而是重温先贤的思想精神来了。

重新改建的建筑的入口处，刻意使用古希腊神庙的样式。宽展的高台阶，一排耸立的石柱，还有被石柱高高举起来的三角形楣饰，庄重肃穆，表达着一种至高无上的历史精神。大维·德安在楣饰上制作的古典主义的浮雕，象征着祖国、历史和自由。上边还有一句话："献给伟人们，祖国感谢他们！"

先贤祠大厅穹顶

　　这句话显示这座建筑的内涵，神圣又崇高，超过了巴黎任何建筑。

　　我要见的维克多·雨果就在这里。他和所有这里的伟人一样，都安放在地下。因为地下才意味着埋葬。但这里的地下是可以参观与瞻仰的。一条条走道，一间间石室。所有棺木全都摆在非常考究和精致的大理石台子上。雨果与另一位法国的文豪左拉同在一室，一左一右，分列两边。每人的雪白大理石的石棺上面，都放着一片很大的美丽的铜棕榈。

　　我注意到，展示着他们生平的"说明牌"上，文字不多，表述的内容却自有其独特的角度。比如对于雨果，特别强调由于反对拿破仑政变，坚持自己的政见，遭到迫害，因而到英国与比利时逃亡19年。1870年回国后，他还拒绝拿破仑三世的特赦。再比如左拉，特意提到他为受到法国军方陷害的犹太血统的军官德雷福斯鸣冤，因而被判徒刑那个重大的挫折。显然，在这里，所注重的不是这些伟人的累累硕果，而是他们非凡的思想历程与个性精神。

　　比起雨果和左拉，更早地成为这里"居民"的作家是卢梭和伏尔泰。他们是18世纪的古典主义的巨人。生前都有很高声望，死后葬礼也都惊动一时。1778年伏尔泰送葬的队伍曾在巴黎大街上走了8个小时。卢梭比伏尔泰多活了34天。在他死后的第十六年（1794年），法兰西共和国举行了一个隆重又盛大的仪式，把他迁到先贤祠来。

　　将卢梭和伏尔泰安葬此处，是一种象征。一种民族精神的象征。这两位作家的文学作品都是思想大于形象。他们的巨大价值，是对法兰西精神和思想方面做出的伟大贡献。在这里的卢梭的生平说明上写道，法兰西的"自由、平等、博爱"就是由他奠定的。

卢梭的棺木很美，雕刻非常精细，正面雕了一扇门。门儿微启，伸出一只手，送出一枝花来。世上如此浪漫的棺木大概唯有卢梭了！再一想，他不是一直在把这样灿烂和芬芳的精神奉献给人类？从生到死，直到今天，再到永远。

于是，我明白了，为什么在先贤祠里，我始终没有找到巴尔扎克、斯丹达尔、莫泊桑和缪塞；也找不到莫奈和德彪西。这里所安放的伟人们所奉献给世界的，不只是一种美，不只是具有永久的欣赏价值的杰出的艺术，而是一种思想和精神。他们是鲁迅式的人物，却不是朱自清。他们都是撑起民族精神大厦的一根根擎天的巨柱。不只是艺术殿堂的栋梁。因此我还明白，法国总统密特朗就任总统时，为什么特意要到这里来拜谒这些民族的先贤。

1995年，居里夫人和皮埃尔的遗骨被移到此处安葬。显然，这样做的理由，不仅由于他们为人类科学做出的卓越的贡献，更是一种用毕生对磨难的承受来体现的崇高的科学精神。

读着这里每一位伟人生平，便会知道他们中间没有一个世俗的幸运儿。他们全都是人间的受难者，在烧灼着自身肉体的烈火中去寻找真金般的真理。他们本人就是这种真理的化身。当我感受到，他们的遗体就在面前时，我被深深打动着，真正打动人的是一种照亮世界的精神。故而，许多石棺上都堆满鲜花，红黄白紫，芬芳扑鼻。这些花是来自世界各地的人天天献上的。有的是一小支红玫瑰，有的是一大束盛开的百合花。它们总是新鲜的。

这里，还有一些"伟人"，并非名人。比如一面墙上雕刻着许多人的姓名。它是两次世界大战中为国捐躯的作家的名单。第一次世界大战共560名，第二次世界大战共197名。我想，两次大战中的烈士成千上万，为什么这里只是作家？大概法国人一直把作家看作是"个体的思想者"。他们更能够象征一种对个人思想的实践吧！虽然他们的作品不被人所知，他们的精神则被后人镌刻在这民族的圣殿中了。

一位叫作安东尼·德·圣-埃克苏佩里的充满勇气的浪漫派诗人也安葬在这里。除去写诗，他还是第一个驾驶飞机飞越大西洋，开辟往非洲航邮的功臣。1943年他到英国参加戴高乐将军的"自由法国"抵抗运动。1944年，他在一次空战中不幸牺牲，尸骨落入大海，无处寻觅。但人们把他机上的螺旋桨找到了，放在这里，作为纪念。他生前不是伟人，死后却得到伟人般的待遇。因为，先贤祠所敬奉的是一种无上崇高的纯粹的精神。

对于巴黎，我是个外国人，但我认为，巴黎真正的象征不是埃菲尔铁塔，不是卢浮宫，而是先贤祠。它是巴黎乃至整个法国的灵魂。只有来到先贤祠，我们才会真正触摸到法兰西的民族性，它的气质，它的根本，以及它内在的美。

我还想，先贤祠的"祠"字一定是中国人翻译出来的。祠乃中国祭拜祖先的地方。人入祠堂，为的是表达对祖先的一种敬意、崇拜、纪念、感谢，还有延续下去并发扬光大的精神，这一切意义，都与法国人这个"先贤祠"的本意极其契合。这译者真是十分的高明。

想到这里，转而自问：我们中国人自己的先贤、先烈、先祖的祠堂如今在哪里呢？

皇家的教堂

████████　　在此次访英最后一天，我给自己的安排都与皇家有关。先看威斯敏斯特大教堂，后去温莎城堡，随后就直接奔往希思罗机场登机回国。

威斯敏斯特大教堂为皇室专用。皇家的三件大事都在这里举行：婚礼、加冕和葬礼。

仪式在中间祭坛上，金装银饰，极尽华丽又古典庄重。中间只有一个小小地方空着，那是逢英王加冕时要摆放从苏格兰爱丁堡借来那块"幸运石"的地方。前些年王妃黛安娜的葬礼就在这里举行。最近撒切尔去世了，她非皇族，葬礼便定在圣保罗大教堂了。这个地方平日对外开放，所以游人不绝。

各个时代历史要人的雕像铺天盖地，手握英国权杖的人的棺木都放在这里，中国人看上去会有点"阴气太重"之感。中国人认为放这样的东西"丧气"，西方人则认为这些权贵长眠在天堂里。于是一个个导游对着一队队游客滔滔不绝地讲述着此处的亡人所贯穿的数百年英国史，以及他们的"丰功伟绩"。

由于英国的历史千年未断，这里的仪式也千年不变。

历史的一切都与今天息息相关。但中国历史是不断改朝换代与"开天辟地"的历史。记得日本画家平山郁夫先生与我在日本皇家美术学院交谈时说："中国的历史虽长，但有一个问题是，每一次改朝换代都是推翻前朝，都要否定前朝，然后开天辟地重立江山，这就会使历史总是一次次回到原点上不断重复，很少进展。"

这段话给我的印象颇深。我们的历史表面延绵不断，深层不是断裂的吗？历史上有个词儿叫作"遗老遗少"，这个词儿等同于"反动"，就是怀念前朝，不接受新朝。清初不剃发留辫要砍头，民初不剪辫也是大逆不道，在这样的历史中民族服装都很难形成，有时甚至连传统也需要寻找。可是，今天这种"历史逻辑"似乎变本加厉，进而进入了官场——新官不买旧官账，都要重建自己的政绩天下。

没有接续的历史就没有积淀，也很难真正进步。走出威斯敏斯特大教堂时这个问题还在我脑袋里转。

威斯敏斯特令我感兴趣的是给予两个科学家的纪念位置。一是牛顿，一是达尔文。牛顿有一尊雕像，达尔文只有镶在地面上一块黑色的墓碑。教会是唯上帝的，不信科学；两位科学家都是宗教的"敌人"。由于牛顿晚年把他解释不了的问题归给上帝解答，所以教堂给他立了一尊像；而坚持进化论的达尔文却只有光秃秃一块碑石躺在地上。由于对这两位科学家的贡献无法视而不见，这里还是给了他们一个位置。

　　威斯敏斯特大教堂叫我感到轻松一些的是"名人角"。

　　人们在这里可以找到自己钟爱的人物。比如，诗人乔叟、彭斯，作家狄更斯、艾略特、哈代、勃朗特姐妹和简·奥斯汀等，他们大都并不葬在这里，在这儿只是一个衣冠冢或纪念碑而已，但是让他们在这儿地处一角是受到尊重还是仅仅是个文化摆设与陪衬？比起法国的圣贤祠——只把居里夫人和雨果等民族的精神巨匠请进去，而将许多总统拒绝在外，表现出完全不同的两个世界：一是精神的，一是权力的。

威斯敏斯特大教堂

意大利断想

一个东西方文化交流史的盲点深深吸引着我：丝绸之路的东端是中国，西端是意大利，这两端恰恰都是光辉灿烂的美术大国。通过这条丝绸之路，东西方把他们各自拥有的布帛、香料、陶瓷、玻璃、玉石、牲畜等等彼此交换；中国人制造丝绸的技术至迟在7世纪就传到西西里，但为什么独独在美术方面却了无沟通？

我曾面对洛阳龙门石窟雕刻的那"北市香行社造像龛"一行小字发呆——在唐代，罗马的香料已被妇女作为时髦物品，为什么在这浩大的石窟内却找不到欧洲雕刻的直接影响？

在16世纪，当米开朗琪罗等人叮叮当当地把他们的激情与想象凿进坚硬的石头的时代，中国人早已告别石雕艺术的时代。如果马可·波罗把霍去病墓前那些怪异的石兽运一个回去，说不定意大利文艺复兴运动就会以另一景象出现。而当聚集在佛罗伦萨和威尼斯的画家们，用无与伦比的写实技术在画布上创造出一个个活生生的人物时，中国画家早就从写实走向写神，以幻化的水墨，随心所欲地去表达内心非凡的感受。当然，意大利画家也是从未见到过这些中国画家的作品。直到18世纪，郎世宁来到中国时，东西艺术已全然是两个世界了。

比较而言，西方艺术家尊崇物质，东方艺术家更注重自己的精神情感。由此泛开而说，西方人一直努力把周围的一切一点点儿弄清楚，东方人却超乎物外，享受大我。一句话，西方人要驾驭物质，东方人要驾驭精神。经过十数个世纪，西方人把飞船开到月球，东方人仍在古老的大地上原地不动，精神却遨游天外。

东西方文化具有相悖性。

相悖，才各自拥有一个世界，自己的世界对于对方才是全新的。人类由于富有这东西方相悖的两种文化，它才立体，它才完整。

最大和最完整的事物都是两极的占有。

现在看来，丝绸之路主要是一条贸易通道。对于文化，它只是在不自觉中交流了文化，而不是自觉交流了文化。

正因为如此，东西方艺术便在相互独立的状态中形成了自己的一套。幸亏如此！如果它们像现代社会这样在文化上互通有无，恐怕东西方文化早就变成一只黄老虎或是一只白老虎了。

我联想到现在常常说到的"文化交流"这个概念，并为此担虑。文化交流与科技交流本质不同。科技交流为了取消差距，文化交流只能是为了加大区别。谁能够做到这些？

文化是有个性的。文化的全部价值都在自己的个性里。文化相异而并存，相同而共失。因此，文化交流不是抵消个性，而必须是强化个性，谁又能这样做？

可是，天下有多少明白人？弄不好最终这世界各处全都是清一色的文化"八宝饭"，或者叫"文化的混血儿"。

与别人不同容易，与自己不同尤难。比如这三座同为意大利名城的罗马、佛罗伦萨和威尼斯——

罗马依旧有股子帝国气象。好似一头死了的狮子，犹然带着威猛的模样。这恐怕由于它一直保持原帝国都城的规模和格局，连同昔时的废墟亦兀自荒凉着，甚至那些古老建筑的碎块遗落在地，也绝不移动。原封不动才保住历史的真实。从来没有人提出那种类似"修复圆明园"的又蠢又无知的主张。建设现代城市中心则另辟新区。对于一个城市的文化史来说，死去的罗马比活着的罗马还要神圣。

罗马的美，最好是在雨里看。到处有中世纪粗大笨重的断壁残垣在白茫茫雨雾中耸立着，那真是一种人间神话。我从斗兽场出来，赶上这样的大雨，小布伞快要给雨水浇塌，正在寻求逃避之路，陡然感到自己竟是站在历史里。那城角、券洞、一根根多立克或科林斯石柱、一座座坍塌了上千年的废墟，远远近近地包围着我；回头再看那斗兽场已经被雨幕遮掩得虚幻模糊，却无比巨大地隔天而立。一时分不清自己是在罗马的遗迹里还是在罗马的时代里。它肃穆、雄浑、庄严和神奇……这独特的感受是在世界任何地方都不曾得到的。

古建筑不是死去的史迹，而是依然活着的历史的细胞。如果失去这些，我们从哪里才能感受真正的罗马的灵魂。

我痴迷地站立着，任凭大雨淋浇，鞋子像灌满水的篓儿。

然而，这种罗马气象在佛罗伦萨就很难看到了。佛罗伦萨整座城市干脆说就是文艺复兴时期的象征。从乌菲齐博物馆二楼长廊上的小窗向外望去，阿尔诺河的两岸连同那座廊式老桥上，高高矮矮一律是文艺复兴时代红顶黄墙的小楼，在湛蓝湛蓝的天空与河水的对比下，明丽而古雅。比起罗马时代，它轻快而富于活力；比起后来的巴洛克时代，它又朴素和沉静。看上去，佛罗伦萨是拒绝现代的。也许由于文艺复兴时代迸发的人文精神仍是今天欧洲精神的支柱和源泉，它滔滔汩汩，奔涌不绝。

人们既把它视为过去，也作为现在。佛罗伦萨是文化的百慕大，站在其中会丧失时间的概念。

黄昏时在老街上散步。足跟敲地，好似叩打历史，回声响在苔痕斑驳的石墙上。还有一人的脚步声在街那边，扭头瞧，哎，那瘦瘦的穿长衣的男人是不是画圣母的波提切利？

比起罗马与佛罗伦萨，威尼斯散发着它独有的浪漫气质。这座在水上的城市，看上去像半身站在水里。那些古色古香建筑的倒影都被波浪摇碎，五彩缤纷地混在一起晃动着。入夜时，坐上一种尖头尖尾的名叫"洪都拉"的小船，由窄窄而光滑的水道穿街入巷，去欣赏这座婉转曲折的水城每一个诗意和画意的角落。不时会碰到一些年轻人，船头挂着灯，弹着吉他，唱着情歌，擦船而过。世界上所有傍河和临海的城市都有种开放的精神，何况这水中的威尼斯！在金碧辉煌的圣马可广场上，成千上万的鸽子中间有许多从海上飞来的长嘴的海鸥……

城市，不仅供人使用，它自身还有一种精神价值。这包括它的历史经历、人文积淀、文化气质和独有的美；它的色调、韵律、味道和空间镜像；这一切构成一种实实在在的精神。这城市人的性格、爱好、习惯、追求、自尊，却包含其中。城市，既是一种实用的物质存在，也是一种高贵的精神存在。

你若把它视为一种精神，就会尊敬它，珍惜它，保卫它；你若把它仅仅视为一种物质，就会无度地使用它，任意地改造它，随心所欲地破坏它。一个城市的精神是无数代人创造积淀出来的。一旦被破坏，便再无恢复的可能。失去了精神的城市该是什么样子？

我忽然想到今年年初到河南，同样跑了三座东方古城：郑州、洛阳和开封。

这三座古城对我诱惑久矣。谁想到一观其面，竟失望得感到深切的痛苦。

哪里还有什么"九朝古都""商城"和"大宋汴京"的气象，这分明是在内地常见的那种新兴城市。连老房子也多是本世纪失修的旧屋。郑州那条土夯的商代城墙，被挤在城市中间，好似条废弃的河堤；从历史文化的眼光看，洛阳的白马寺差不多像个空庙；开封那花花绿绿新建的宋街呢？一条只有十年历史的如同影城中的仿古街道，能给人什么认识与感受？是一种自豪还是自卑感？

不要拒绝拿郑州、开封、洛阳去和罗马、佛罗伦萨、威尼斯相对照吧，我们这三座古城和中原文化曾经是何等的辉煌！

在梵蒂冈，最令我激动的不是《拉奥孔》与《摩西》，不是拉斐尔的《雅典学院》和达·芬奇的《圣徒彼得》，而是西斯廷教堂穹顶上那经过长达12年修复后重现光辉的米开朗琪罗的壁画。这人类历史最伟大也最壮观的壁画，使西斯廷教堂成为解读神学和展示天国景象的圣殿。然而自从16世纪的米开朗琪罗完成这幅壁画，历经五百年尘埃遮蔽，烛烟熏染，以及一次次修整时刷上去的防止剥落的亚麻油，这些有害物质使画面昏暗模糊，失去了往日的光彩。

从20世纪60年代起，梵蒂冈博物馆的克拉路奇教授和他的助手将壁画拍摄成七千张照片，进行精密研究，并选择了两千个部分做了修复试验，终于确定方案，自1982年到1994年展开了20世纪最浩大的古代艺术的修复工程。终于使得米开朗琪罗以非凡的才华叙述的这个天国故事，好似拨云见日一般再现在人们的仰视之中。

我们头一次如此透彻地读到了世间对神学的最权威和最动人的解释，也如此清澈地看到了米开朗琪罗出神入化的笔触。在此之前，谁能想到那画在高高穹顶上亚当的头部，竟然这样轻描淡写？而描绘《末日审判》中基督的脸颊，居然大笔挥洒，总共只用了三笔！倘若不是这次修复，我们怎能领略到这个艺术大师如此非凡才华的细节？

请注意，修缮西斯廷教堂壁画的原则，既非"整旧如新"，也非"整旧如旧"。而是一个新的目标：整旧如初。

整旧如新，即改变历史面貌地粉刷一新；整旧如旧，虽能保住历史原貌，但对那些残破的古物，只能无奈地顺从时光磨损，剥落不堪，面目不清；而整旧如初，才是真正恢复到最初的也是最真实的面貌。

这种只有靠高科技才能达到的"整旧如初"，是古物修复的历史性进步。它终于实现了先人的梦想：复活历史。

可以相信，如今我们仰望西斯廷教堂穹顶的壁画时，就同1511年米开朗琪罗大功告成时的情景全然一样。

　　我们享受到了历史的艺术，也享受到了艺术的历史。

　　在米兰，也在以同样的目标修复举世闻名的达·芬奇的壁画《最后的晚餐》。这个将历时七年的修复工程是开放式的，使我们得以看到修复人员的工作方式。

　　由于达·芬奇当年作画时不断更换和试用新颜料，这幅壁画尚未完工就开始剥蚀，如今它已成为世界上残损最重的壁画之一。此刻，技术人员站在画前的铁架上，以每一平方厘米为单元精心修饰。粗看这些技术人员一动不动，好似静止；细看他们的动作缜密又紧张，犹如外科医生正在做开颅手术！

　　然而，说到最令我震动的，却不是在这些艺术的圣殿里，而是在街头——

　　居住在佛罗伦萨那天，晨起闲步，适逢一夜小雨，拂晓方歇，空气尤为清冽，鸟声也更明亮。此时，忽从高处掉下一块墙皮，恰有一位老人经过，拾起这墙皮。墙皮上似有彩绘花纹，老人抬头在那些古老的房子上寻找脱落处，待他找到了，便将墙皮恭恭正正立在这家门口，像是拾到这家掉落的一件贵重的东西。

　　我不禁想，如果这事发生在我们的城市里，谁会这样做？

　　我对一位朋友说起这事。当时我的情绪有些激动。我的朋友笑道：“你的精神是不是有点奢侈？”

　　我一怔，默然自问，却许久不得答案。

古希腊的石头

每到一个新地方，首先要去当地的博物馆。只要在那里边待上半天或一天，很快就会与这个地方"神交"上了。故此，在到达雅典的第二天一早，我便一头扎进举世闻名的希腊国家考古博物馆。

我在那些欧洲史上最伟大的雕像中间走来走去，只觉得我的眼睛——被那个比传说还神奇的英雄时代所特有的光芒照得发亮。同时，我还发现所有雕像的眼睛都睁得很大，眉清目朗，比我的眼睛更亮！我们好像互相瞪着眼，彼此相望。尤其是来自克里特岛那些壁画上人物的眼睛，简直像打开的灯！直叫我看得神采焕发！在艺术史上，阳刚时代艺术中人物的眼睛，总是炯炯有神；阴暗时期艺术中人物的眼睛，多半暧昧不明。

我承认，希腊人的文化很对我的胃口。我喜欢他们这些刻在石头上的历史与艺术。由于石头上的文化保留得最久，所以无论是希腊人，还是埃及人、玛雅人、巴比伦人以及我们中国人，在初始时期，都把文化刻在坚硬的石头上。这些深深刻进石头里的文字与图像，顽强又坚韧地表达着人类对生命永恒的追求，以及把自己的一切传之后世的渴望。

然而，永恒是达不到的。永恒只是时间很长很长而已。

古希腊人已经在这时间旅程中走了三四千年。证实这三四千年的仍然是这些文化的石头。可是如今我们看到了，石头并非坚不可摧。世界上没有任何东西可以把人带到永远。在岁月的翻滚中，古希腊人的石头已经满是裂痕与缺口，有的只剩下一些残块和断片。

在博物馆的一个展厅，我看到一截石雕的男子的左臂。虽然只是这么一段残臂，却依然紧握拳头，昂然地向上弯曲着，皮肤下面的血管膨胀，脉搏在这石臂中有力地跳动。我们无法看见与这手臂连接着的雄伟的身躯，但完全可以想见这位男子英雄般的形象。

一件古物背后是一片广阔的历史风景。历史并不因为它的残缺而缺少什么。残缺，却表现着它的经历，它的命运，它的年龄，还有一种岁月感。岁月感就是时间感。当事物在无形的时间历史中穿过，它便被一点点地消损与改造，并因而变得古旧、龟裂、剥落与含混，同时也就沉静、苍劲、深厚、斑驳和朦胧起来。

于是一种美出现了。

这便是古物的历史美。历史美是时间创造的。所以它又是种时间美。我们通常是看不见时间的。但如果你留意，便会发现时间原来就停留在所有古老的事物上。比如那深幽的树洞，凹陷的老街，泛黄的旧书，磨光的椅子，手背上布满沟样的皱纹，还有晶莹而飘逸的银发……它们不是全都带着岁月和时间深情的美感吗？

这也是一种文化美。因为古老的文化都具有悠远的时间的意味。

时间在每一件古物的体内全留下了美丽的生命的年轮，不信你掰开看一看！

凡是懂得这一层美感的，就绝不会去将古物翻新，甚至做更愚蠢的事——复原。

站在雅典卫城上，我发现对面远远的一座绿色的小山顶上，竖立着一座白色的石碑。碑上隐隐约约坐着一两尊雕像。我用力盯着看，竟然很像是佛像！我一直对古希腊与东方之间雕塑史上那段奇缘抱有兴趣。便兴冲冲走下卫城，跟着爬上了对面那座名叫阿雷奥斯·帕果斯的草木葱茏的小山。

山顶的石碑是一座高大的雕着神像的纪念碑。由于历时久远，一半已然缺失。石碑上层的三尊神像，只剩下两尊，都已经失去了头颅，可是他们依然气宇轩昂地坐在深凹的洞窟里。这时，使我惊讶的是，它竟比我刚才在几公里之外看到的更像是两尊佛像。无论是它的窟形，还是从座椅垂落下来的衣裙，乃至雕刻的衣纹，都与敦煌和云冈中那些北魏与西魏的佛像酷似！如果我们将两个佛头安装上去，也会十分和谐的！于是，它叫我神驰万里，一下子感到世纪前丝绸之路上那段早已逝去的令人神往的历史——从亚历山大东征到希腊人在犍陀罗为原本没有偶像崇拜的印度人雕刻佛像，再到佛教东渐与中国化的历史——陡然地掉转头，五彩缤纷地扑面而来。

原来时间隧道就在希腊人的石头中间！在这隧道里，我似乎已经触摸到消失了数千年的那一段时光了。这时光的触觉，光滑、柔软、流动，还有一些神秘的凹凸的历史轮廓。我静静地坐在山顶一块山石上，默默享受着这种奇异和美妙的感受，直到夕阳把整个石碑染得金红，仿佛一块烧透了的熔岩。

由此，我找到了逼真地进入希腊历史的秘密。

我便到处去寻访古老的文明的石头。从那一片片石头的遗址中找到时光隧道的入口，钻进去。

然而，我发现希腊到处全是这种石头。希腊人说他们最得意的三样东西就是：阳光、海水和石头。从德尔菲的太阳神庙到苏纽的海神庙，从埃皮达洛夫洛斯的露天剧场到迈锡尼的损毁的城堡，它们简直全是巨大的石头的世界。可是这些石头早已经老了，它们残缺和发黑，成片地散布在宽展的山坡或起伏的丘陵上。很多年前，它们曾是堆满财富的王城、聆听神谕的圣坛或人间英雄们竞技的场所。但历史总是喜新厌旧的。被时光的筛子筛下来只有这些破碎的房宇，残垣败壁、断碑，兀自竖立的石柱，东一个西一个的柱头或柱础。

尽管无情的历史遗弃它，有心的希腊人却无比珍惜它。他们保护这些遗址的方式在我们看来十分奇特。他们决不去动一动历史遁去之后的"现场"。一根石柱在一千年前倒在那里，今天决不去把它扶立起来。因为这是历史的本来面目。尊重历史就是不更改历史。当然他们又不是对这些先人的创造不理不管。常常会有些"文物医生"拿着针管来，为一些正在开裂的石头注射加固剂，或者定期清洗现代工业造成的酸雨给这些石头带来的污迹。他们做得小心翼翼。好像这些石头在他们手中依然是活着的需要呵护的生命。

他们使我们认识到，每一块看似冰冷的古老的石头，其实并没有死亡，它们犹然带着昔时的气息。它们各自不同的形态都是历史的表情，石头上的残痕则是它们命运的印记与年龄的刻度。认识到这些，便会感到我们已身在历史中间。如果你从中发现一个非同寻常的细节，那就极有可能是神奇的时间隧道的洞口了。

迈锡尼遗址给人的感受真是一种震撼。这座三千多年前用巨石砌成的城堡，如今已是坍塌在山野上的一片废墟。被时光磨砺得分外粗糙的巨大的石块与齐腰的荒草混在一起。然而，正是这种历史的原生态，才确切地保留着它最后毁灭于战火时惊人的景象。如果细心察看，仍然可以从中清晰地找到古堡的布局、不同功能的房舍与纵横的甬道。

1876年德国天才的考古学家谢里曼就是从这里找到了一个时光隧道的入口，从隧道里搬出了伟大的荷马说过的那些黄金财宝和精美绝伦的"迈锡尼文化"。他实际是活灵活现地搬出来古希腊一段早已泯灭了的历史。谢里曼说，在发掘出这些震惊世界的迈锡尼宝藏的当夜，他在这荒凉的遗址上点起篝火。他说这是很多年以来的第一次火光。这使他想起当年阿伽门农王夜里回到迈锡尼时，王后克莉登奈斯特拉和她的情夫伊吉吐斯战战兢兢看到的火光。这跳动的火光照亮了一对狂恋中的情人眼里的惊恐与杀机。

今天，入夜后如果我们在遗址点上篝火，一样可以看到古希腊这惊人的一幕；我们的想象还会进入那场以情杀为背景的毁灭性的内战中去。因为，迈锡尼遗址一切都是原封不动的。时光隧道还在那些石头中间。于是我想，如果把迈锡尼交给我们——我们是不是要把迈锡尼散乱的石头好好"整顿"一番，摆放得整整齐齐；再将倾毁的城墙重新砌起来；甚至突发奇想，像大声呼喊着"修复圆明园"一样，把迈锡尼复原一新。如若这样，历史的魂灵就会一下子逃离而去。

珍视历史就是保护它的原貌与原状。这是希腊人给我们的启示。

那一天，天气分外好。我们驱车去苏纽的海神庙。车子开出雅典，一路沿着爱琴海，跑了三个小时。右边的车窗上始终是一片纯蓝。像是电视屏幕的蓝卡。

海神庙真像在天涯海角。它高踞在一块伸向海里的险峻的断崖上。看似三面环海，视野非常开阔。这视野就是海神的视野。而希腊的海神波塞冬就同中国人的海神妈祖一样，护佑着渔舟与商船的平安。但不同的是，波塞冬还有一个使命是要庇护战船。因为波斯人与希腊人在海上的争雄，一直贯穿着这个英雄国度的全部历史。

可是，这座世纪前的古庙，现今只有石头的庙基和两三排光秃秃的多立克石柱了。石柱上深深的沟槽快要被时光磨平。还有一些断柱和建筑构件的碎块，分散在这崖顶的平台上，依旧是没人把它们"规范"起来。没有一个希腊人敢于胆大包天地修改历史。这些质地较软的大理石残件，经受着两千多年的阵阵海风的吹来吹去，正在一点点变短变小，有几块竟然差不多要消没在地面中了；一些石头表面还像流质一样起伏。这是海风在上面不停地翻卷的结果。可就是这样一种景象，使得分外强烈的历史感一下子把我包围起来。

纯蓝的爱琴海浩无际涯，海上没有一只船，天上没有鹰鸟，也没有飞机。无风的世界了无声息。只有明媚的阳光照耀着古希腊这些苍老而洁白的石头。天地间，也只有这些石头能够解释此地非凡的过去。甚至叫我们想起爱琴海的名字来源于爱琴王那个悲痛欲绝的故事。爱琴王没有等到出征的王子乘着白色的帆船回来，他绝望地跳进了大海。大海是不是在那一瞬变成这样深浓而清冷的蓝色？爱琴王如今还在海底吗？他到底身在哪里？在远处那一片闪着波光的"酒绿色的海心"吗？

等我走下断崖时，忽然发现一间专门为旅客服务的商店。它故意盖在侧下方的隐蔽处。在海神庙所在的崖顶的任何地方，都是绝对看不见这家商店的。当然，这是希腊人刻意做的。他们绝对不让我们的视野受到任何现代事物的干扰，为此，历史的空间受到了绝对与纯正的保护！

我由衷地钦佩希腊人！

希腊人告诉我们，保护古代文明遗产，需要的是对历史的深刻理解与崇拜，科学的方法，优雅的美感和高尚的文化品位。因为历史文明是一种很高的意境。

创造古希腊的是历史文明，珍惜古希腊的是现代文明。而懂得怎样珍惜它，才是一种很高层次的文明。

泡在水里的威尼斯

在威尼斯，我总为那些数百年泡在水里的老房老屋担心，它们底层的砖石早已泡酥了，一层层薄砖粉化得像苏打饼干，那么淹在下边的房基呢？一定更糟糕，万一哪天顶不住，不就"哗啦"一下子坍塌到水里？

威尼斯人听了，笑我的担心多余。一千多年来，听说哪所房子泡垮？只有圣马可广场上那个钟楼在一百年前发生倾斜，重建过后就没事了，今天一如皇家卫兵那样笔直地挺立着。

其实威尼斯所有房子并非建在水里，而是在一片沼泽中间的滩地上。这一次，我乘飞机在威尼斯降落时向下望去，看到了这里地貌的奇观。大片的水域中间浮现着一块块滩地，此时正值深秋，滩上的草丛变得赤红。绿水红滩，景象奇丽夺目。威尼斯濒临亚得里亚海，但这里的水却不是纯粹的海水，它一部分来自内陆许多河流的淡水，咸涩的海水与清新的淡水交融在一起，再给天然的沙坝阻截，渐渐形成了一片世界上面积最大的潟湖。在这种又咸又淡的潟湖里很少有生物，只有一种淡银色的尖头小鱼。二十年前我在盛产手织花边的彩色岛上，蹲在水边看人钓鱼，但这种鱼不能吃，人们只是钓着玩，每每钓上来便摘下钩，扔回到水里。威尼斯的海鸥和水鸟很多，大概在这个水城中到处可以找到食物。它们都吃得很肥，有一种白肚皮、灰背的大鸟像小猫一般，很足实，有点吓人，其实它们胆子很小，你的手一伸过去，它就飞跑了。

古代威尼斯人就在这潟湖中的滩地上砸下密密实实的木桩，中间填上沙砾，上边铺一种又厚又大的石板。这些石板是经亚得里亚海从斯洛文尼亚那边的伊斯特拉运来的，这种石头的防水性能极好，几层石块铺好后，再在上边叠砖架屋，当然坚实可靠。不知这主意最初是哪个聪明的人想出来的。历史总是把伟大的普通人忘记，威尼斯却受益于这个水中建房的高招，直到今天。

潟湖受大海潮汐的影响，每天都会涨潮落潮。涨潮时所有房子像站在水里。威尼斯有一百多个建满房屋的岛屿，四百多座连接岛屿的大大小小、各式各样的桥梁。绝大多数的房子的正门开在岛上陆地的一边，后边是临水的私家小码头。在威尼斯如果想走近道，就得上桥下桥，穿街入巷，很吃力；如果想省腿脚，便乘船渡水过河。河道大多很狭，像水上的胡同，船身必须细长才好穿行。桥洞又低，不能有船篷。所以这里独特的风光是那种月牙式两头翘起的优美的小舟——贡多拉，蜿蜒幽深的水道，插在老屋前各色各样的拴船的杆子，这一切都五光十色地倒映在波光潋滟之中，水光摇曳，影如梦幻，变化无穷，入夜后灯光再加入其中，无处不叫你感到新奇。

威尼斯这种世上唯一的奇特的风光，自古以来就为画家所痴迷。在古代欧洲的风景画中，"威尼斯风景"恐怕是最多的了。数百年来一直有大批画家聚在这里，从16世纪文艺复兴时期的威尼斯画派到今天的国际性的"双年展"。

不过，对于这个最初是靠水陆交通与商贸发达起来的城市，商人比画家更多，而且个个比莎士比亚笔下的商人厉害。一个导游告诉我，一次他带一个旅游团来威尼斯。他对团中的游客们说，你们买东西时可得留心点儿，别叫威尼斯的商人"忽悠"了。在游客们分别去购物后集合起来时，他发现一个游客的皮包买贵了，就说你这包儿花的钱多了，质量也差。这游客听了就要去退货。导游说你退不成，这里的商人厉害着呢。游客非去不可，拦不住他就去了。可是不多时这游客笑嘻嘻地跑回来，手里提着两个同样的皮包。他不但没退成，反叫威尼斯商人又多"忽悠"一个。

六百年前，马可·波罗从这里去中国，他就是随着爷爷到东方经商去的。我一直认为他们是经过丝绸之路"走"到中国的，至少走了其中一段。

这一次，我听说威尼斯城中还保存着马可·波罗的故居，很兴奋，但找起来可真难，穿街入巷一直跑了一二十条街，上下十多道桥，再穿过一个低矮的街洞才找到。街口两边各一座房子，一边是马可·波罗出生的小楼，一边是他家经商的办事楼。虽然里边已经找不到任何遗物，房子却依然完好，如今底层都改作小饭店。这里的人以马可·波罗为自豪。尽管一些苛刻的学者还在怀疑《中国游记》的真实性，威尼斯的老百姓却坚信马可·波罗去过中国，并把面条、饼、饺子带到意大利来，变成意大利面和披萨；有趣的是他们的饺子变作四方形的了，好像火柴盒，模样虽然有点怪，可是外边有皮，里边有馅，说是饺子也不为过。他们肯定没把中国妇女包饺子的手艺学去。我第一次听到这个关于"中意交流"的奇谈，觉得好笑中也有三分可信。想想看，除去意大利，欧洲哪里还有这种食物？历史有时永远没有结论。反正马可·波罗的游记让西方人对遥远的东方燃起了兴趣，甚至促使了哥伦布渡海西行，寻找中国，可是船头跑偏，一下子发现了美洲"新大陆"。

如今的威尼斯不再是意大利的商贸枢纽，但它的文化留了下来。其实人类的很多文化都是不经意创造出来的，在应用它时并不知其中的意义。时过境迁之后，文化的价值才渐渐显现出来。这就要看你是否能够认知它的价值。

威尼斯曾被我们称作"西方的苏州"。威尼斯整座城市于1987年列入世界文化遗产，苏州却因为被我们自己的破坏而名落孙山。

在旅游已成为当代人主要的消费方式之一而日益"猖獗"的今天，威尼斯人很清醒，没有把自己的主要力气花在旅游上，而用在保持自己城市的品位和历史的原真性上。城市所有建筑不能随意改建，不能改变原貌乃至"百孔千疮"的外墙苍老的历史感，如果必须修缮则要经过专家认定。凡专家确认的，政府出资百分之七十。保护不是做做样子，而是做好每一个细节。比方他们给住房安装的电子门铃，在设计风格上与斑驳的老墙很谐调，高雅又现代。这使我想起德国一个民间的历史建筑保护组织曾经请我去演讲。这个组织的名字叫作"小心翼翼地修改城市"。"小心"二字中包含着对城市的历史文明多么至诚的虔敬！不像我们经常喊的那个词儿"保护性开发"——说到底还是要开发，保护不过是个挡箭牌。反正我们现在挺有钱，想开发还不是手到擒来？

据说曾经我们南方某城一位女市长访问威尼斯，听说威尼斯不能走汽车，也不能骑自行车，感到不方便。一问方知，原来威尼斯是一座由许多小岛组合的城市，无法行车。这位市长问："为什么不把它们连起来呢？"主人说："不行，我们做不到。"意思是这是历史遗产，不能改变。我们这位去访问的市长听了财大气粗地说："这个——我们能做到！"把人家吓了一跳。

现在的威尼斯也面临旅游压力，总共不到8平方公里的城区内，每年有2000多万名游客。在旅游旺季，在大街小巷、院里院外，到处是举着相机和手机拍照的游客。有时出门走路都困难。你和原住民一聊游客，他们就皱眉摇头。在他们眼里游客就像大群大群候鸟，一年一度来一次，一来就闹得天翻地覆。现在住在城中的本土年轻人愈来愈少，老人们依恋着与自己生命记忆融为一体的老房子，所以留在这里。可是老人总要离去，关键是怎么把年轻人留在本土？

当地的做法挺有趣。比方划贡多拉小船的船夫，绝对不允许外地人来干。自古贡多拉船夫都是传男不传女，今天依然如此。如今站在船头戴着皮帽、穿着紧身衣、随口唱一首当地民歌的结实又爽快的船夫，都是地道的威尼斯人。至于制作本地彩色玻璃、手织花边和面具的当地艺人，也依然在一些岛上的作坊施展他们的古艺。还有威尼斯那些重要的博物馆和美术馆更叫他们奉若神明。不少人来威尼斯就是要到学院博物馆看乔尔乔内的《暴风雨》和卡列拉的粉画《少女像》，要到公爵府大议会厅去看韦罗内塞那幅世界上最大的油画。历史是要不断更迭的，但只要精髓还在就好。

　　虽然威尼斯不担心房子泡垮，却担心整座城市的下陷。城市的下陷是由地球变暖、海平面上升造成的。现在每年平均下陷一厘米多，一百年就是一米多。它会不会有一天陷到海平面以下，成为一座水下的城市？这可怕的事情虽然不会在我们这个时代发生，我们这个时代的人却要为此担忧，设法阻止。历史要延续，遗产要留给后人。这是文明的思维。

奥斯威辛走到诺曼底

从卡昂的诺曼底战役和平纪念馆走出来，我心里有句话：世界上有两个历史博物馆应该连起来看，前一个是波兰的奥斯威辛集中营，后一个是法国纪念诺曼底战争的和平纪念馆。前一个是邪恶统治下的世界，后一个是人类正义的反攻。

奥斯威辛集中营，位于波兰南部，占地40平方公里，号称"死亡工厂"，约400万人在这里被纳粹杀害。

奥斯威辛集中营博物馆建在原址上，但在"建"字上没有半点添加。当年纳粹从欧洲各地押解来的成千上万平民、犹太人、抵抗者与战俘的列车停靠的车站，荒草中成排的牢房，令人发指的"杀人工厂"，一切如旧，没有渲染。只有实景实物才能证明历史。除去大批大批由死囚手里和身上夺下的假发、假肢和孩子的布娃娃与玩具，还有三个细节令我刻骨铭记，至今难忘。

一是纳粹强迫成批的囚犯集体脱光衣服后进入的一大间"浴

室"。这间浴室的天花板上有许多光秃秃的水管的管口，说是用来放洗澡水的，实际是放毒气，将囚犯无声地杀掉，然后将尸体运进一排排黑色卡车一般大的焚尸炉中烧掉。这管口已经锈烂，但含着杀气，令我胆寒。

二是集中营一间间四四方方牢房的墙上写满各种文字，都是囚徒们最后的遗言。那些离地只有一米来高的字，是孩子们写的。这使我想起那本令人心碎的《安娜·弗兰克日记》里边的话。忽然，我从墙上发现一些白道道，好似用什么尖利的器物乱画上去的。博物馆的工作人员告诉我，这是一个绝望的女人内心疯狂时尖尖的指甲留下的抓痕。我马上想起肖洛霍夫在小说《一个人的遭遇里》中的那句话："它像一个柔软而尖利的爪子抓住我的心。"

三是一张照片。照片上一个全裸而十分美丽的女子斜卧在雪地上，她死了，眼睛却没有闭上，空洞地向前望着，望着人类的良知。

面对法西斯暴行，我相信天理不容。

但是，人的问题只有人自己解决。天理要人自己来阐明。

于是，发生了诺曼底战役和斯大林格勒战役——这是20世纪中期人类走出这场空前悲剧的伟大历史转折。

和平纪念馆远看像一块横卧在大地上城墙般灰黄色的碑石，平整异常，没有装饰。中间裂开一个黑色的巨缝，像是炸开的。从这裂缝可以走进六十年前惨烈的时空里。

大厅墙上写着一行大字：

　　向那些为人类的自由与和平而牺牲的战士致敬。

　　且不说纪念馆极其丰富的实物细节、珍贵的照片、文献与影像，也不说它如何确切地将诺曼底登陆的全过程清晰地再现出来。一部只有20分钟的短电影比任何票房数亿数十亿美元的大片都令我心灵震撼。

　　这部影片没用任何虚构，没有解说，也没有配乐；全部是诺曼底战役中交战双方战地记者实况拍摄的影像。银幕一分为二，左边是盟军，右边是德军，一攻一守，分别展开，同步进行。交战双方从准备、行动、攻防，到登陆与阻击、冲锋与堵截、炮战与空战、中弹与死难、胜利与撤退、伤员与俘虏、烈火与硝烟、瓦砾与废墟，一起冲入眼睛。快速而短暂的蒙太奇与战场上剧烈而真实的射击、轰炸、车履、嘶喊的声音搅在一起，从头到尾便是诺曼底登陆并最终告捷的全过程。

　　影片结尾时，银幕上这两个画面渐渐从中分开，中间插入一连串的画面是平静而漫长的诺曼底海滩，伴随着忧伤又沉郁的音乐。层层潮汐冲刷的海滩向前无尽地伸展，然后是一片又一片草原上一排排整齐、雪白和十字架形状的墓碑。这画面、这音乐一直在我心里。

　　我坐在车里，那密密的一排排墓碑又跑到车窗外，这正是至今完好地保存着的诺曼底战场与一片片烈士墓地。我想——诺曼底战役盟军总共出动近三百万兵力，牺牲了十二万人！这些年轻的生命最终是为解放奥斯威辛牺牲的。如果这样人类就能洗去自己的罪过，永不再来，这场战争才是一次真正值得的伟大的生命支付。

最好读的历史书

无论到美国任何地方，那里的主人都会问你："要不要到博物馆看看？"初听以为美国历史短，便拿博物馆当宝贝。可是看了一些博物馆，就会自责。单纯凭思想公式判定一件未知的事物，常常出错。凡事最好亲眼看看。

我在纽约著名的"大都会博物馆"转了一上午，居然连一个埃及馆也没走出去，好大！原先对埃及脑袋里只有金字塔和狮身人面像。这里看到的是从远古直至9世纪阿拉伯文化之前古埃及文化的珍品。古埃及人的想象力和创造力令我震惊、发呆。我想起美籍华裔诗人许达然一句精彩的话："科学是发现，艺术是创造。"从这里我才知道，古埃及文化所达到辉煌灿烂的高度，并不低于中国古代文化的成就。当天下午因为要去"现代艺术博物馆"看画，余下一小时，一溜小跑把英国馆、西班牙馆、中国馆跑过，还有十多个馆没看。大都会的庞大和富有真是难以想象！各国古物应有尽有。中国馆内有座苏州园林，庭院、花竹、溪桥、花砖墙一如虎丘景致；英国馆中间展室布置成维多利亚时代古色古香贵族豪华的居室和餐室，据说都是从英国买来的整间房子，包括极具文物价值的家具、灯具、壁画、雕像乃至石柱和房檩。一个美国年轻人在大都会内转一个星期，从这些真实稀罕的古代实物中，可以饶有趣味了解到整个世界各个国家的全部历史和文化。我对陪同我去大都会的美国朋友说："这是一本好读的历史书。"

博物馆最多的要算芝加哥和华盛顿，历史、文化、科技、风习、艺术、自然，包罗万象，又分门别类，可以说是个"博物馆群"。芝加哥博物馆中最使我感兴趣的是"历史文化博物馆"。比如介绍美国邮政史部分，连最早的邮箱、邮袋及邮递员的制服、帽子、车子都收集来。展览是从大文化观念出发，宗教、教育、风俗、服装、建筑、饮食等无所不包。不同时期的物品一概俱全。我很惊奇，这些在生活中早已淘汰掉的东西从哪里收罗来的？博物馆的征集人员可谓神通广大。徜徉其间，如同走进二百年活生生的美国生活里。

华盛顿的"航天博物馆"天天挤满参观者。从人类最早的飞行物到第一只载人宇宙飞船，都陈列其中。包括两次世界大战所用的军用飞机都悬吊在大厅顶子上。头一个宇宙飞船和一辆小汽车差不多大小，人只能坐，不能站，更觉最早的太空探险者的艰辛、勇敢和伟大。这些博物馆方式很活，有活人表演，有的旧机器可以操作给人看。花一美元就能租一个廉价录音机，戴上耳机，边看展览边听解说。想多看看就关上，要听就打开，很方便。大多展览都配合电影介绍。波士顿郊外的布莱斯顿"独立战争博物馆"，把当时的文献照片和画片拍成影片，配上音响，比起呆傻的图片加文字说明有感染力多了，使人如身临其境。那些古物陈列室光线幽暗，甚至全黑，却有一束束光静静投照，愈显神秘与珍贵。有气氛，人便能进入遥远的历史中去感受。没有感受就会拉开距离。

纽约的华美协进会请我去看一个别致的关于中国的展览，名字叫"中国石头展览"。展品有各样中国名贵的怪石，大都为古物，还有石雕、石印和石砚，以及善画奇石的陈洪绶、金冬心等人的作品。从"石头"这一角度打开神秘的中国古老文化之窗，构思确实别致，有趣味性。美国是个移民国家。当今美国文化就是本土的印第安文化和欧洲文化、墨西哥文化、非洲黑人文化的大汇合。美国人的观点是拼凑一起才是最好的。对外来文化很少有排斥态度。

我有个奇特的发现：各国博物馆都收藏中国文物，唯独中国博物馆不收藏外国文物。中国人在博物馆里看来看去全是自己。造成这种现象是一种传统的文化封闭观念：不看别人的，便认定自己最好。

沉醉于星空的断想

——维也纳艺术史博物馆巡礼

我曾看过宇航员拍摄的穿行太空时的景象。在四周博大苍茫的空间里，一个个星球由远而近飞驰而来，直逼面前，真真切切，这是站在大地仰望星空时绝没有的感受！

仰望星空时，人与天宇相去万里，又向往又渺茫，又遐想又无关。可是在宇宙飞船中，星球们飞到眼前，几乎要"呼"地与你撞个满怀。这感受可真够劲！惊心动魄，灿烂辉煌！

我想起这种感受，是在维也纳艺术史博物馆观赏世界绘画大师的原作时。

拉斐尔（1483—1520）的《德·普拉托圣母》实在太古老了。尽管它自1773年以来一直珍藏在维也纳，画面还加一层保护玻璃，油彩却由于历时太久而变硬、干缩、龟裂成网状的细纹笼罩在整幅画上。但令人惊讶的是，圣母的肌肤依然充满着新鲜的生命的感觉！近在咫尺地看，目光仍能感受到她脸颊的温馨、身躯的弹性和双手的细腻与柔软。这简直是一种生命的奇迹！拉斐尔只活了37岁，他笔下的圣母却历时五百年，如花似玉，长存人间。艺术家的伟大，是他们以自己有限的生命，创造了无限的、永远的艺术生命！

拉斐尔抱怨生活中的美人儿太少了，他要"借助理想"来画圣母。但他理想的，不是波提切利式的超凡脱俗、飘然世外、纤弱透明的美的精灵。他追求那种活生生的血肉之躯，现实的人们所企望的贤妻良母，而且典雅、文静、温柔、单纯；这种理想在现实之中，并非可望而不可即。它不是离开生命的美，而是实实在在的美的生命。所以，他的圣母前所未有地近乎人情。

如果把《德·普拉托圣母》与中世纪那种威严冷酷的女王式的圣母相比较，我们就更清楚什么是文艺复兴的人文主义了。

米开朗琪罗非议他"靠勤奋而不是靠才华"，未免过于自负。才华是多样的。就拿文艺复兴的三大巨匠来说，达·芬奇幽奥深远，米开朗琪罗英雄豪迈，拉斐尔则纯朴优美。如果说米开朗琪罗是高山峻岭，达·芬奇是深谷幽林，拉斐尔则是清溪与白云。三种才华，缺一不可，共同构成文艺复兴佛罗伦萨博大而绚烂的面貌。

我像被卷入一个辉煌耀目的星团里，这便是群星灿烂的威尼斯画派。维也纳艺术史博物馆的收藏令人震惊！几乎该画派每一位代表人物的原作，它都有；有些还是举世闻名的名作。我从哪里开始呢？

还是应该从乔凡尼·贝里尼的关于维纳斯的作品开始。贝里尼真了不起！从这幅画上看，他已经彻底地摆脱了其师曼特尼亚那种浮雕式的坚硬与刻板，至今还让人感到生活的情感在他的油彩中不平静地涌动着。他选择了梳妆的维纳斯，题材本身就把这女神生活化了。他的笔触不见凿痕，却异常生动；色调协调而柔和，温情脉脉，表现了这位女神如何重视自身的美，启发人们自我发现，人文主义精神十分鲜明。

他另一重大功绩，是造就了两位弟子，也是名垂千古的绘画大师提香（约1489—1576）和乔尔乔涅（1477—1510）。悬挂在墙壁上的提香的《看哪，这人！》与乔尔乔涅的《三哲人》都是绝世珍品。我在这两幅作品之间，感觉到这两位风格迥然不同的绘画大师，如同两块磁石，以同样有力的才气吸引着我。

提香在《看哪，这人！》中把耶稣表现得如同临刑就义的勇士。面对这幅4米长的宏幅巨制，我感到气势压人。饱满厚重，又富于动感，画面多采用冷暖色调、明暗光线、粗细笔触的对比，视觉非常强烈。我仔细观察提香的手法，发现他在人物面部上多采取精细的釉染，背景常常使用生气活现的大笔触。在表现光线时，有的使用达·芬奇的"渐晕法"，来描绘物体晦明渐变的真实感；有的则以明暗堆积，造成对比，强调空间。特别是他用脏色画的灰调子，有种空气感，整幅画都因之生动起来。油画技术在这位大师手中真是魔法大增！别忘了，自从北方的弗拉芒画家凡·艾克兄弟发明了油画，至此才不过几十年！

乔尔乔涅的《三哲人》是一幅精心之作，笔触细致入微，境界却空阔辽远。阴暗的密林幽谷，衬托三位占星的高士。三位高士凝神静思，似乎灵魂已在天外，预示出耶稣的降临。远处风景静谧深远，极富诗意，并与三哲人的精神氛围合为一体。乔尔乔涅的成就之一是十

《三哲人》

分注重对画中风景的描写。西方绘画与中国画都是先有人物，后有风景；风景最初作为人物的陪衬，渐渐才独立出来。在这一历史阶段中，对风景描写技术的推进，就是对绘画史的推动。

　　提香活了八十余岁，最后死于威尼斯一场特大的鼠疫。他以卖画为生，作画不顺从买主，全凭个人兴趣，这在当时绝无仅有，是绘画史上第一位自由职业者。他富有充裕，身体强壮，交友甚广，弟子如云，崇拜美女，尽情享受生活，所以他的画不拘题材，产量很大，富于热情，格调健美。笔下人物全都有血有肉，维纳斯大多裸体，身体有逼真的分量感。生活的真情实感在他的画中充分地饱和着，所以他的画看上去非常厚重。

乔尔乔涅就不同了，他的关注不在人物上。他精通音乐，追求境界，喜欢营造含蓄悠远、宁静舒缓的田园诗意。乔尔乔涅的品格修养很高，可惜并不自知，妒忌师弟提香，苦闷成疾，于1510年染上鼠疫，早早离开人世，只活了33岁。他比起提香差了很多年的生命，否则将与提香日月同辉。毕竟人生有限，艺术也有限了。嫉妒是自我伤害，它和鼠疫合谋害死了这位罕世的天才。

巴尔扎克说过：一个天才是不会嫉妒另一个天才的。看来，这也仅仅是一种理想。

在那一面挂满威尼斯画派晚期大师委罗奈斯（1528—1588）和丁托列托（1518—1594）作品的墙壁上，我一眼先看到浴后的苏珊娜。她和真人差不多大小，光裸而丰盈的身体几乎举手可触。丁托列托这位提香的高徒一生的追求，从纯绘画的角度上看，好像都是努力使油画更加成熟。

《苏珊娜和二长老》这一宗教题材被世俗化了。两个偷看浴女的长老，给塞到画面两个角落，半隐半现，窃视偷窥，很富有情趣。风景很有层次，曲折深邃，比起乔尔乔涅更有空间感。尤其近处各种物体的质感，如软巾、镜面、池水、宝石，以至苏珊娜浴后而分外光滑滋润的肌肤，都逼真如实。整幅画色调把握得非常明确，即在大面积冷调子的映衬下，将最亮最暖的颜色，全都集中在苏珊娜迷人的裸体上，画面便鲜亮明快、夺目动人。

任何时代，倘无天才涌现，便沉寂下来，归于结束。对于威尼斯画派来说，丁托列托是最后一个波峰。他于1594年去世。他的死亡也给辉煌了一个世纪的威尼斯画派画上句号。

对于绘画，看原作与看画册的感受截然不同。原作的宽度是画家作画时感觉的宽度，画面大小是画家作画时状态的大小。它缩小不得，缩小就失去真实，不管印刷得多么精美。而且，画家创作是一种生命转换，他把自己生命的全部——情感、感受、情绪、感觉、意念、血肉、呼吸乃至心灵，都移植到画布上去，画面便浸透并散发着画家生命的气息。所有笔触都是画家创作时生命搏动的痕迹，所有颜色都是画家个性放射的光彩。看原作，是面对着一个活生生的独特的生命，并感受这个生命的冲击。倘若将这幅画印到画册上去，便只剩一张徒具其形的照片了。

画册是对看不到原作的人的一种安慰。

16世纪并不仅仅属于意大利。在这里我看到欧洲的心脏——德国的绘画闪烁出怎样璀璨的光芒。

镶在古朴贴金的雕花木框中《敬慕三位一体》，虽然不过一米多见方，却场面庞大，气魄雄浑。画家丢勒（1471—1528）给我最深刻的感受是鲜明的德国人的精神气质，那就是：严谨、冷静、清晰、客观。他画头发的本领令人叹为观止。据说他36岁时，曾到威尼斯拜访声望极高的乔凡尼·贝里尼。贝里尼向他要一支用于画头发的笔（那时画笔是画家自制的）。丢勒拿出一捆笔叫贝里尼自选，却都是极普通的笔。他怕贝里尼不信，就用这捆笔当面画了一缕女性纤细柔软的头发，使贝里尼佩服不已。现在从丢勒的原作《圣母玛利亚和手拿梨片的圣子》中看，我们就能领略到他极其高超的技能了。圣母一缕缕波浪形柔软松垂的秀发，圣子满头细密而富有弹性的卷发，都质感真切，刻画精微，甚至根根可见。这位德国人的功力可谓炉火纯青。

《圣母玛利亚和手拿梨片的圣子》

　　然而把这种德国式的理性——严谨、冷静、清晰、客观发挥到极致的，应该是肖像画大师荷尔拜因。他的名作《英格兰女王》几乎让我出声叫绝！那层层叠叠、不同质地材料的衣裙、套袖、披肩、暖帽，以及上边的彩织金绣、宝石佩饰，繁复至极，却精整不乱，一切历历在目，甚至比肉眼看到的还要清晰，连细小针脚也不放过。即使紧贴画面来看，也看不出是怎样画的。荷尔拜因的技术真是登峰造极，而且到达了边缘；倘若这种客观和准确再过一分一毫，便成了无感情的机械自然主义，绘画也就失去了艺术性。但这幅肖像画得十分传神。这位名叫詹妮·西摩尔的女王曾是国王前妻的女佣。荷尔拜因在刻画这个身世特殊的女王时，虽然精心描绘了她的华服盛装，珠光宝气，但面孔却透出一种出身卑微的清寒和女管家的僵硬气息。

　　这两位德国巨匠的写实能力简直无与伦比。

　　处在北欧洼地的尼德兰绘画对世界的贡献是：凡·艾克兄弟发明的油画颜料，还有彼得·勃鲁盖尔（约1525—1569）开创了闻所未闻的画风。

　　维也纳艺术史博物馆收藏了勃鲁盖尔著名的描写尼德兰乡土风情的系列画。他选择乡土生活中最迷人的场面，多采用俯视角度，尽可能包容更多场景。人物都有一些变形，趋于圆厚，强调农民的朴拙；画面的风俗性细节很多，情趣丰富。比如《雪中猎人》那一群猎狗，许多冻卷了尾巴，惹人发笑。在文艺复兴时代的画家中，只有他如此鲜明地表达个人的情感与趣味。他的画法也很独特，颜色大多平涂，油彩极薄，很像瓷器上的绘画，明洁光亮，非常爽目。这位画家的努力，使尼德兰绘画，在文艺复兴时代不容忽视。

但当时他的画未被重视。在奥地利哈斯堡王朝统治尼德兰时期，幸亏鲁道夫二世看重并收藏了他的作品，他才渐渐为世人瞩目。这样，他的身世便鲜为人知了。可怜一点点材料，都出自17世纪荷兰作家曼德尔的记载。

当我站在鲁本斯、卡拉瓦乔、贝贝尼、卡拉奇等人的画作前，才知道自己已然走出辉煌灿烂的文艺复兴的历史，进入17世纪到18世纪之间风靡欧洲的华美迷人的巴洛克艺术时代。

有一种观点认为：巴洛克艺术是对文艺复兴运动的反动，因为文艺复兴是摆脱宗教禁锢，提倡人本精神，而巴洛克艺术是为天主教复辟服务，并受其赞助……我面对着这些巴洛克名作（鲁本斯的《圣母出现》、贝贝尼的《耶稣受洗》、卡拉瓦乔的《玫瑰国中的圣母》

《玫瑰国中的圣母》

等），心中在想，文艺复兴的主要作品不也是宗教题材吗？鲁本斯笔下那些性感的女性难道不也是人本精神的张扬？它们根本的区别在于，文艺复兴时代是艺术家利用了宗教，巴洛克时代则是宗教利用了艺术。巴洛克艺术之所以能被利用，是因为它绚丽、华美、热情、浪漫、冲动，这种崛起于新时代的艺术语言，具有强烈的诱惑力。说到底，巴洛克不是一种艺术思潮，而是一种艺术风格；不是一种思想运动，而是一种广泛流行，魅力深远的形式。

在鲁本斯的画上，没有一笔是静态的、安分的、深思的，色彩到处流动，光线到处闪耀，线条随心所欲地翻转飞扬。最耀眼的是他所描绘的女性身体，暴露、鲜活、健硕、丰腴、舒张、诱惑。这是鲁本斯的精神，也是巴洛克的特征。鲁本斯一出现，文艺复兴时代立即去之遥远了。

太多太多的星球，接连不断，纷纷飞来。卢卡斯、凡·戴克、代尔夫特、雷斯达尔、伦勃朗、普桑、委拉斯开兹……在不断的震惊中，轮番的照耀下，我已感到接受起来力不从心了。

一种感受来得新颖独特，另一种感受更是新奇独有；无数感受交杂一起，百味相混，乱无头绪，眼里五彩缤纷，心中光怪陆离。心想下次再来，应当专心只看一两位画家；换一天，还是这样专一地看。

但维也纳艺术史博物馆使我深切感到，人类由始至今，它所创造的财富，后人已经快抱不住了，而人类的才华却远远没有用尽。它有多么巨大的创造力，人啊！

这家博物馆的藏品，来源于历代皇室的收藏，开端于斐迪南二世，这位皇帝收藏了数以千计的肖像画珍品。此间文艺复兴方兴未艾，这一渊源便把那个时代的作品保存至今。但他的收藏眼光还受皇室政治的局限。自从鲁道夫二世开始，历代皇帝都把艺术收藏作为高尚的爱好，许多万古流芳的名作衍传至今，全都赖以他们的珍藏。维也纳艺术史博物馆于 1891 年建成，它将分布在阿姆布拉斯、格拉茨、布鲁塞尔、因斯布鲁克等地的皇家与各邦诸侯的收藏品，萃集于此。第二次世界大战期间，它们全部被运藏在萨尔茨堡的盐矿洞内，保存完好，并使得这家博物馆成为世界最著名的名画宝库之一。

　　维也纳艺术史博物馆建筑雄丽豪华，大厅高耸宏大，地面铺满拼花大理石，屋顶布满彩绘藻井与天顶画；哥特式的拱顶，巴洛克式的装修，极尽华贵绚丽。我在一路走出展厅时才发现，所有展室，亦是无处不雕，精美绝伦。展壁全部使用壁毡，或深玫瑰色，或深海蓝色，沉静又高雅。但我为什么刚才看画时没有发现？我想，这道理不言而喻。

西方的书法家

　　国人认为书法是自己独有的艺术，日本人的书法则是从中国"偷艺"学去的。西方人有没有书法呢？维也纳一位朋友指着地铁墙壁上被人用喷漆乱画的文字，说这是一种"现代书法"，令我哑然失笑。这种从纽约黑人那里学来的发泄式的胡涂乱抹，在审美上无法成立。若称书法，不过故弄玄虚而已。我真的要说书法是西方艺术的空白了。但就在这时，中国的文化参赞孙书柱先生却引我去拜访奥地利的"书法大师"弗里德利希·那云戈保尔。这使我兴奋非常，我说我未见过西方的书法艺术。

　　民间传说中的高人都在遥远的世外。这位书法大师竟住在下奥州阿尔卑斯山脚下的圣·斯太克村。我们的车子跑了多半天，一直都在那种弯弯曲曲又悠悠长长的林荫道中行驶。路的两旁总是绿色，路的前端总是蓝色，路上却几乎没有碰到一个行人，只有一些鸟儿站在前边的道路中央。这些可爱的长翅膀的小家伙们碰到车子，也不惊飞，只不过跳到路边疏疏的木栏杆上，转动着脑袋张望我们这几个陌客……

就这样，车子停在一座宽阔又洁净的木质房子面前。

这位书法大师看上去很老却又健康，面孔慈祥，身体柔软，像个烘烤得松软的面包。这里的一切——生活、房舍、家庭，都不讲究，很像一个普通山民的家。吃着自家种植的蔬菜水果，自家酿造的酒，自家蜂箱里的蜂蜜；桌椅柜橱的木板都是从房后的林子里采的，年深日久依旧散发着木头的香味，据说有时还会奇迹般钻出绿芽来；那装奶装水的陶罐都是本乡本土的熟人自己烧制的。房里没有一件考究的家具，到处堆满书籍与画册，其余便是从四周大山上发现的奇石怪木，茂盛的绿蔓爬满室内的屋顶，乍看分不出是房内还是野外。

这位书法大师用山民一般的热情待客，拉着我的手到他的工作间。我有点惊讶——他的手也像面包！

当他把自己的书法作品一件件拿出来，我才明白，西方的书法家是指用传统的方式书写各种古老的字体。其中缮写古书是最主要的内容。西方的书籍在使用印刷术之前，同中国一样，大多为手抄本，类似唐人写经。但他们更像书法家那样注重字体、结构、笔法与谋篇布局。他们与中国书法的不同，一是采用钢笔，二是西方的书法家在缮写之外，兼做插图，多为画家。

弗里德利希·那云戈保尔在年轻时代就投入这门艺术。他至今保存着年轻时代缮写在羊皮上的《圣经》与《罗密欧与朱丽叶》。字体的古拙与插图的精美令我禁不住啧啧出声，赞赏不已。第二次世界大战期间他在埃及被俘。被囚期间，没有书写工具，便用矿石和植物自制颜料，用头发捆成毛笔，用竹片削成翎管笔，反而练就一手好书法。他自己介绍他能写出罗马、哥特、巴洛克等不同时代风格的字体，如今有这种高超技艺的书法家在欧洲所剩无多。这便引得世界各地古代书法爱好者朝圣一般地来拜访他，一些新建的教堂也千方百计邀请他书写匾额……说到此处，他那自豪之情，已然溢于言表。

由此看，东西方书法大不相同。东方书法至今乃是表达情感的艺术方式，而西方的书法却已成为往昔一种迷人的文化形态。弗里德利希·那云戈保尔的价值，在于他是最后仅存的活着的历史文化。

这位书法大师年过八旬，但他自己却说"不知活了多少年"。他不愿意对自己的年龄知道得太清楚，大概他依然和孩子一样地热爱生活。当他把几十年搜集来的上万块奇石，一块块拿给我们看时，那目光露出孩子般天真的喜悦，一如晨星闪烁清纯的光亮。他还拿出一幅版画送给我们：一头笨拙健硕的大牛占满画面。奇怪的是这牛身上并不是毛，而是各种各样的野草与山花，线条精美至极，充满浪漫的情趣。他解释："它（指牛）最爱吃的东西都在它自己身上。"

我们听了大笑。

这是玩笑，是幽默，也是浪漫的想象。在我眼里，弗里德利希·那云戈保尔不仅是一位艺术超绝的书法大师，更是一位与生活、与大自然融为一体的可爱的老头儿。

对于已经成名的艺术家，活生生可爱的个性，往往比他的技艺重要得多。

散漫的天性

国界真是一种奇妙的分界线。奥地利人和德意志人各有三分之一边界相邻相连，共有着阿尔卑斯山；多瑙河先是流经半个德国，然后畅通无阻地直贯维也纳；站在萨尔斯堡的高山城堡上西望，倘若无人指点，从远景的画面上根本无从区分哪里是德国，哪里是奥地利。他们彼此还以同一种语言交谈，用同一种文字传递思想情感。谈到他们的历史渊源，更是悠久绵长，密不可分……虽说如此，奇怪的是，从他们的目光却能一下子清清楚楚区别开来。是吗？你会问。那你就看吧！

德意志人的目光尖硬、冷峻、凝聚、专注，像一小块碎玻璃。这也许是他们严谨、苛刻、一丝不苟、善于逻辑思维的民族性的表露。

但这块碎玻璃越过国界，到了奥地利人深陷而柔软的眼窝里就融化了。好像从多瑙河舀起的一小勺水，晶莹而温和，平静又散漫。说到散漫，我好像一下子抓住了对奥地利人总的感觉。

在这块不大的充满画意的山地之国转一转，就会发现散漫好像一种有魔力的气体，到处弥漫。万物全着了魔。那些起伏不已的绿色丘陵，全像睡汉，懒洋洋舒展着躯体；那些红色和白色的夹顶小楼，也都随遇而安，自由散落在山水之间；那些系着颈铃的大牛，站在山坡上，常常一站半个小时，好像等待照相一般。特别是这散漫的气息还浸入奥地利人的骨子里和天性里，明显地表现在他们的生活方式和举止行动上。如果把纽约街头健步如飞的女秘书们，请到维也纳来走一遭，准会把维也纳人吓得惊慌失措，以为哪里失火了。

我总觉得维也纳起码有一半人整天闲坐在咖啡馆或街头茶座中，这些随处可见的街头茶座是维也纳最有特色的市井风情。有些店铺在门外，用各式围栏和各样花池圈起一半边道，摆几张小桌，放些鲜艳的瓶花，还有些舒适的椅子。闲来一人独坐其间，或酒或茶，慢慢清饮，亦思亦想，悠悠然不管时间长短；或许两三友人对酌闲话，常常把几个小时光阴全慷慨地坐在屁股下边了。

时间，仿佛是他们用来享受的。所以他们对时间不吝啬也不严格。世界各民族对赴约的时间态度很不同。中国人赴约以提前早到，表示礼仪，故有张良拜师提早一个时辰等候而被传为佳话。德国人对时间苛刻又吝啬，赴约不早不晚，以准时准点、不差分秒而著称。但与德国人操同一种母语说话的奥地利人，却不守时，大多迟到晚点，见面说一句："很对不起，我来晚了。"此时，我留意他们的表情，歉意无多，说过便了，好像见面时的一句口头禅。

时间对于他们太少还是太多了？奥地利一年中法定的公休日是96天（每月8天），再加上国庆、新年，各种风俗节日；再有，奥地利人百分之九十六信奉宗教，宗教节日不胜其多，比如复活节、三神节、圣诞节、狂欢节、圣灵降临节、耶稣圣体节、圣母玛利亚升天节，乃至圣母玛利亚怀孕节……有一种说法：奥地利人一半日子在度假。细算算，差不多。许多小店铺的老板们还常给自己放假。他们平日卖东西赚钱，只要够一次旅费，便关了铺面，外出旅行。

奥地利人不愿过分膨胀与竞争，把自己放在拉紧的弓弦上眼睛死盯着大富大贵；他们喜欢小康式的富足，富足后的悠闲，多多享受生活本身。

"人人都希望富有，但富有与幸福是什么关系？比方说，你一生到底需要多少钱？三百万先令？好，如果你赚到三百万先令，再多赚一个先令也是多余的了。你何不停下来，去尽情享受这足够使用的钱呢？"

我的一位奥地利朋友说，这是他们大家都认同的一种生活观。尽管从哈斯堡王朝到奥匈帝国，奥地利权力的手掌曾遮盖过周边许多国家。但先人那股子并吞天下的雄心壮志早已化为一种历史感觉。不管当今奥地利的政治家们是否还争强好胜，但更多的普通的奥地利人则一往情深地醉心于昔日的文化，天赐的山川风物，葡萄美酒与弦乐四重奏。他们只要能够感受到和享受到的。

这样，看上去，他们潇洒、随意、散漫和自由自在。我的这位奥地利朋友手指着在草地上晒太阳的人们，叫我看。这些人穿着随便，东倒西歪，有的说说笑笑；有的闭目仰卧，任由阳光爱抚；有的已经呼呼大睡。他对我说：你能想到吗？他们有的人是手里攥着账单来享受大自然的！

噢，这些奥地利人，真行！

我心里说。

巴黎女郎

　　■■■■■■■　　一提到巴黎女郎，我们的脑袋里会立即冒出一些浓妆艳抹，奇装异服，香气四溢，行为浪漫的女人来。可是我们如今在巴黎连这种女人的影子也见不到！这印象缘自何处？是从法国电影中夜总会的场面上看到的，还是受了皮尔·卡丹那些光怪陆离的模特们的误导？

　　其实都不是。我们印象里的巴黎女郎早已成为历史人物。当今的巴黎街头巷尾，五光十色闯进你眼睛里的大多是外来的游客。如果我们放下对巴黎女郎的这种"历史解释"，着意地去观察，就会渐渐认识到今天意义上的更加美丽动人的巴黎女郎！

　　她们的服装原来那么普遍和简单，平时几乎不穿名牌，款式也很少标新立异。她们所理解的"时尚"大概只是四个字——回归自然。所以，她们最喜欢宽松自如而绝不碍手碍脚的休闲装，鞋子基本上是平底的，很少高跟，手包大多平平常常。头发全是自然而然地一披或一挽。她们的头发本来就是金黄的，更用不着为了流行而去染成黄色。至于化妆，她们一般不在自己的脸上胡涂乱抹，动手术，贴膜，搞得面目全非。然而她们就是这样平平淡淡，却依旧会惹起人们刻意地注意着她们，为什么？

首先，她们先天都有很美的形体，骨骼细小而身材修长。如果她们在20岁以内，白白的小脸便一如安格尔所画的那样明媚又芬芳。她们的蓝眼睛的光芒一如塞纳河河心的波光。如果是褐色的眼睛，那就像春天河边的泥土一样的颜色了。从正面看，她们的脸都比较窄，小巧的五官灵气地搭配在一起，显得十分精致。尤其再叫金色的头发包拢起来，阳光一照，真像镶在画框里。

法国的女郎十分自信自己这种天分，不会叫化妆品遮掩自己的天生丽质。她们甚至很少戴首饰，最多是一条别致的项链，而且差不多都是某种情感的纪念。她们使用很淡的香水，只有从她们身边走过时才会闻到。法国女郎偏爱的香水是一种清雅的幽香，一种大自然中花的气味。所以常常会使你觉得闻到一种花香，扭头一看，却是一位法国女郎美丽的背影。

这些可爱的法国姑娘，她们自小在一个美术的国度——也就是在无处不在的画廊中受着艺术的熏陶而长大。她们最希望成为画中人。故而，很自觉地先当起了自己本人的画师和设计师。她们深知最高品位的视觉美是色彩。因此，她们首先要做的是选配服装和随身用品的颜色了。色彩需要很高的修养。色彩最高的要求是格调、意蕴以及和谐。别看她们服装的样式简单，颜色并不复杂，往往只有两三种颜色，但她们对色彩的选配却像画家那样苛刻，那样精心地对待颜色的色差与色度。

颜色表示一种品格、情感、个性，或者说就是她们自己。故而，这些巴黎女子站在那里，有的如一片早春，有的如一片熟透的秋，或一片茫茫的暮雨。在她们身上不大会出现一块不伦不类的色彩的噪音。尽管每个巴黎女子的服装都有其独自钟情的色谱，但她们站在一起时却极其和谐。这真的就像卢浮宫里的画，每幅画都有自己的色彩与风格，放在一起却既典雅又协调。因为她们色彩的修养实在太好了。

由于这些女子各人都有很好的气质，最终她们才给世界一个"巴黎女郎"特有的卓然又优雅的整体形象。

进而说，这些被传说为举止浪漫的巴黎女郎，实际上还有点古板呢！她们很少大声说话，吃东西也不大嚼大咽，举手投足的动作都很小很轻，有姿有态却不做作；即使在地铁车上，她们也是文静地站在那里。她们不喜欢美国人的牛仔装。整个法国都拒绝美国文化的浅薄、张扬和粗野。她们固执地痴迷于自己深邃的传统。她们都有很浓郁的历史情怀。也许她们做得有些过分，直到现在家中的电器比整个世界慢了半拍，更多的人看录像带而不看 VCD；在电视与图书之间，她们首选的依旧是画册与图书。所以，如果你想看到真正的巴黎女郎，就到书店里去。她们静静地停立在书架前，捧着一本书读着，旁若无人。她们读书的神态颇似在教堂里读《圣经》那样专注，带着一点虔诚。此时，她们的头往下低着，在领口与发际之间露出很长一段雪白的脖子，上边一层绒样的汗毛，在屋顶灯光的照耀下，柔和地闪耀着金色的光。这才是巴黎女郎的美。

有一天，我坐在街角的露天咖啡馆，一边饮咖啡，一边像巴黎人那样欣赏着形形色色的行人。我对面的街角也是一家露天咖啡店。这时我忽然发现那里坐着一个女子。阳光从我这边的屋顶上空斜照在她那边。我这边如在山阴，她那边如在山阳。秋日把她照得分外明亮。她坐在那里很美。她使那边整个街角都变成了一幅画。

她正在低头读书，同时享受着日光与咖啡。她套着黑色裤子的一双腿显得非常颀长。上身是一件棕红色粗线的短袖毛衣。粗毛线疙疙瘩瘩的质感和她光滑细白的皮肤对比着，也彼此更加谐调。毛衣的棕红色并不鲜艳，而是一种褪了色的枫叶的颜色。法国人喜欢在所有颜色里都加进一点灰色。他们的建筑也一概是灰白和浅褐色。文化浅显的国家爱用艳丽夺目的原色；文化深远的国家则多用中性和色差丰富的复合色。

此时，秋深天凉，她披一条很大的灰绿色薄呢的披肩。这灰绿与棕红配在一起，正是此刻城外原野舒展又协调的秋色。显然，她刻意选用了这两种颜色。她把自己与大自然的气息融为一体，无意中她却把优美的大自然带到了都市中心。

我坐在这边一直在欣赏着她。

直到阳光从她那块地方挪开。她才站起身。在她合起书来的时候，她四下看看，想寻找个什么东西，当作书签夹在正在阅读中的书页间。忽然她惊奇地从邻桌上发现她需要的东西。她伸过长长而迷人的手臂，把那东西捏了起来。我一眼看到——是一片金黄的落叶。鲜黄而耀眼。她举到眼前，手指一捻，黄叶优美地转一转。她很高兴。把它夹在书页中，当作书签，然后合起来，走了。

这便是我看到的和认定的真正的巴黎女郎！

俄罗斯人

　　俄罗斯横跨欧亚大陆，它到底算西方欧洲还是东方亚洲？

　　东方人从长相上就把俄罗斯人看成西方人，西方却拒绝接受俄罗斯。西方拒绝俄罗斯人的根由有冷战思维，也有历史上和心理上的戒备。有着斯拉夫血统、骁勇善战的俄罗斯人历史上与大部分欧洲强国都打过仗，如法国、德国、瑞典等国，俄罗斯人都是胜利者，而且就是从这些战争中确立了自己辽阔的疆域和至高无上的国家精神。因此，在欧洲人眼里俄罗斯是扩张的、强悍的、霸气的，也是宁折不弯的，俄罗斯人好像从来不知道怕谁，连东方一边最好战的日本人在俄罗斯耍起横时也不敢立目相向。普京正是具有这种气质，因此无论本国人还是他国人都把普京看作是当仁不让的俄罗斯的头领。虽然普京也有许多反对者，然而他在克里米亚问题上一晒肌肉，亮出俄罗斯的气质，支持率马上超过百分之八十。选择一位领导者，实际是选择自己国家的本色与走向。选民用选票表现自己的集体意志与集体性格。

我曾经写过一本关于法国的书，叫作《巴黎·艺术至上》，艺术至上就是精神至上，如果在法国人之外再找一个精神至上的民族，恐怕就是俄罗斯人。在他们的城市街头总有大大小小的雕像，除去历史人物和英雄纪念碑，就是广受热爱的作家、艺术家、科学家们，一年四季时不时有人放一束或一朵鲜花在雕像下边的基座上，这不是纯粹的精神行为吗？

为了一种精神他们会放弃一切，他们豁得出去，而他们表现这种精神绝不仅仅是某些个人，往往是一种集体主义。比如二战时俄罗斯那些英雄城市的保卫战，比如被围困了近900天的列宁格勒——从几乎弹尽粮绝中的坚守直至胜利的突围。仅仅用一个民族性格中的顽强与坚韧是不能解释到位的。有人说俄罗斯人不严谨，不守时，懒散，轻率；也有人说他们大大咧咧，不善计较，不像德国人用秒针强迫自己，喜欢率性的表达。哪种说法对？反正他们在人际交往中从不转弯抹角，话里有话，做起买卖来也就缺乏灵活与变通，他们不大可能"全民经商"，甚至他们认为钱放久了会失去价值，不如花掉好，所以他们不大会攒钱，因此社会也不大会金钱至上。虽然他们也是从贫困的计划经济跳进油水多多的市场，但至今他们——除去少数的巨富及其二代——很少用汽车的牌子和排气量炫示自己的身份。

俄罗斯仍是当今最爱读书的国家之一。在公共场所，街头花园、车厢和地铁里，抱一本书读的人随处可见。20世纪80年代我的小说集俄文版第一版的印数比中文第一版多。俄罗斯人非常看重他们的作家，可能俄罗斯的经典作家都在用文学来诠释真理，勇敢地对社会的痼疾痛下针砭，还总是对自己充满自责的拷问，在黑暗中点亮社会和生活的灯火。

俄罗斯人天性伤感、忧郁又奔放，我说不好这些天性来自哪里，连他们的民歌不也是常常流露出这样的忧伤吗？这种性格的民族是天生富于艺术气质的。

现在回过头来再说说俄罗斯属于欧洲还是亚洲——回答这个问题还真有点难：比方大部分欧洲国家与中国的时差是8个小时左右，俄罗斯与我们的时差是4个小时，怎么给它定位？再比方俄罗斯人的长相，他们既不像欧洲人，更不像亚洲人。具体说他们的鼻子，比意大利人德国人那种又长又硬、带尖的鼻子，明显地短一小截；比起亚洲人软软的圆头的短鼻子，明显地长一小截。我同意俄罗斯人对自己的一种说法，我们谁也不是，就是我们自己。就像我们的文字、语言、东正教、歌曲、伏特加、彼得大帝和托尔斯泰。

音乐之声与音乐之城

只要美国的游人一到萨尔茨堡，一准会兴致勃勃地到那部好莱坞经典影片《音乐之声》的拍摄景地，去亲眼看看那些美丽得近乎仙境的风景。其实，不止美国人，无论哪国游客，只要看过《音乐之声》，全都会对影片中这些神奇而迷人的景观充满好奇。

然而我的一位萨尔茨堡的朋友却说，真正的萨尔茨堡人很少有人看过这部影片。

你问他们那首已然传唱全球的电影歌曲《雪绒花》，是不是这里的山歌或乡间小调？他们会撇嘴一笑说：不，那是美国人的歌！

但是，不要以为萨尔茨堡人心胸狭窄——不愿意承认他们这座诞生过莫扎特和卡拉扬的音乐圣城受惠于一部大众化的好莱坞电影。这是因为，这里确实有过特拉普少校与家庭女教师玛丽娅的爱情故事，也有过一支非常出色的"家庭合唱团"，但真实的故事远比电影的故事动人得多。

真实的故事

当年奥匈帝国时代的疆域，要比今天的奥地利的版图大得多。奥地利曾经拥有海军。特拉普的父亲就是一位海军上校。特拉普受到家庭影响，年轻时就把终生的理想融入大海中乘风破浪的战舰上。后来真的成为海军军官，并且建功立业，受到皇帝约瑟夫一世的器重，成为一名海军少校。可是一战结束，奥匈帝国解体，奥地利失去了"领海"。特拉普的事业、抱负连同理想一同毁灭。更不幸的是，他故去的妻子留下七个孩子无人照看。当地的修道院派来一名修女来做家庭女教师，帮助他维持这个庞大而松散的家庭。她就是玛丽娅。

真实的特拉普比电影《音乐之声》里的特拉普英俊和高贵得多。宽阔的前额，蓄着浓密的小胡子，炯炯的目光，深邃而又刚毅。而且一直到老都是腰板挺直，显出军人的气质。这样一比，电影中的特拉普，很像一名体育教师。但影片里的玛丽娅要比真实的玛丽娅漂亮得多。电影中的玛丽娅更像美国人，而生活中的玛丽娅是典型的奥地利女子。身体壮实，骨架很大，脸盘也大，很早便发福发胖。

玛丽娅出生于1905年。两岁时就成为孤儿，由姑母收养，住在维也纳。姑母是个很有眼光的人，所以玛丽娅小时候受到严格和完备的教育。从她留下的一张孩童时的照片看得出，她脸上有一种孤儿特有的早熟以及自信。所以成年后来到萨尔茨堡修道院做修女时，就被院长看中，挑选出来，把她派到特拉普家中担任一年的家庭教师，并很快赢得孩子们的喜爱与信任。尤其是平日缄默不语的特拉普对她也萌生了爱意。

　　我在市中心粮食街附近一个小剧场里，看过一段关于玛丽娅20世纪70年代由美国回家探亲的纪录片。她满头白发，胖胖而柔和的身体穿着萨尔茨堡的民族裙装。她回忆起当年特拉普向她求婚的情景。她说她吓得跑回修道院，修道院里的人都叫她回去结婚。她哭了。但还是回到特拉普身边，因为她心里也十分敬爱这个惯于沉默和富于原则的男人。她一边回忆，一边抹泪，她哭得委屈，害怕，害羞，好像回到当年。一位70多岁的老人居然还保持着少女时代纯洁的感情，很令人感动。正是这样，她成了特拉普家中的太阳。后来，她给特拉普家庭又增添了两个新成员。

　　1935年，一位名叫瓦兹内的神父发现了这个家庭有一种特殊的共有的才华，就是清纯无瑕的歌喉与自然而动听的音质。而这个被玛丽娅的爱心凝结起来的家庭，和谐融洽，亲密无间，又是最终成为一个家庭合唱团的基础。在瓦兹内帮助下，一个非凡的合唱团形成了。最初只是电台转播他们的歌声，后来在萨尔茨堡音乐节的合唱比赛中竟然荣登榜首，由此便开始了他们的合唱生涯，从萨尔茨堡唱到全奥地利，由国内唱到国外，渐渐在欧洲有了一些名气。

　　1939年，二战爆发，奥地利被纳粹德国占领。纳粹很知道特拉普在军事上的才干，要他参加德国海军，并许以高官。但被正直的特拉普拒绝。他说："我已经宣誓过只效忠一个国家。"为了躲避纳粹的纠缠，只能全家前往美国。

　　在美国入境时，特拉普一家曾经遇到过麻烦。美国人没有听过他们的歌声，不买他们的账，他们有被拒签的危险。玛丽娅灵机一动，指挥孩子们放声唱起歌来。美妙的歌声立即打动了美国人。他们得到了签证，进入了美国。

这支家庭合唱团开始在美国各地巡回演出，一往无前并获得很大成功。但他们没有忘记自己的祖国与故乡。每次演出时，他们都把一些纸条发给观众，上边写着："不能让莫扎特、贝多芬和舒伯特的家乡受苦受难。"

观众受到他们爱国之心的感动，纷纷捐钱。他们便用这些钱买了衣服、食品、药物运送回去。有时一次就是几吨重的货物。在二战后美国盟军占领萨尔茨堡时，他们通过一位名叫考林斯的美国将军帮助，把义捐品源源不断地送到家乡父老的手中。甭说特拉普一家，就是这位美国军官也深受萨尔茨堡的感激。这位美国军官于1963年死在萨尔茨堡，他的遗体被萨尔茨堡人安葬在著名的圣彼得墓地里。

玛丽娅在美国又为特拉普生了一个女儿。他们总共有十个孩子。这样一支合唱团在美国各地辗转多年，每年演出高达一百二十五场。后来孩子们渐渐长大，有了各自的家庭和第三代人。直到1956年合唱团才解散。但是他们用音乐联结起来的亲情却一直绵延到今天。

当年特拉普一家来到美国定居在费尔蒙特。在那里他们建造一座标准的萨尔茨堡式的农家木屋，有宽敞的屋体，巨大的坡顶和长长的阳台。一家人平时总是穿着家乡的民族服装。远远看上去，完全是一片地道的奥地利风景。他们给自己这木屋取名为"丹心"。这赤红之心显然是对自己遥远的祖国故乡而言的。

1947年5月30日特拉普死去，埋葬在屋后的家庭墓地里。

1987年3月28日玛丽娅辞世，长眠在一生心爱的丈夫身边。

电影的故事

把特拉普和玛丽娅一家的故事改编为电影，缘自玛丽娅本人的一本书《特拉普一家》。在这本书中，她以回忆录的方式记录了他们一家从战时奥地利逃出、远走他乡以及合唱团曲折坎坷的经历。

最早萌生拍电影这个念头的是美国的好莱坞。由于好莱坞只想使用这本书的书名，内容要大删大改。遭到玛丽娅断然拒绝。

此后，一位名叫沃尔夫冈的德国导演从玛丽娅手中，买走了《特拉普一家》的德文电影版权，并把它推向银幕。但这部德文版电影影响很有限。有趣的是饰演玛丽娅的女主角爱列维克和后来美国电影《音乐之声》中玛丽娅的扮演者朱丽叶竟出奇地相像。

美国人一直没有放弃《特拉普一家》。大概这个用爱心凝结起一个破碎家庭的故事与又跳又唱的家庭合唱团太适合电影表现了。当然，还有一个重要的原因，就是家庭合唱团已经闻名全美。他们一定会是自己的故事的卖点。

美国人先后拍了两次《音乐之声》。一次是1959年由百老汇制片厂拍摄，不算成功；再一次由二十世纪福克斯公司拍摄，1965年3月2日首映。导演罗伯特以他明朗的风格与多彩多姿的表现手法使这部影片大获成功，一举赢得五项奥斯卡奖，从而享誉全球。

应该说，尽管这部电影的主要情节都来自玛丽娅的生活历史，但它的精神实质却已经美国化了。玛丽娅积极、乐观、进取、开放，完全是美国人心目中崇尚的女性。特拉普一家的艰辛、坎坷以及对故国故土之爱，在电影中看不到了。连萨尔茨堡的音乐也听不到了。应该特别强调，特拉普一家唱的全是奥地利的民间歌曲。而电影中的乐曲完全是另一世界，没有一首奥地利的民歌。那悦耳的《Do-Re-Mi》是纯粹的美国人英语的流行歌曲。这便是这座音乐之城的百姓对《音乐之声》冷淡的原因。如果你深入到萨尔茨堡普通人的生活中，就会懂得他们对自己的乡土和文化，包括对音乐那份执着的爱。他们自然比美国人更了解特拉普一家为何离开萨尔茨堡，以及在万里之外为家乡所做的一切。我的朋友——一位"萨尔茨堡通"威力先生说："特拉普居住房子的后边就是火车站，他们是乘火车离开萨尔茨堡的。他们先到瑞士，然后经意大利和英国，最后到达美国。根本不是翻山走的！"我看着他那认真的样子，没有对他解释——电影是可以改编原著的。我知道在萨尔茨堡人心中，他们的特拉普绝对不能被"胡编乱造"。

　　美国人总是不理解别人的民族自尊。于是这部闻名世界的电影的致命伤，是全然没有奥地利萨尔茨堡的精神，甚至连二战时残酷的气氛也没有。它过于美化，过于诗情画意，过于理想主义，没有历史真实与生活真实，但很适合美国人的胃口。尤其是萨尔茨堡旷世绝伦的风光，让第一次来到这里拍外景的导演罗伯特目瞪口呆。他情不自禁地把电影的情节安排在一个个美丽的景观中，使得我们今天看上去，它有些像一部萨尔茨堡的风光旅游片。

旅游的故事

　　然而，萨尔茨堡人是聪明的。他们一方面没有把这部浅显的美国电影放进自己的文化之中，一方面却充分利用这部电影的风光片性质及其影响，作为自己用之不竭的旅游资源。他们深知这部影片至少有上亿的观众，而每个观众都会成为他们的游客。毕竟人们是从影片上认识到萨尔茨堡绝世的姿容。而且，相当一部分游客来到萨尔茨堡的动机都是想一睹电影里那些场景。于是今天，"音乐之声游"已经是萨尔茨堡的一条旅游热线，从玛丽娅和孩子们唱着《Do-Re-Mi》的米拉贝尔花园、玛丽娅做修女的修女山修道院、特拉普家庭合唱团演唱《雪绒花》的岩石骑术学校，到特拉普与玛丽娅举行婚礼的月亮湖教堂……还有官邸喷泉、翁特山、洗马池、利物浦斯康宫殿、威尔峰城堡等。凡是出现在电影《音乐之声》中的场景，如今都已经是萨尔茨堡的游客们的必游之处。其实，特拉普一家的真实生活并没有这些细节，这只是电影中的画面。但真真假假全都混在一起。各种满载游人的大巴士在这些景点之间来来回回行驶着。正是《音乐之声》把萨尔茨堡这些名胜古迹像串珍珠一样串在一起。游客们总是要把这些景点一个个全都看过方才罢休。

　　到哪儿去找这样神通广大又免费的广告？

　　萨尔茨堡市内有一个专门的歌舞团，叫作"音乐之声晚宴"。他们的演出在一间大餐厅里。厅内可容纳一百二十人。前端一个小舞台，演员全都打扮成《音乐之声》里的人物。连唱带跳全是美国人编造的那些电影歌曲。逢到旅游盛季，每天晚间演一场。客人们一边吃肉喝酒，一边笑呵呵地瞧着这些熟悉的电影人物一个个蹦到台上来。

我问这个剧团的项目经理瓦尔特·柴培查尔先生："这些观众里有奥地利人吗？"

瓦尔特笑了，朝那些快活的观众挤挤眼说：

"大都是美国人，还有日本人。"

我也笑了。心想，萨尔茨堡人真行。用美国人的电影赚美国人的钱。可他们心里真正喜爱的还是自己的莫扎特。

爱情可以弄假成真

一

　　不管维罗纳有多少珍贵的古罗马和文艺复兴的古迹，人们对这座城市最神往的还是有关朱丽叶的"遗址"。《罗密欧与朱丽叶》来自莎士比亚的戏剧，并非确凿的真人真事，甚至有人认为基本上是艺术虚构。但是，当年联合国教科文组织将维罗纳列为世界文化遗产时，此地关于罗密欧和朱丽叶的相关传说与"遗迹"反倒是依据之一。

　　如果你到了维罗纳，这一切似乎更加确凿无疑。在城市中心香草广场附近卡佩罗路上的一座古老的小楼，据说就是朱丽叶的故居，朱丽叶就住在二楼上一个带阳台的房间。那个阳台不就是她与罗密欧幽会的地方吗？而在不远一条街上还能看到罗密欧住的房子，那是一座挺大的宅院。不过这里现在有人家居住，大门紧闭，谢绝参观；可是关着门反倒更有神秘感。此外，在城外较远的迪杰河边一个宁静和绿荫重重的地方，还可以找到朱丽叶的墓地呢。

这些地方看上去不就是罗密欧与朱丽叶真实的遗迹吗？朱丽叶的故居多么像一座名人故居博物馆，朱丽叶之墓不是一个实实在在的历史遗址吗？

可是如果从博物馆的角度认真地看，朱丽叶的故居里却没有什么历史见证物。朱丽叶的服装是1968年佛朗哥·泽菲雷里拍摄电影《罗密欧与朱丽叶》时使用的。一些家具物什包括朱丽叶的床也都是电影道具，还有几件14世纪的圣像与壁画，虽然珍贵，也只是与朱丽叶"同时代"的宗教艺术品，没有一件是可以见证朱丽叶的"文物"。至于朱丽叶墓地里那口暗红色的大理石棺，残缺风化得十分厉害，无疑是一件数百年的古物，可是谁又能证实这就是朱丽叶的灵柩呢？

要想知道究竟，还要回到罗密欧与朱丽叶的故事的历史原型上去。

二

文学史家从古希腊时期奥德维的《变形记》中找到这个故事最初的影子，那时它只是一个殉情的神话故事。直到文艺复兴时期的1476年，它才出现在意大利诗人的《马萨丘故事集》中，可是主人公的名字并不是"罗密欧与朱丽叶"，也没有两个结仇甚深的家族的背景，尤其是故事发生的地址是在另一个城市锡耶纳，这是今天的维罗纳人最不愿意提到的事。

　　过了半个世纪，一位维琴察的作家路易奇·达·波尔托写的小说《最新发现的两位高尚情人的故事》中，地点搬到了维罗纳，时间被确定在13世纪，增加了两个家族的世仇，故事基本定型。两个主角的名字叫作罗梅乌斯与茱丽塔。

　　把这个故事挪到维罗纳的好处是有了世仇的家族背景，故事有了戏剧冲突，人物关系也被强化了，爱情的主题也就更纯粹了。而维罗纳历史上确实存在这两个家族，这就增加了故事的可信性。

　　此后这个版本还不断地经过种种修改与添加。包括阳台幽会的细节。据说，在当时就有人将这个故事搬上过舞台。

　　莎士比亚的名剧《罗密欧与朱丽叶》是直接从英国诗人亚瑟·布鲁克的叙事长诗《罗梅乌斯与朱丽叶的悲剧史》改编而来的，于1597年出版。如果没有经过莎士比亚神奇的笔，它也许只是地方一个不见经传的传说而已。然而莎士比亚一动笔，便把它创造为人类爱情的经典。

　　显然，这只是一个在民间传说基础上不断改写与创造的故事，就像我们的《天河配》，充满了历史的虚构与虚构的历史，但是维罗纳却一天天把它变为现实与真实。

　　伦敦的"福尔摩斯博物馆"把话说得明明白白：福尔摩斯不是真人，是柯南·道尔虚构的；但维罗纳不同，他们把罗密欧和朱丽叶当作他们城市的历史人物了。

三

随着莎士比亚这部名剧的影响力日益强大，维罗纳人开始创造"历史"。

朱丽叶故居原本是一座13世纪用石头建造的建筑，属于卡普雷提家族所有，这个家族传说是朱丽叶的家族，于是这幢老房子就渐渐被说成"朱丽叶的屋子"了。在几个世纪里，这幢房子经过多次易主和翻新，一度还作为旅店使用。由于莎翁剧作的效应，它由传说中的朱丽叶"故居"逐步转化为"历史的真迹"。19世纪中期德国诗人海涅和英国作家狄更斯都来到过维罗纳，对这座房屋当时的破败不堪表示忧虑。狄更斯这位大作家很有意思，他对莎士比亚奉为神圣。英国本土的斯特拉福的莎翁故居，就是他下了很大力气保护下来的。现在莎翁故居窗户玻璃上还有他的签名。由于他们发出的声音非比寻常，终于促使维罗纳当地政府在1905年房主拍卖这座建筑时，将它买了下来，然后一点点建成了朱丽叶故居博物馆。

朱丽叶的墓地原先是一座教堂和女修道院，院中有一个用砖石砌成的通往地下的墓室，室内空空，潮气浓重，只有一口没有盖子的残破的暗红色大理石的石棺，幽暗、凄凉又神秘，据说它原先嵌在墙里，后来才被发现的。到了16世纪就传说这是朱丽叶的葬身之地了。

这些传说开始都是非真非假，将信将疑，后来四方来游访的人愈来愈多，也就确信不疑。如今世界上每年都有几百万男女来到这里，除去游览这些"名胜"，更重要的是把这里作为自己宣誓对爱情忠贞不渝的地方。特别是朱丽叶的故居，从入口的门洞到里边的庭院，每一厘米的墙上都挤满人们的签名、留言，画上自己的心和丘比特的箭。用口香糖把写上诗句的纸条粘满墙壁。还有不少青年男女跑到墓地前的花园里举行结婚仪式，以示对爱情的信守终生和至死不渝。当人们把它当作爱情的圣地，谁还管是真是假。你说假，人们偏要信以为真。这个"真实"是人们集体想象力创造的，是爱情的力量。爱情可以把任何不可能都变成可能，可以弄假成真。

当然，还有一种伟大的力量来自莎士比亚的才华，来自文学。因为文学可以创造生活，包括生活的真实；因为生活包括两个方面，一是实际的生活，一是心灵的生活。作家无法创造实际的生活，却能创造心灵的生活和心灵的真实。

当罗密欧与朱丽叶在人们心中活起来，维罗纳人的传说就成了"事实"。

这很奇怪，也并不奇怪。

泥泞天使

去往乌菲齐美术馆参观时，我碰到了一个奇怪的场面，市政广场的老宫前聚着一些人，打着一些有黄有蓝的旗子，上边写着一些看不懂的意大利文。还有些人站在宫墙上边头戴帽盔，不知在做什么。从现场看，人们的脸上大都带着一种激动的情绪。待问方知，这是在纪念五十年前的"泥泞天使"。谁是"泥泞天使"？为什么叫作"泥泞天使"？

待问方知，那是 1966 年的 11 月 4 日，连日的大雨使穿过佛罗伦萨的阿诺河暴涨，洪流漫过堤岸迅疾地涌入城市，顷刻间淹没了所有房屋的底层，街道成河，吞噬了这座历史名城随处可见的艺术品。可怕的是洪水还冲进各个博物馆和图书馆，连伟大的乌菲齐美术馆许多艺术珍藏也被吞没。更糟糕的是，洪水从遍布葡萄园的丘陵地带冲过来时，裹挟着大量的泥沙，进入城市后又摧毁了储油罐和输油管，黑色的原油混入滔滔洪水。对于艺术品与图书，泥沙和油污更是灾难性的。无数无比珍贵的文明遗产面临毁灭。两天后洪水退去，佛罗伦萨一片狼藉。单是阿诺河边的国家图书馆就有几万册书籍以及大量地图和文献埋在污浊的泥泞里。但丁的手稿和多纳泰罗的油画也在里边！

当文明受损时，被唤起的一定是文明本身。

几天之内，从意大利全国各地和世界各地赶来许许多多支援者，他们都是志愿者；许多佛罗伦萨市民也把淹在水里的个人财物扔在一边，和外来的志愿者联合一起展开一场感天动地的文明大救援。从各个博物馆、美术馆、图书馆以及教堂里的淤泥中抢救受难的历史文物与艺术遗产。来自欧美各国的专家以及专业团队保证了清理工作的科学性。各国不少名人政要也纷纷伸以援手，增强了这个行动的号召力。身在法国的绘画大师毕加索也卖画捐助，因为他更知道这些濒危的艺术品的价值！

今天，乌菲齐美术馆为了纪念半个世纪前世界性文明大救援的义举，特意开辟了一个展厅，展出当年来自世界各地的志愿者现场抢救的照片。这些都是乌菲齐美术馆的摄影师当时拍摄的，记录着志愿者们抢救乌菲齐美术馆的种种实况。从这些照片中可以看到，当时洪水冲入了乌菲齐美术馆的门廊，毁坏大量文艺复兴时期的家具、挂毯、雕塑和绘画及修复室里的壁画的惨状。这些都是价值无可估量的艺术珍品。一些照片还记录着人们在用木板清除污水，从坍塌的砖石中搬取雕塑，由泥泞里细心清理古籍的种种情景。乌菲齐美术馆的资料里这样记载他们救援时的情景——"他们食物短缺，水也很少，在最初几天，几乎没有任何设备，他们不得不在泥浆和污秽中工作，但也没能阻止和放慢他们的工作速度。从黎明到黑夜，没有任何休息"……

他们大多是年轻人。谁也没有统计到底有多少人参与了这场文明大救援，谁也不知道这些年轻的志愿者的姓名与国度。不久前，在一个国际美术馆的会议上，一位美国民间美术博物馆的馆长安妮在演讲中提到自己的一件往事，就是佛罗伦萨发生洪水这件事。那年她18岁，正在学校念书。在她父亲的建议下，她跑到意大利参加这场文明的救援。她说这次拯救人类文明的义举使她受用终生，从而使她懂得什么是"责任"，并把"保护"一类的工作看得分外重要。由此人们才知道这位名叫安妮的人是这次大救援的志愿者中间的一员。

当时意大利记者乔万尼在《新邮报》的一篇题为"行动在黑暗与泥泞之中"的文章中，对这些来自他们全国乃至世界各地的志愿者，用了一个美称，叫作泥泞天使。天使是从天上飞来的，天使带着爱意——对人间的爱和对美好的文明的爱。而爱文明的本身就是文明，不爱文明的一定是野蛮。难道不应该想想1966年我们对自己的文明做了什么吗？

从这一次，泥泞天使这个称号在意大利被留下来了。凡是在洪水发生时有一些自愿的救援者挺身而出，这一个称号都会再一次被响亮地用起来。

足 球 狂

　　在伦敦时，一个英国朋友征询我有什么要求，我提出要在英国看一场足球比赛时，这使英国朋友十分惊异。对于一个作家代表团来说，很少有人提出这种要求的；但当他们获知我曾经是篮球运动员时，就不感到奇异，反而十分高兴。英国朋友还告诉我，我很有福气，正赶上全英国的甲级足球锦标赛，我将看到的是伦敦本地有名的阿斯诺队（即阿森纳队）和英格兰中部重要城市考文垂队的比赛。比赛就在伦敦市内的一座露天球场。

　　我们在乘地铁奔往比赛地点的路上，见到三五成群穿红白格外衣的青年人，挤在车厢里，全然不管别的乘客，只是一味兴高采烈地唱着歌儿。随同我一起去看球的新华社驻英记者小薛告诉我，这些人都是阿斯诺地区的球迷，他们每逢此刻，总是抑制不住满心的热情与欣喜，这欣喜和热情就伴随歌声从喉咙里蹿出来。显然他们蓄满力气，要为自己心爱的球星们拼命打气鼓劲儿的。

　　临近球场的沿途，挤满小贩和零售物品的小摊。摊上花花绿绿堆满有关两个球队的纪念品和助威用品。考文垂队员向来穿浅蓝色和白色相间的宽条运动服；阿斯诺队的队服则是红白两色，还有一个队徽，是一门古代式样的大炮，背景有一些星星，连队员球衣的右上角都绣着这门大炮作为象征。

　　据说这两个队在实力比较上，考文垂队是略胜一筹的。但由于比赛在伦敦当地，阿斯诺队就占了"地利"与"人和"的便宜。故此沿街小摊所卖的东西，大都是标志着阿斯诺队的，如红白格的背心、围巾、毛绒小帽，以及小旗、喇叭、彩带，连口杯上都印着一门大炮，并出售介绍当场比赛两队阵容和情况的精印彩色说明书，还有些赌局的职员在球场门口大吵大闹，吆喝着出售彩票。成群结队的球迷们又喊又唱，又吹小喇叭，挥动旗子，走向球场。还没有进入球场，就感到一股撩动人心的高涨情绪，使人的精神和兴致倍增。这恐怕是为什么有些人不肯在家中看电视转播的实况，而非来球场看比赛不可的原因了。有些情绪，只能在特殊的环境与气氛中间才会产生；有些气息，只有身临其境才能感受到。

　　这是专门的足球比赛场地。球场的规模与设备比北京的工人体育场相差甚远。看台上只能容纳三万观众，但球场的观众席却安排得新奇有趣。南北看台都是台阶式座席，供一般观众坐观比赛。东西看台是两队的啦啦队的席位，看台上没有座位，啦啦队一律站着，大概由于站着容易用全身力气来表达情绪。虽然啦啦队的看台处于球门背后，于看球不利，又无座位，票价反而更贵。可是啦啦队的成员们倒不在乎，因为他们都是些如痴如狂的球迷，是两队队员忠实可靠的后盾力量，往往比球员们更关切比赛的成败。此刻，他们的阵线很清楚，站在阿斯诺队球门一边的观众，也大多穿红色衣衫；站在考文垂队大门背后的观众则多穿浅蓝衣衫，壁垒分明。由于垂市距离伦敦很远，球迷们要乘几小时火车才能赶来，因此考文垂队的拥护者们就显得有些势力单薄，阿斯诺队的啦啦队大军已至，声势赫赫。

赛前十五分钟，两边啦啦队就开始互相对阵。大有刘三姐对歌的架势，一边歌声稍顿，另一边歌声扬起，其间伴随着呼喊和口哨声。我问英国朋友他们所唱的歌词是什么，这位英国朋友笑着告诉我，连他也听不出来，不过他猜得出，这是代替他们的球员互相挑战和应战；球员们还未上阵，啦啦队便隔着近百米空荡荡的球场交战起来。

两边球员上阵了，一红一蓝，生龙活虎般地奔上球场，啦啦队的歌声顿时化作震耳欲聋的狂呼乱叫，又舞旗，又吹号，助威达到第一个高潮。哨声响过，比赛就在球员们的脚下开始。

英国人的足球水平果然名不虚传。他们习惯于长驱直入，重炮轰击，尽快地打破对方球门就是他们唯一的目的。守门员发球大都是一脚踢过中线，甚至落到对方的禁区前，随后就是拼死的争夺，三传两递，得到机会就是干脆有力的一脚。没有空当就千方百计地寻找对方的漏洞，发动频频进攻，即使不成功，也造成很大的心理威胁。故此，场上一攻一守，你进我退，往来频繁，往往一分钟内就互相发动一次进攻或反击。这些英国小伙子都有健壮的体魄，充沛的精力，优良的身体素质，这使他们能够猛虎雄狮般在绿茵场上驰骋，而且由始至终，毫无疲倦之意；啦啦队也一直起劲儿地为各自的球星鼓劲，随着场上险情不断出现，啦啦队还不时做出各种新奇的表示，以尽兴致。这种表演愈演愈烈，更有激动的观众竟控制不住自己，从看台跳进场内，被穿黑长衣的警察轰了出来。英国每场足球赛，都有上百名警察维持秩序，以防过于激动的观众做出不理智的事情来，警察与足球迷们发生冲突是常有的事。故此，每场比赛中间休息时，警察的铜管乐队就要绕场一周，为球迷们演奏一支快活的曲子，以缓和他们与球迷们的对立情绪。英国朋友说，警察并不认为球迷们过分的行为是有意捣乱，西方人性格外露，喜怒容易走向极端，不足为怪。其实警察们在场外也是激动不已，只不过由于公职在身，不便于手舞足蹈，狂呼乱叫。

　　阿斯诺队有声势强大的啦啦队做靠山，看上去不比考文垂队力弱，下半场攻势反而更猛。在一次进攻中，阿斯诺队的前锋发现对方守门员跑出来，一个巧妙的过顶吊球，球儿刚好擦过考文垂队守门员的指尖飞过，直入网内。几乎同时，全场好像突然发生一次情绪的大爆炸。呼喊声震天动地，鼓号齐响，看台上挥舞着红色的"阿斯诺队"的队旗，看上去恍如一片火海。无数绕成球形五颜六色的彩带从看台上抛进球场，每团彩带都拖着一条长长的、闪光、飘动的带子。还有一束束鲜花扔在球场的绿草坪上。全场只有考文垂队的啦啦队那边无声无息，这些身穿蓝衫子的啦啦队队员们一动不动，好似电闪雷鸣的天空上的一块平静的蓝天。坐在我身前不远处一个人捶胸顿足，大声哭号，不知他是考文垂人，还是由于认准考文垂队必胜，买了许多彩票而全输掉了。这时，阿斯诺啦啦队已经觉得呼喊是种无力的表示了，他们就像猴子一样蹿跳，互相拥抱，并随着鼓号的节奏，摇动腰身跳起舞来。足球迷们高兴得发狂了。看来称他们"足球狂"比

"足球迷"更为合适。我想，不仅踢足球是种很好的锻炼，看足球也是一种活动量不小的锻炼呢！无怪乎英国人如此狂爱足球。看球的人与踢球的人，一样想赢，一样蹦跳，一样卖力气。看球的人不能尽兴，往往是因为不能上场飞起一脚，把球儿像希望的那样踢入大门罢了！